枕边书

主编◎要力石　何芸

情感卷

爱情的朝圣者

李叔同：菩提树下的红尘恋

那个与潘玉良长眠在一起的无名男子

这一次你藏得好忧伤

田纳西华尔兹

我的灵魂愿意栖身在你的琴里

有一种浪漫，不声不响

你在，世界就在

下辈子，让咱俩换过来吧

纯手工爱情

彼年豆蔻，谁许谁地老天荒？

一生厮识

在离你最近的地方说爱你

新华出版社　"枕边书"系列

图书在版编目（CIP）数据

在离你最近的地方说爱你/要力石，何芸主编

北京：新华出版社，2014.12

ISBN 978－7－5166－1371－9

Ⅰ.①在… Ⅱ.①要…②何… Ⅲ.①故事—作品集—世界

Ⅳ.①I14

中国版本图书馆 CIP 数据核字（2014）第 287427 号

在离你最近的地方说爱你

主　　编：要力石　何　芸

出 版 人：张百新	责任编辑：曾　曦
封面设计：马文丽	责任印制：廖成华

出版发行：新华出版社

地　　址：北京石景山区京原路 8 号 邮　　编：100040

网　　址：http://www.xinhuapub.com　http://press.xinhuanet.com

经　　销：新华书店

购书热线：010－63077122　　　中国新闻书店购书热线：010－63072012

照　　排：新华出版社照排中心

印　　刷：北京新魏印刷厂

成品尺寸：145mm×210mm	开　本：32
印　张：10	字　数：150 千字
版　次：2015 年 1 月第一版	印　次：2015 年 1 月第一次印刷

书　　号：ISBN 978－7－5166－1371－9

定　　价：35.00 元

图书如有印装问题，请与出版社联系调换：010－63077101

目　录

第一辑：最美的徒劳无功

第三辑：你在，世界就在

第四辑：彼年豆蔻，谁许谁地老天荒

第一辑：最美的徒劳无功

性情鲁迅，寂寞朱安

菊韵香

　　一个是中国近代文学史上的急先锋，他坚信："世上本没有路，走的人多了也便成了路。"一个是中国最早一批留学海外、思想进步的女学生，她宣称："爱情需要斗争。我要迎着闲言碎语，无畏地前进。"于是，他们冲破世俗的嘲弄和围攻，勇敢地走到了一起。

　　两双手，终于相牵；爱情，终于胜利。从此，人们为鲁迅和许广平的勇气所折服，却渐渐淡忘了另一个终生与寂寞相守的女子——朱安。

　　如果说鲁迅半路邂逅的许广平青春靓丽、柔情如火，其原配夫人朱安则端庄贤淑、温情似露。可一滴晶莹的露水怎抵得住一团火的炙烤？这场爱情的角逐，注定了许广平会成为高高在上的胜利者。更何况，朱安与鲁迅的结合秉承了媒妁之言、父母之命，鲁迅是出于对母亲的孝顺，才接受了朱安，并过起了相敬如宾的生活。相敬如宾，那是一种令人窒息的男女感情！夫妻之间，相互尊敬到视对方为贵宾的地步，还有什么激

3

情、什么欢爱可言！在一个又一个无眠的佳节之夜，形只影单的朱安守着冷冷清清的空房，慵懒地斜倚窗前，看着漫天的烟花绚烂盛开，心里却盛满了寂寞的泪……

朱安曾想过去争取，可她只是个寻常的江南女子，品性温顺，从始至终，只能选择隐忍地坚守。那是1906年的初夏，尚在日本留学的鲁迅突然接到母亲的电报："母病速归。"孝顺的鲁迅火速回国。回家后的第二天，婚礼便举行了。那天，鲁迅表面上十分顺从，特意装了一条假辫子，从头到脚一套新礼服，一拜天地，二拜高堂，夫妻对拜……所有的程序一步不落地完成后，他牵着朱安的手走进了洞房。但他的内心是怎么想的，却无人能猜得透。大红盖头揭下来，鲁迅静静地看了一眼从未见过的大他三岁的新娘，便和衣睡去。朱安心里一颤，轻轻地给先生盖上了被子。也许，先生累了，需要休息；也许，先生比自己小，还不懂得情事……第二天晚上，令朱安没有想到的是，先生仍在母亲房中看书，后半夜就睡在了母亲房中的一张床上；第三天晚上仍是如此，第四天就和二弟周作人及几个朋友启程东渡日本，这一走就是三年。

朱安默默地等待着，等待着鲁迅能爱她；她也想问问鲁迅，到底她犯了什么错，让他如此嫌弃她。鲁迅开口了："你没有错，你是个完美的女人。"

可是……没有什么可是，朱安从鲁迅的眼中读出了两个字：无爱。从日本归国后，鲁迅在杭州一所师范任教，平素很少回家，偶尔回去，也是通宵达旦地批改作业，或者读书抄书、整理古籍，从不与朱安接触。母亲想抱孙子，催得紧，鲁迅的心情因此而变得沉郁，他开始自暴自弃、拼命地抽烟喝酒，因发蓝衫、不修边幅，以致刚过三十便显得如同五六十岁一样苍老。朱安心疼他，劝他。他也愧疚，可他真的爱不起来，只能在书中写道："陪着做一世的牺牲，完结 4000 年的旧账。"但，人毕竟不是一件古瓷，别说悠远的 4000 年，就是短短的 40 年过去，韶华便已不再，青春便已落幕。

接下来，又是长达十年的分居生活。朱安在绍兴伴随着周老太太，凄苦地看着满院的桃花开了又谢，谢了又开。1923 年夏天，鲁迅与周作人兄弟失和，决定搬家。他征求朱安的意见：是想回娘家还是跟着搬家？看惯了静夜烟花的朱安以为终于等到了黎明，欣喜地表示愿意跟着他走，无论今后多苦多难。多年后周老太太去世，尽管朱安艰难到每天连小米面窝头、菜汤和几样自制的腌菜都不能保障，但她仍然拒绝周作人的济助。因为她爱先生，深知先生与二先生合不来。她对鲁迅的这份无悔支持，除了让人感动之外，依然是感动。可是，她想错了，当看到那个热情如火的女子后，她彻底放弃了对爱情的奢望，只能把那份一生中只有一次的爱，深深地埋在了心底。直到鲁迅去世，在鲁迅眼里，她也依旧是"她不是我的太太，她是我母亲的媳妇"。

1947 年 6 月 28 日，朱安病危。临终之际，她平静地说："把我葬在先生旁边吧。我想念先生，也爱先生。"

"爱"，这个让她在寂寞中默念了一生的字眼，终于在生命尽头清清晰晰地吐出了口……

那个与潘玉良长眠在一起的无名男子

静女棋书

1928 年，潘玉良从巴黎学成归来，受校长刘海粟之邀，到上海美术专科学院任教，成为中国近代史上第一位西洋画女教师。至此，这个性格坚毅的女子，终于完成了从妓女到知名画师的嬗变。

但是，事业上的功成名就，并没有改变潘玉良在家庭中卑贱的小妾地位。潘赞化的大夫人仍然不接纳她，而且多次直戳她入过青楼的痛处。最终，她不堪其辱，痛别潘赞化，再次奔赴法国。

重返巴黎后，潘玉良孤苦伶仃，以买画维持生计。然而，不久德国纳粹铁蹄踏来，整个城市陷入兵荒马乱之中。国破家亡之计，谁还有闲情逸致买画赏画？挣扎到 1940 年的冬天，她断炊缺粮，成了涸辙之鲋。

就在这时，一个男人向她走过来。

这个男人，不是大富大贵之人，他早年到巴黎勤工俭学，挖过煤，洗过盘子，修过汽车，跑过运输，吃尽苦头，终于攒下一笔活命钱。他用这笔钱在巴黎近郊开了一家中餐厅。正是在这里，他结识了贫病交加的潘玉良。

冷冰冰的小屋里，重新燃起了熊熊炉火，潘玉良的饭桌上又有了面包、黄油和咖啡。因为他，她有了新画室，她又开始到凯旋门和塞纳河畔写生，举办了数次画展。正是靠着他的血汗钱，她的艺术之路才得以延伸。

然而，这样的患难之交，在潘玉良心里其实是算不得爱情的。她念念不忘的，始终是生活在国内的潘赞化。但因为战争失去了联络，直到 1964 年，中法正式建立外交关系，潘玉良才得以与国内的亲人联系。可是此时，潘赞化早已离世。

悲伤之际，潘玉良重新审视那个默默陪伴了自己 20 多年的男人。暮然回首，她发现她的每一件作品都饱含了他的汗水，每一枚奖章都浸染了他的心血，那些相携相守的岁月啊，分明潜藏着深深的爱。她终于决定，把自己的身心都交付与他，牵着他的手走完人生的风烛残年。他们满怀憧憬，等待着结束漂泊，回归故里的那一年。

然而，她等不及了。1977 年秋天，她抛下他走了。弥留之际，她嘱咐他，日后回国，一定将当年她与潘赞化结婚时的项链以及她再赴法时潘赞化送给她的一块银壳表，归还给潘家的后人。

到了这时，她想念的依然是那个叫潘赞化的男人。可是，他不介意这些，他眼含热泪，发誓会完成她的夙愿。

潘玉良去世后，他几乎倾其所有，以 10 万法郎重金在孟帕纳斯公墓租下为期 100 年的一块墓地，为她举行了隆重的葬礼。然后，他马不停蹄地去完成她的遗愿。

1978 年秋天，年逾八旬的他带着潘玉良的一张自画像、七大铁箱遗物、两千多幅遗作以及她一直珍藏的印有自己和潘赞化照片的鸡心项链，风尘仆仆地赶回国。他将部分遗物交给了潘家后人，其余捐献给祖国。她魂归中华，奉献国人的夙愿，得以实现。

做完这一切，他自觉一生中最重要的事情已经完成，而此时经检查，他已经是癌症晚期。那么多年，他居然对自己的病情一无所知。或许，是他不敢生病，就连身体都帮他撒了谎，因为，他若是先倒下了，谁来照顾那个只会画画不会生活的女人？他若是倒下了，谁来帮她完成一生的夙愿？

他去世后，家人将他与潘玉良合葬，但是，墓碑上没有他的名字。

在潘玉良的一生中，很多人都知道她是享誉中外的画家，知道有个将她从青楼里拯救出来、让她脱胎换骨的潘赞化，但很少有人知道那个陪她熬过风烛残年的男人。

他叫王守义。

他的名字，连同他的爱，在潘玉良的传记里向来都被一笔带过。但是，那又有什么关系呢，他爱她，从来就没有要求过回报。

身旁的藿香

陶方宣

1917 年夏天，留日学生郁达夫回国探亲，在老家富阳第一次见到孙荃——一个乡下姑娘，文静、秀气，周身散发出书卷之气。一番交谈得知，孙荃从小饱读诗书，且能吟诗作文。

这样一位才女让郁达夫眼前一亮，他目光躲躲闪闪地看着她长裙下的小脚。孙荃并不避讳，主动对他说："你一定很遗憾我这双小脚。这是小时候父母逼着缠的，我也没办法。现在看看这双小脚，我心痛啊，那种痛不是身体上的，是心里头的痛啊，一辈子就被这双小脚给害了。我还写过一篇《戒缠足文》，我拿来给你看。"孙荃一扭一扭走到厢房，拿出《戒缠足文》递给郁达夫。郁达夫被孙荃并不软弱且自强自立的精神所打动，两人很快订下百年之好。

郁达夫回到日本后，与富阳乡间才女孙荃书来信往，诗词唱和。

1920 年 6 月，郁达夫与孙荃结婚，孩子一个个出生，两个人夫唱妇随感情深厚。郁达夫工作繁忙，孙荃每每做好饭菜，总要等郁达夫回来一同吃。有一天郁达夫到半夜才回家，进门一看，孩子们都睡了，孙荃一人守着饭菜在等他。郁达夫说："你真傻啊，我不回家，你就不能先吃呀？你这样下去，非把胃搞坏不可。"孙荃热着饭菜说："也奇了，你不回来，我想不起来吃饭，不和你同桌吃饭，我一个人也吃不下饭。"孙荃做得一手好菜，郁达夫常常将创造社的一帮人请到家里来吃饭，也让孙荃露一手，孙荃的才情也让创造社的才子们刮目相看。有一次郭沫若请客，成仿吾等都带着家眷去了。郭沫若那个日本老婆不会做家务，只买了几块火腿和一些鸡蛋，做不成菜。郭沫若把孙荃请去，孙荃又不会说日本话，在厨房里急得不得了，只好眼睁睁看着那个日本女人将火腿蒸熟了，切成五六块，来客一人拿一块，像小孩子吃零嘴一样吃着。事后孙荃对郁达夫说："哪有女人这样请客的，郭沫若真苦。"

出得厅堂、入得厨房的孙荃在结婚七八年后，却迎来了不幸。这一年的夏天，一个叫王映霞的女人出现在郁达夫的身边。王映霞第一次烫着头发穿着旗袍出现在孙荃家中时，孙荃心里凉透了，她当时第一个念头就是：不必与王映霞争，也不必和郁达夫吵，她只想静静地离开。

1927 年 6 月 5 日，郁达夫与王映霞订婚时，孙荃正在北平某产房里痛苦地呻吟着。产后，孙荃憔悴瘦弱，像大病了一场，连性情也变了。郁达夫回到北平见到她，发现她好像变了一个人。

那次郁达夫从北平回上海，临行前看到孙荃瘦得皮包骨，也有些于心不忍。矛盾再三，还是走进了孙荃的房间。孙荃将脸掩藏在灯影里，冷冷地说："你要看孩子就好好看一回吧，我要带着他们回富阳去。"

孙荃果然很快就搬离北平，回到富阳郁家老宅。无论是在福建当官还是到国外谋生，郁达夫对孙荃母子始终关心备至，经常给他们寄东西，奶粉、毛线、围巾、衣料等。当然，更多的还是寄钱，寄学习用品。孙荃照收不误，也不回信，她除了照顾好身边的几个孩子，就是从容淡定地过自己的日子，对郁达夫与王映霞的花花草草一概不管不问。一有时间就去寺庙烧香、吃斋。自从搬离北平后她就开始食素，她把食素当成一个女人决绝的行动——当然，她并非对生活绝望，只是更加淡泊。富阳许多上了年纪的老人都记得孙荃，她永远着一身蓝竹布旗袍或青衣，浆洗得干干净净。郁家门前有几棵藿香，孙荃喜欢在初夏明月之夜，搬一张小凳子坐在藿香旁。平常人们不大能看到孙荃，只有当夜晚来临月光如水时，孙荃才会出现。藿香有清凉的薄荷一样的香气，它周围没有蚊子。孙荃就坐在藿香旁给围坐在她身旁的几个孩子说故事、读诗词。孩子们睡去了，她就默诵一阵佛经，再伸手摘下几片藿香叶子插在发髻上。很多年里，孙荃身上总有一丝若有若无的藿香气息。

孙荃在故乡老宅照料孩子侍奉婆婆，郁达夫在花天酒地之余心生羞愧，可是他又无法离开王映霞，他曾在日记中这样写道："可怜我的荃君，可怜我的龙儿、熊儿，这一月来竟没有上过我的心。啊，到头来，终究要回到自家破烂的老巢里去。

这时候荃君若在上海，我想跑过去寻她出来，紧紧地抱着痛哭一阵。我要求她饶恕……"他试着给孙荃写了几首恳请原谅的诗，可是孙荃只当没有看见，将诗退回。郁达夫无奈，再发信给孙荃，说他某月某日来富阳看望他们，孙荃也只当没有这回事。郁达夫更加悔恨，立马起程回到富阳，他做好了挨孙荃一顿臭骂的准备。可是没想到，孙荃对他的态度出人意料。

1931年春天，郁家老宅前的藿香刚刚萌出叶芽，郁达夫与王映霞之间战火升级，这时候他想起孙荃的种种好处，突然起了归家之心，回到了富阳老家。他希望借这次回家化解他与孙荃之间的隔阂。他放下行囊，将几个孩子抱的抱搀的搀，一团和气地回到家。

孙荃看着喜不自禁的郁达夫，也十分开心，连忙舀来洗脸水，又进厨房忙碌起来。她知道郁达夫的胃口，他最爱吃的那几道菜当然少不了，比如富春江的白水鱼、东坞山的豆腐皮，几乎是每餐必备。清明还未到，孙荃就等不及了，她派人到宵井，在娘家竹园里挖掘了还没露尖的春笋"土里黄"，用来炒酸菜和肉丝，那也是郁达夫的最爱。当然还有新茶，她亲手炒制的，让郁达夫尝鲜。在潜意识里，她似乎想用这些乡土美味拢住郁达夫的心，让他不要忘记富春江，不要忘了她和孩子们。可是在生活细节上，她又一点也不让步。

楼上孙荃卧室的门上贴着一张纸条，"卧室重地，闲人免进"，是孙荃的手迹。

孙荃对郁达夫说："你不过是和王女士闹了些小别扭，感情找不到出口，就来我这里忏悔，你这是何苦呢？你在这里吃好喝好，过几天还是去找王女士吧。小别胜新婚，男人都这样的，我心里明白着，真人不说假话，做戏就免了。"

郁达夫碰了一鼻子灰，几天后灰溜溜地走了，孙荃心胸也不狭窄，还是牵儿带女一直将他送到了轮船码头。

孙荃一直生活在富阳郁家老宅，1978 年病故。一直陪伴在她身边的，除了几个孩子，就是门前那几棵她最喜爱的藿香……

小凤仙：爱上你的风卷残荷

风为裳

1916 年 11 月 8 日，患喉结核的蔡锷将军在日本病逝，年仅 34 岁。

小凤仙得知此讯，痛不欲生。高山流水觅知音，他是她人生最大的亮色，谁知只是那么短短的一瞬间，他就如流星一样划过夜空，永远从她的生命里消失了，这让她怎么面对以后的漫漫人生呢？

在蔡锷的追悼会上送上"赢得英雄知己，桃花颜色千秋"的挽联后，小凤仙悄然离开了八大胡同。

此后颠沛流离，嫁过一位师长，师长战死。为生活所迫，她跟了一个厨子，住在沈阳市皇姑区寿泉街三胡同的一座平房里。因为丈夫姓陈，四周邻居们都称她"陈娘"。她给自己起了个意味深长的名字：张洗非。

陈是个老实巴交的男人。他隐约知道她是个不寻常的女人，只是，关于过去，她不说，他便不问。她没有工作，只靠他的一点微薄收入过日子。他们住的北厢房只有狭狭的十平方米，家里几乎没有家具，唯一像样的摆设，也就是那只天天上弦叫他起来开工的小闹钟。他总觉得委屈了她，所以，只要她喜欢的，只要他能办到的，他都尽量满足她。

她唯一的爱好就是喝酒，几乎每餐都要喝上两盅。那时，他就会挽起袖子为她弄两个下酒菜。庸常的生活里因为他的温暖便有了些许滋味。

她唯一的乐趣是听戏。一出戏，她听得如痴如醉，恍如隔世。

对他，对生活，她倒也安之若素。不讲究穿戴，只是爱干净，常常把几件平平常常的衣服洗得干干净净，穿在她身上，很与众不同。

她随身有个小包裹，那里面有一张照片，是位年轻英俊的军官。他问过一次，她淡淡一笑，轻声回答：是个普通朋友。

日子风驰电掣往前赶。

有一天她见了一位故人，那是她与从前生活的唯一一点联系。故人是梅兰芳。

1951年年初，梅兰芳率剧团去朝鲜慰问赴朝参战的志愿军，途经沈阳演出。她闻讯，很想见见这位昔日在北京的旧相识，并求得他的帮助，遂写了一封信寄给梅。

数日后，接到梅兰芳邀请相见的回信，她兴奋异常，穿上自己最好的衣服，打扮得像过节一样，去见梅兰芳。

这时，她已年过五十，生活忧患，饱经沧桑，故人相见，一言难尽。

经梅的举荐，她到一家机关学校当了保健员。那是她一生过得最为顺意的日子。

只是，她从不曾对身边人说过她是谁。在所有人眼里，她不过是个普通女子张洗非。

她已不大记得小凤仙的生活，华裳美服，琴棋书画，迎来送往，然后星火一样遇到生命里的那个男人。他像一道光，照亮了她的整个生命。然后光灭了，她的生命黯淡下去。

她跟陈姓男人一起生活了大半辈子。她不曾真正了解他。她只是用他来逃避自己心里的那段记忆。可是，是他给了她一个家的全部温暖。她是明白女子，她何尝不明白，假使蔡将军活着，他们之间，或者也就是一段佳话，如此而已。

而他，用真心待她。他希望她所有的伤都能在平淡的岁月里不治而愈，一如他做的一粥一饭，平常却养人。

她很庆幸遇到他，他一直陪在她身边。给她最平实的温暖。

1976年，她终于走完了自己曲折的人生道路。以76岁之龄病故。她栽倒在自家平房旁的公共厕所里，是突发性的脑溢血。人们把她抬进医院急诊室，抢救无效。

他颤抖着把那张跟随了她一辈子的照片放在了她的衣袋里，泪水从他沟壑纵横的脸上流下来。

一辈子，他没对她说过那个爱字。他不是小凤仙或者是改名叫张洗非的女子的知音，但是，有些感情，融进了血液里，比水浓。那也是爱情。

　　陪她走完了人生衰败每一天的人，不是蔡将军，是他。

　　爱你的春光明媚的人无论有多少，爱上你风卷残荷的，一人足矣。

（2010 年 6 月 20 日 "九月论坛"）

于凤至：给爱留一个墓穴

易源

于凤至虽然不同于那个时代的旧式女子，她有思想、有文化、有美貌，但是，她还是没能逃脱包办的命运，并且一路栽下去。

错误的开始

于凤至的父亲曾经救过张作霖的命，张作霖无以为报，正好听一个算命先生说，救命恩人的女儿福泽深厚，凤命，她正好又叫于凤至。立刻就给儿子订了亲。

凤命虎子，张作霖很是满意，何况这女孩儿又美，又知书达理。爱新觉罗·溥杰见了她，曾经惊叹：容貌如雨后清荷。可见于凤至外表清丽。

于凤至比张学良大三岁，在那个时代，这也是个吉利的数字。

只是，张学良不喜欢，他成亲的时候还小，是著名的花花公子，又是有名的美少年，权利金钱，往往伴随着风流，张学良也不例外，他并不想老早找个媳妇成家，管着自己。但是张作霖说一不二，面对张学良的反对，他最后妥协：你的正室原配非听我的不可。你如果不同意旧式婚姻，你和于家女儿成亲后，就叫你媳妇跟着你妈好了。你在外面再找女人，我可以不管。

这话，害了于凤至一辈子。

张学良依言娶亲，结婚后不叫夫人叫大姐，婚后不久，他就开始了外面风月场中的流连，将于凤至丢在家里。

于凤至家世好，美貌，有文化有思想，又具备女子的美德，和婆婆形同母女，心地善良，整个帅府后院多少女人，独独她得到上上下下的敬重。连张作霖都对她高看一眼，对这个儿媳妇非常满意。他平时脾气不好，发起脾气没有人敢上前，但是于凤至轻柔一劝，他马上就消气。

然而，一个思想丰满、情感丰富的女子，她不是为这些人情世故活着的，她需要爱情，就像花朵需要雨露阳光，她幻想用自己的方式，赢回张学良的心，所以，张学良在外面花天酒地，红粉不断，于凤至充耳不闻，照常照料家人，对上有敬，对下有威。

1927 年，张学良舞场上偶然遇到十六岁的赵绮霞，也就是日后被人所熟知的赵四小姐，两个人一见钟情，神魂颠倒，赵四年纪轻轻，却痴恋少帅，少帅阅女无数，偏偏倾倒在赵四的石榴裙下，爱情来了挡也挡不住。赵四小姐也是名门出身，家大业大，当时正在天津贵族女校读书，还订了婚。

为张学良，她退婚，和父亲闹翻，自天津跑到沈阳，只为见他一面。赵四娴雅安静，但是面对爱情，爆发出了内心的火热和决绝，张学良无力招架，带着她登门，很坚决的，对于凤至说：我要把她留下来。

平时从不管张学良在外面乱搞的于凤至，面对赵四，突然有了一种强烈的不安，女人的敏感和直觉，让她心生忐忑。那些风流逸事，说到底，不过是一时一景，不但她不当真张学良不当真，当事女主也不当真，大家不过玩玩闹闹。张学良名头大，又帅，具备吸引女人的所有魅力，注定难安分。

这一次，于凤至一反常态，收敛起大度，坚决不接受这女子进门。赵四苦苦相求，说只要能留在少帅身边，她愿意做秘书，不要名分。张学良也目光坚决。

于凤至被逼无奈，答应接纳赵四，但是提出了三个条件，一孩子不能姓张，二不能进帅府，三不能给名分。她的目的是逼他们在这样苛刻的条件下分手，没想到却反倒坏了事。

得到于凤至的答应，两个人欢呼雀跃，张学良马上将赵四安排进了自己的北陵别墅住下，从此，他白天在帅府办公，晚上回别墅和赵四在一起，每一分钟都难舍难分，据仆人说，每天早上他们的分别场面十分缠绵，在一起好像永远也分不开的样子。

一对有情人，演绎有情事，沈阳城传遍了他们的浪漫爱情，于凤至终于明白，这一步，她走错了。这次，张学良是认真的，这，是他真正全身心投入的，第一次爱情，她注定分不开他们了。

赵四比张学良小十几岁，是大家闺秀，但是，她只想跟他在一起，无视道德礼教，无视亲情流言，甚至无视名分，做妾也好，做秘书也好，做你身边一个侍女也好，在一起，就好。

你无法阻止一对要爱就爱个死去活来的人。于凤至的涵养和所受的教育里没有这些，所以，她无法淋漓尽致，便输给了赵四。

她的条件不但没有分开他们，赵四还把张学良给拐走了，于凤至心有不甘，又在帅府旁边给赵四买了一栋房子，让她搬过来住，此后，赵四一直以张学良秘书的身份跟着他，一转眼，就是五十年，不离，不弃！

这样的爱情，纵然违背伦理道德，但是你可以恨，可以怨，就是没有办法把他们分开。

于凤至接受了赵四的存在，三人行的日子，也慢慢走下去了。

赴美治病

西安事变后，张学良被软禁，就从那时起，于凤至陪伴着张学良由南京到浙江奉化、安徽黄山、江西萍乡、湖南郴州和沅陵，1940 年又被转移到贵州修文阳明洞。在四年辗转流迁的幽禁生活中，于凤至与张学良共同经历着由副司令变为阶下囚的惊天突变，一千多个日日夜夜。心情不好条件不好，于凤至染上重病，不得已，赴美求医，照顾张学良的任务，就落在了赵四身上，赵四放弃自由身，甚至欢呼雀跃，能陪着张学良，亦无怨无悔。

于凤至赴美治病，哪知这一走，便是五十年天人永隔，再不曾见张学良的面。

于凤至生的是乳腺癌，国内的医疗条件有限，她在宋美龄的帮助下入住的是著名的教会医院，主治大夫是著名的肿瘤专家温斯顿·比尔。她的病已经很严重，但是为了保持身材，采用了保守疗法，一年时间动了三次手术，虽然受了许多罪，到底顺利切除肿瘤，保持了完美身材。

她是有幻想的，要回家，和张学良在一起，无论他和赵四的爱情有多么轰动，也改变不了她是原配妻子的事实，何况，她并不是一无是处的旧式女子，她什么都有，最起码，她有耐心，在这婚姻的长河中，保持优雅，并且用她独有的"伟大"，赢得张学良的心。所以，必须保持身材，保持身体完整。

谁知道天意弄人，修养中，癌细胞又开始转移，比尔大夫再次提出摘除整个乳房的治疗方案。于凤至坚持，这份对身体完整的坚持，也是对情感的坚持，她不愿也不敢以残缺的身体面对爱情面对爱人，她根本没有把握。

每一个坚强的女人，在爱情里都是脆弱的，不堪一击的。

肯尼迪夫妇也十分重视她，肯尼迪夫人亲自劝说她放弃乳房，保留生命。僵持几个月后，于凤至终妥协，无奈的，决绝的，接受了乳房切除手术。

手术之后，是化疗，身体的疼痛和不适难掩心里的失落，那个时期，美丽的于凤至头发几乎掉光了，吃不下饭，整个身体瘦的像一片叶子。无数个疼痛的午夜，她在渴望见那个人一面，他能陪她一天，一小时也好啊。只是，他在国内的日子身不由己，所有的思念，都化成了对他的担心。

那一段日子，是煎熬，是炼狱，是一个孤独在异乡治病的女人无法直视的暗夜，好在，她熬过来了，失去了一个乳房，保留了生命。只要有生命在，就可以继续爱，可以继续博弈。

张学良常年在狱中，她没有经济来源，治病之后，差点身无分文。

于凤至咬紧牙关，开始琢磨赚钱之道，她以学识和胆识，闯进华尔街，开始炒股、炒房。张学良是她信念和支撑的源泉，一开始她想赚些钱，回国和他在一起，后来，他出狱无期，她又想，我不能让他出狱的时候身无分文，我得给他赚一分家产，让他出狱后，就能生活无忧。

于凤至很有经商头脑。股市如人生，不过大起大落间的把握，于凤至很快积攒了一笔钱，成功夺得人生第一桶金。

就这样，于凤至带着一种被逼无奈、同时也带着一种自信闯进了股海。凭着当年东北大学文法科的教育基础，凭着从富商父亲于文斗那里遗传下来的经商基因，以及当年东北第一夫人的胸怀和胆识，她很快在股市里闯出一片属于自己的天地。

她用赚来的钱，买房子，然后出租，一点点，积累原始资金，并且很快就大富大贵，在美国买了两处豪华别墅。一处是著名影星英格丽·褒曼生前住过的林泉别墅，另一处是伊丽莎白·泰勒的旧居，两处别墅相邻。

鬼门关闯过来了，日子好过了，却又面临另一巨大打击：离婚。

委曲求全

她想用端庄大度优雅打败对手，骨子里，于凤至是不屑于小情小爱的，她是心有万千的女子。却输了，输得彻底。

1960 年，在宋美龄的介绍下，张学良信了基督教，基督教一夫一妻，不容三妻四妾这样的事。张学良面临抉择，要么放弃和于凤至的婚姻，要么放弃赵四，此时他和赵四已经同居近三十年，为了她，赵四和家里断绝关系，没名没分，一直以秘书的身份在身边，并且为了照顾他，失去了女儿。可是于凤至，也没任何错处，相反，她识大体，肯放低，赵四生第一个孩子的时候，因为没有名分，不好抚养，她毅然将孩子抱回帅府亲自抚养，她无疑是个伟大的女人，这样的女人不应该承受被弃。可是，赵四呢？

张学良的痛苦，传到美国，他们有过一次通话，张学良透露了想要离婚的决心，于凤至问为什么，他只说：我们是一直在一起的，无论如何不会分开。

于凤至苦思良久，她深深明白张学良的艰难，于她，是敬重，于赵四，是情意难舍。为张学良的这句话，她同意签署离婚协议。

成全，意味着全心全意！于凤至提笔给他们写信，说赵四这些年的不容易，说自己对张学良的理解，说自己愿意离婚，成全他们这一对璧人。

离婚协议签署之后，张学良和赵四马上在教堂举行了婚礼，在命运的干涉下，他们都背离了初衷，这边红烛彩带，果然奔走相告一段传奇，那边，遥远的大洋彼岸，于凤至枯坐在窗边，目光所及，几朵云悠悠而过，她到底，失去了名分，但是博弈，仍然没有结束。

一段好不容易维持下来的婚姻，到底风烟流散。于凤至带着孩子在美国生活，心心念念着张学良，一刻也没有停止对他付出。

于凤至把两处别墅都按当年北京顺城王府内家里的居住式样装饰起来，她自己住一处，把另一处留给张学良，她对孙辈们说：我将所有的钱都用在买房子上，就是希望将来你们的祖父一旦有自由的时候，这别墅就可以作为他和赵绮霞两人共度晚年的地方。这也是我给他的最好礼物了。此时的她，还在幻想着与丈夫重聚的那一天。

她还在幻想三个人在一起的时候，哪怕他心里爱的是赵四小姐，能看见他，能跟他在一起，能为他做事，总归是好的。

这一生，都是为他而来。

她并不是真的大度，将自己爱的男人拱手相让，她只是在博弈，哪怕付出自己的一生，这份自重让人心酸。她从一出发便是错的，于是越走越远，只能和终点遥遥相望。

张学良被软禁的时候，于凤至病愈留在美国，每日游走救夫，甚至掀起了一场媒体大战，她说：为救他我拼尽全力！

这一生，她爱他懂他帮他，无怨无悔。

1933 年，张学良被迫放下东北军权，远离故土去欧洲，临行感慨：此去不知何日归，于凤至写词安慰：青史无虚谎，黑白分明，笑对世人谤；

西安事变之后，张学良被羁押，于凤至不离不弃，一直跟在身边照顾他，直到身染重病；

在美国，她顾得不是个人身体，而是他出狱后的生活，于是，拼命给他赚下一个偌大家业，方便他生活无虞；

她从不忍伤害赵四，让他伤心为难，只等他们自然离散，虽然这个愿望最终落空；

她诗书礼仪，容貌品行，情意度量，都拔尖，还育有子女。

对于张学良来说，于凤至就像是一颗钻石，无论从哪个角度看，都是光彩熠熠，千古贤妻，但，张学良爱的却是美艳欲滴的红宝石。

错爱一生

于凤至有四个孩子，小儿子最早因病夭折。之后是"二战"时期，她的第二个儿子在炮火中精神失常，后来在去找爸爸的路途中，死于台湾的精神病院。她最疼爱的大儿子，一次飙车中，不幸撞成了植物人，不久也离她而去了。一个女人，五十年远离祖国和家人丈夫，身边只有孩子，孩子是她巨大的精神支持，然后，孩子们也一个个离去了，母亲的心，女人的心，一寸寸苍凉老去。晚年，她和女儿女婿生活在一起，更多的时候，是一个人，远望夕阳，却望不见离人的身影。

婚姻离散，身体重创，政治风云，儿子夭亡，人间诸苦都尝尽，平生只为一人心，然而这颗心，她等了一辈子，依然没有等到。

张学良始终敬她，却终究无爱。于凤至很像宝钗，什么都有，唯独得不到心上人的爱，她太正、太端庄，天下人都喜欢，却少了些爱的趣味。所以，得到的敬重总比爱多。

爱情是任性的，不按常理出牌的。受教育太正统的女子，多无缘真情爱，总是得到敬重过多

错爱一场，张学良到最后爱的都是赵四小姐。

于凤至九十三岁在美国洛杉矶豪华别墅去世，死前，没有见到张学良。人间少了一个寂寞的女子，阴间多了一颗孤独的心。

临行，于凤至幻想未灭，遗言：死后所有的财产都留给张学良，尽管他们之间已经五十年未见，尽管，他们已经签署了离婚协议。她给女儿女婿留下遗言要和张学良：虽不同生，但要死后同穴。女儿女婿遵从遗嘱，在于凤至墓旁又造了一处墓

穴，等张学良百年之后陪伴她，长眠于此。

于凤至死后，张学良携赵四去她的墓前拜祭，听她生前情意，抚碑长叹：生平无憾事，唯负此一人。

多半生的等待，换来一句话。深眠地下的于凤至，再也听不到了。

后来，赵四去世后，葬在夏威夷东海岸著名的神殿之谷纪念陵园，2001 年 10 月，张学良也埋葬于此。他始终爱赵四，无论有没有名分，他承认她是他的妻子、爱人，他们才是真正的生不同日死同穴，他们才是传奇。于凤至留给世间的，不过一缕寂寞，和身旁一座空的，将永远空下去的墓穴。

鸦 片 香

雪小禅

　　9岁那年，我随父进京，父亲是立志要把我培养成一带名媛，从小，我研习琴棋书画，家学的渊源让我在教会学校如鱼得水，十五岁，我能把法文说得极流利，一身洋装更让我骨子里全是风情，民国女子陆小曼三个字，总是会出现在一些交际场合，十九岁，我已经是一个美貌如花的女子，能歌善舞，一手好小楷，况且穿上戏衣，我就是昆曲《牡丹亭》里的女子，为着自己的爱，为着自己的梦。

　　我的风情无人能敌，我是那宣纸上洇着的大朵荷花，细细的腰一摆便是千种风情，只一个眼神，便敌千军万马，所以指挥千军万马的王庚拜倒在我的石榴裙下，嫁与人妇后，从此是一个寂寞的小妇人，因为无人懂得。

　　只好唱给寂寞听，夜夜笙歌里，我练就了一个戏子的本领，只是戏子的眼泪在脸上我的在心里。在麻将声中，身体不过是行尸走肉而已，直到，直到那个冬天我遇到他——诗人志摩。不期然偶然遇到，他伸过手来，我们在一起舞着，如两只贪婪的蝴蝶，似《春闺梦》中的王恢与张氏。他盯住我说，王太太，你是寂寞的。

我一惊，躲闪着他的目光，到底有人看得懂我。

我想逃开他，他眼神是一口井。但我躲不过自己的心。夜夜夜夜，我为谁心跳，独上高楼，我唱给谁听——良晨美景奈何天，赏心乐事谁家院？没想到遇到同样一个他，可以舍了命来爱一场。他日日来，火热的情书让我泪流，二十几年来，第一次有人懂得我，胭脂沾了泪，终于他看出我是为着寂寞。

但我不再寂寞，有了他，我愿意，为他生为他死。

王庚用枪指着我的太阳穴，我闭上眼，心里只有一个他，我说过可以为他死的，心里全是他，他说：我是天空中的一片云，偶尔投影在你的波心。他说，小龙，我的小龙。他还千里之外寄与我绸缎来，让我做了婀娜的旗袍穿给他看，但是，为什么，爱情像是穿肠毒，那么多人在痛恨我们？

他再去了康桥，几个月时间，写信一百封，字字相思泪，有他的信我就是天堂，没他的信我就是地狱，父母不答应我和王庚离婚，那是他们千挑万选的前途无量的佳婿，英俊体面大方，而诗人是什么？一个爱情浪子，为了一个叫林徽因的女人抛妻弃子一直追回国来，这样的男人，有什么值得？

只有我懂得，他值得。

所以，在那个雪夜里，我把自己的一生许给了他，我把自己的未来许给了他，那时他在自己的小书屋里来回走着，然后一下子抱起我：小龙，你救我，只有你得救了我。担着千夫所指，1926年之秋，我与他，一个有妇之夫，一个有夫之妇结婚了，证人梁启超是这样说我们的：徐志摩，你这个人做人浮躁，离婚再娶就是用情不专的证明，陆小曼，我希望你今后能恪守妇道，不要再把婚姻当儿戏，让父母汗颜，让朋友不齿，让社会看笑话。

这就是众人眼中的我们，但这些和爱情比起来不过是轻烟一缕，马上就烟消云散了，婚姻开始的旖旎让我与他日日沉醉不醒。这样的晨昏颠倒常常让我想起《长恨歌》里那对苦命鸳鸯，同样是爱到不能自已。每天要他抱着我下得楼来，离开了北京，我的心像风筝一样飞起来，上海，是多适合我的城市啊，在这里，欧化的建筑和风气让我沉醉着，可以穿到最好的巴黎时装和最正宗的香水，还有百乐门乐队最好的伴奏，但摩不喜欢，他说这里不是他的城市，为了我，他还是留下来。

最初的喜欢终于过去。我终于又开始了新一轮的厌倦，不是厌倦我的爱人，而是厌倦我的生活。早晨从中午开始，醒来时已是上海太阳最好的时刻，冬天的时候可以看到浓雾卷着昨夜的烟尘而来，我打开留声机，里面是最红的歌星在唱着：蔷薇蔷薇处处开，之后是昆曲和京剧，此时的摩正在上第几节课？懒懒地叫荷贞把饭端来卧室，便接了瑞午的电话，他约打牌。我明知和他在一起堕落但不能自拔，有谁不喜欢萎靡的生活？当我与他，在云烟间在烟塌上吸鸦片时，我不知是男是女，摩说过的所有海誓山盟全抛在脑后，那一刻，我有一种飞的快乐。

就这样成了他的负累。我喜欢这种纸醉金迷，为了摩我想摆脱，但骨子里的东西，总是难以掩蔽，就像我穿着素白白的衫子去看志摩，他惊喜地看着我说我这样最是雅致，但我知道自己骨子里最是妖的，所以，宁肯穿后背上是大朵莲花的丝绸旗袍，对于钱的概念我几近于无，所以，看到喜欢的东西会疯狂地要着，爱我的摩，每隔几天就往返于京沪之间，他搭免费飞机，这样快些，但我总有隐约的恐惧，好在他总是及时赶地回来，尽管有时他回来时我入了梦，在梦中，是我与他的纠缠。

而屋里，是我昨夜狂欢跳舞后乱扔的鞋子、缨络和流苏，还有那件蕾丝的白色洋装。口红的盖子裸露着曾有的激情，我的胭脂很斑驳，镜子上有我吻上去的痕迹，当然，还有一个"摩"字，心底里，他是我的全部我的唯一，为了我，他不得不去做了房屋中介，只为赚几块大洋补贴家用。

我不知夫妻还要为钱计较的。第一次为钱吵起来时我哭了，这样委琐的爱情，我以为，嫁给摩就是诗情画意天长地久琴瑟合谐，就是我唱曲子画画给他，却没想到，还有掰着手指头来算计怎么样花钱？

仍然是老样子，要债的挤上门来，我看到摩无奈的样子，院子里玉兰开了又落落了又开，我终于看到了他的无奈。

我也无奈。作为他的妻，始终不能被他的家人承认，他的父亲一向以为张幼仪是他们的媳妇，那个能干的女人赢得了所有人同情的目光却赢不了爱情，还有虚伪的林徽因，总是以道貌岸然的理由拒绝着，明明是爱着却不要，待到人心死，却又用几行字把他唤醒，他们之间玩的那套精神之恋要来骗谁呢？志摩是我的，我不许别的女人缠着他的魂魄，所以，我用尽一个女人所有妖术，他与我缠绵之后，总是说，亲爱的小龙，我前生是你的今生是你的来世更是你的。他把自己的生生世世许给了我。

都言我与瑞午有染，瑞午，那不过是戏子里的一个，我与他怎么可能？不过是颓迷时的一个道具，他教我吸了鸦片我便不能自拔，他还教我怎样在这个世界中慢慢地沉沦，而这些，是傻傻的志摩所不知道的。

但凡我唱一个曲，志摩便嚷着好，写一字也是好，画一幅画就更好，他希望我上进，但我骨子里是一个没落的人，希望就这样像一朵烟花一样，绽放着绽放，烟灭就烟灭，所以，没有计较婆婆死公公不让进家门，他一直觉得我不是徐家的媳妇。

只要志摩对我好，我可以背起千夫所指。

只要志摩是我的，我可以失去整个世界。

1931 年 11 月，一夜贪欢以后，志摩在我醒之前走，去搭免费飞机，那天极其平常，我仍然和瑞午他们打着牌，耳边是程砚秋先生的《春闺梦》，婉转旖旎地唱着，但我的心却莫名地疼了起来，这种疼只在几年前志摩去欧洲时疼过，那时我们尚隔着万重千水，两颗心死死地为爱挣扎着，而今日的疼为的是什么？

半夜，邮差来急急地敲门，我开门看到那航空电报上的字，眼前一黑便回到前世去，前世我是那花树下的女子，等待着志摩穿一身长衫带我去康桥。

醒来时志摩已下葬在硖石。那是他最初的开始。今夕何夕，二十九岁的女子陆小曼从此成了未亡人，没有人同情我，所有人以为，这是一场孽恋的必然下场！只是可惜了一个天才的诗人，诗人背后，是那个索了他命的女人。

这是宿命。

纵然我从此缟素，纵然我永远不再嫁亦是千古的妖女，没有我就不会有志摩的今天，十里洋场的挥霍无度，撒娇任性与刁蛮，所有最狠毒的语言全用在我的头上，如果我不离婚，我会是一个奢侈的军官太太，生几个孩子，慢慢变老，如果我不遇到志摩，我的人生可能要重写。

但一切全在刹那改变。

像一场烟花开放，我和他的爱情，我和他的纠缠，只不过短短几年时间，幸福便如雨中湿了翅的鸽子，扑落落地掉了下来。

人们记住的只是我的奢华无度，只当我是一株醉生梦死的罂粟花，二十九岁的我，背负起所有罪名，却没有想到，二十九岁之后的日子，是我一个人担当，所有的苦与罪，所有的寂寞与相思，所有入骨的痛与孤寂。

即使这样，我还是要说，来生，如果有所选择，我还会选择在那个春江花月夜的晚上与他相遇，他把手伸给我，然后说，跳一支舞吧。

因为志摩说过，生生世世他是我的，哪怕再和烟花一样只绽放一瞬，只为那一瞬，我愿意，再等待一世。

爱上宋美龄

段奇清

不知他是否盼着这一天早些到来。

是的。漫长而短暂的人生终于快要结束了，临终前他说，尘世间芸芸众生的生活方式和理念都不可能完全一样，他能理解别人，也希望别人能理解他。他，一心希望别人理解的。是他的爱。

那是 1931 年，仲春。也许在依然春寒料峭的日子里，他却看到了绽放的花，飞舞的蝶……

那一天，作为南京黄埔军校本部一名学员的他，按照上级命令排好了方队，等待校长来检阅。

场上一阵拂动，他更是觉得心中有一股热血在翻涌。他几大步跨上前去，在众目睽睽之下，情不自禁地拉住了正陪同校长蒋介石检阅的宋美龄那白皙温软的纤纤玉手。

猝不及防的宋美龄既羞又怒。

回府邸后，侍卫长王世和秉承宋美龄的旨意率兵立即将他拘来。

"夫人安好！"他仿佛觉得自己并不是被作为"犯上"的罪人捉来，而是被宋美龄请来做客的，脚尚未站稳。便忙不迭请安，以至声音激动得有些打颤。

宋美龄似乎未看破他的心思，秀目怒睁："你说说，你为何羞辱于我，亵渎校长尊严？不忠不义，该当何罪！"他"啪"地一个立正。痴痴地望着她。嘴唇翕动了几下："夫人……实在……太美了！"

千罪万罪，爱慕没有罪。宋美龄心头不禁一热，理解的花儿顿时在她心头绽放，片刻，已是一片花团锦簇……

宋美龄由此把他视作座上宾，像姐姐一样与他谈心。不觉时间已经飞逝，日光已经西移。宋美龄留他在自己的府邸吃晚饭，并亲自为他下厨。二人一同用餐后，她又打电话给黄埔军校本部长官，责令其不得为难于他。

要说在检阅场上，他只是惊羡宋美龄的美丽，而此时此刻，他更是为她的人品、修养、才学所折服了。年轻的他原本并不知道，一个人的美丽，原本是离不开人的品性、才华来作底蕴的。

有人说他歪打正着，幸运地缠绕上了一根好裙带。因为同窗们还在排连级的职位上苦苦煎熬时，他已升任为团长。当那些人好不容易升迁到营长、团长的位置时，他已是一位中将师长了。

宋美龄也总是不遮不掩地关心着他。抗战刚爆发那年，她把他调到了自己的身边。她公开的理由是，在抵御日军的太行山战役中，他立了大功。

是的，太行山一战，已升任师长的他。不仅部署周密，指挥得当，而且在紧要关头，能身先士卒，奋勇杀敌。由此他声威大振。

他在前线的英烈表现，除了他的爱国心外，据说还有一个无法言说的缘由，那就是：他"错误"地爱上了宋美龄。那种日夜萦绕着的相思，将他折磨得太苦了。倘若老天爷能成全他，血洒疆场、马革裹尸，于他，未尝不是一种很好的解脱！

要说冰雪聪明的宋美龄对他的这一心思毫无察觉，那或许只能是自欺欺人。她费尽周折，将其弄到自己的身边，只不过是对他这一片痴情的自觉回应罢了。

宋美龄更加对他关怀备至。也许正是这种心在咫尺，可身隔天涯的景况，让他的心更加破碎不堪。本来在仕途上可以飞黄腾达的他，却选择了离开。1947年。他脱下将服，去了美国，做了一名商人。

在离开宋美龄的数十年间，他流过太多的泪，可那是滂沱的心雨，心雨再大，也只能淋湿自己的爱与伤心。

在美国，宋美龄专门去看过他。早在20世纪50年代。在迈阿密经商的他已拥有百万身家，自然有许多人为他介绍女友或情人，可他一一拒绝。当宋美龄来到他那海寂韵住所时，他将自己几十年来搜集的有关她的、足可以办一大型展览的图片与资料给她看。他说，有了这些，他怎么还会觉得孤独？

宋美龄苦口婆心地劝他：人生苦短，不能再这样犯傻了！

有一个合适的女人，一定要娶过来，成家立业，才能享受天伦之乐。

可他总是答非所问，傻傻地凝视着宋美龄，一如从前，令宋美龄百感交集。

《卡萨布兰卡》中唱道："世界上有那么多的城镇，城镇中有那么多的酒馆，他却走进了我的。"也许这种情感，正合宋美龄那一刻的心情。

他，名字叫韩诚烈，是一名湖北汉子。

不是所有的爱的花朵都可以在阳光下绽放，很多伤心的爱，只能搁置在心中，一任自己独旧去浇灌。

韩诚烈总在寻求别人的理解，直至生命的尽头。

——至少宋美龄理解他了！

其实，他也得到了世上所有懂得爱的人的理解：一有些爱留在心中，比起那些同床异梦的所谓爱，不知会高尚美丽多少！

（孙金荣摘自《北方人·悦读》2011 年第 1 期）

海伦的秘密爱情

半梦

海伦·凯勒，极富传奇性的美国盲聋女作家。在她 19 个月大时，一场猩红热夺去了她的视力和听力，从此，她的一生都在黑暗和寂静中度过。但是，她不仅掌握了英、法、德等五种语言，还完成了一系列著作，创作出《假如给我三天光明》这样的惊世之作。她致力于为残疾人建立慈善机构的福利事业，被美国《时代周刊》评为"美国十大英雄偶像"，荣获"总统自由勋章"。

2012 年 6 月，美国作家罗茜在纪实作品《海伦·凯勒的秘密爱情生活》中，首次披露了海伦·凯勒与助手彼得之间鲜为人知的恋情。

无声的爱静静绽放

1880 年 6 月，海伦出生在美国阿拉巴马州的塔斯比亚城。在她不幸失去听觉和视觉后，家人找了一位叫莎莉文的老师前来辅导海伦。莎莉文陪伴了海伦一生，也改变了她的一生。

莎莉文不仅教会海伦识字，还教导她利用双手去感受别人说话时嘴型的变化以及鼻腔吸气、吐气的不同，来识别语言发音。在莎莉文的辅助下，18 岁的海伦考入剑桥女子学院，随后进入哈佛大学，从此一生致力于教育、慈善、文学等事业，赢得了全世界的尊重。

1916 年，36 岁的海伦还是个单身女郎。爱情，对于她来说是个沉痛而陌生的词汇，她不知道这个世界上会有哪一个男人能够不嫌弃或不是出于同情而真心爱上她。

1916 年夏天，海伦的秘书请假去苏格兰探亲，而恩师莎莉文的身体也不太好，不能日夜陪伴在她身旁。海伦决定请一位临时秘书，帮助她完成日常用手心写字的工作。"掌心写字"，是海伦与他人交流的方式。就这样，彼得·费根走入了她的生活。

那天傍晚，空气中弥漫一丝雨前的沉闷气息。海伦和莎莉文坐在门廊上，等待着从波士顿赶来的彼得。突然，海伦感觉到莎莉文握着她的手有了细微的动作："他来了。他的头发颜色很深，手指很长，一只手拿着棕色笔记本，另一只手夹着烟。他正在四处张望。"莎莉文老师在海伦的手心里静静地写下对彼得的第一印象。

海伦略微抬起头，虽然看不到彼得，却仍然能够感受到他的气息在慢慢逼近。

"他穿着白色衬衣，将夹克随意地搭在肩上。天啊，他的眼睛是棕色的……"莎莉文老师继续在海伦的手心中描述着。

海伦的脑海中，慢慢浮现出了彼得的轮廓，一个高大帅气的男人。"他帅吗?"海伦紧张地在莎莉文手心上提问。

"感谢上帝，幸好你看不到他，他帅得简直令人窒息。"一句玩笑，逗得海伦笑了。

海伦紧张地捋了捋头发，坐直了身子。她感受到彼得气息的临近，那是一种从未有过的感觉。她感到阳光慢慢地笼罩了她，还带着绿草和雨水的清新味道。

海伦站起身，彼得礼貌地同她握手。海伦将手指放在彼得的喉部，感受着他喉咙发出的振动声音："凯勒小姐，很高兴见到你。"海伦礼貌地回答："见到你我也很高兴。"海伦静静地辨别彼得说的每一句话，他的语速有点快，让她有一些吃力。

彼得虽然只有 29 岁，却成熟稳重，海伦对他非常认可，接受了这个助手。从此，他们整日形影不离地在一起工作。随着时间的流逝，异样的情愫在海伦心中慢慢萌发，这是一种奇妙的感觉，一种从未有过的快乐感觉，她的心每一分每一秒都沉浸在对彼得甜蜜的思念中。

不久，莎莉文得了肺结核，海伦不得不让老师去波多黎各休养一段时日。送别的那天，海伦紧紧握着老师的手，依依不舍—从 6 岁开始，她的生命中便时时刻刻有老师的陪伴。

第二天，海伦在给莎莉文的信中写道："我不知道我怎样能经受得住和你的分别。当我们向车站走去时，我突然感到非常孤寂，感到莫名奇妙的恐惧。"

看到海伦如此伤心，彼得便想法子陪她散心。他们有时漫步在树林中，感受风的轻抚；有时泛舟在湖上，体会阳光的温馨；当彼得知道海伦喜欢骑自行车时，特地骑车搭载着她飞驰过大街小巷，让她感受清风和暖阳从身边疾驰而过……

彼得形影不离地陪伴在海伦身旁，用手语为她翻译身旁发生的一切事情。爱情之花，静静绽放。

遥不可及的婚姻

海伦永远记得那个早晨，如往常一样，她独自坐在书房中读书，突然感到一阵微风掠过，门似乎被轻轻推开了。海伦觉察出，是彼得的气息在慢慢逼近。她伸出的手，被彼得握住。她感觉到，彼得的手心泛出细微的汗水。

海伦奇怪，他是有话要说吧，可是为什么显得有些紧张？终于，彼得深吸一口气，在她的手中用手语轻轻地写下："海伦，我爱你，嫁给我吧！"

海伦静静地凝视着前方，内心却如同沸水翻滚：他在向自己求婚吗？可是，她不敢相信，因为她看不见缤纷的色彩，听不到任何声音，她有资格得到爱情吗？

见海伦没有回应，彼得有一些焦急，在她手中飞快地写着："我是真心爱你，爱你的善良、温柔、智慧和坚强，你是我见过的最美丽的女孩……"

那一刻，海伦想起伯尔医生曾对她说过："当一位青年来叩你心灵的门扉时，你不要迟疑，不要妄自菲薄，以为身患残疾就拒绝他。你虽双目失明，两耳失聪，但不是遗传的，不会传给后代。你有爱的权利！"

是啊，即使看不见、听不到，自己一样拥有爱的权利。海伦第一次知道爱情是不可抗拒的伟大力量，她沉醉了，紧紧握住彼得的手。

他们秘密相爱了，甚至开始筹划婚礼，畅想婚后的甜蜜生活。海伦从没有感受过这样的快乐，因为彼得的爱不同于母亲的慈爱，也不同于莎莉文老师知音式的关爱。彼得之于她来说，是那样的与众不同，他的每一句话、每一个动作都牵动着她的心。他是她的爱人，燃烧了她冰冷的生命。

海伦写下这样的话："他的爱如同明媚的阳光，照亮了我的孤独与无助。"

不久，彼得向当地政府递交了结婚申请书。然后，两人焦急地等待甜蜜一刻的到来。

美妙爱情的破碎

一天早上，海伦起床梳妆。门突然被推开，海伦感受到是母亲疾步走向自己，将什么东西扔在了桌上。海伦伸手去触摸，那是一张报纸。

母亲在海伦手中怒气冲冲地写道："你结婚的事，为什么我们都不知道？这么重大的事情，怎么可以擅自作决定？"因为愤怒，母亲写得很快。

海伦感受到母亲从未有过的愤怒，这让她惊慌失措。因为恐惧，她竟然违心地否认了这件事，这是她第一次对母亲撒谎。

原来，波士顿的一名记者得到了小道消息，知道海伦将和临时助手彼得结婚，用了整个头版来叙述这件事情，甚至还将他们的结婚申请书刊登在了报纸最显眼的位置。

"你不可以结婚，更不可以和他结婚。你的盛名，你的荣誉，都会被他利用，他不可能真正爱上你。结婚这么大的事，他竟然没有事先征求我和莎莉文老师的意见，他这是欺骗你！"母亲怒不可遏的一番话，像锥子一样刺破了海伦心中的幸福泡泡。或许爱情对于海伦来说，本来就像一触即破的美丽泡泡，只在阳光的折射下才泛出虚无的缤纷颜色。

母亲当即辞退了彼得，并将海伦秘密送往了亚拉巴马州的妹妹家。此时，海伦的妹妹密尔特蕾特也知道了这件事情。海伦以为，身为同龄人的妹妹一定可以理解她，可是，妹妹也认为彼得别有用心：谁能相信一个年轻健康的帅气男子，会真心爱上一个又盲又聋的中年女人？

远在波多黎各的莎莉文老师也写来了信，她对海伦非常失望，认为彼得不会带给海伦幸福。

海伦知道，所有的人都是为她着想，大家都想极力保护她。可是，她也是一个女人，她也渴望爱情。7岁时，她就希望莎莉文老师把自己打扮得漂漂亮亮的。她喜欢和男人们交谈，她渴望有一个白头到老的伴侣。然而，当爱情来临了，全世界的人似乎都站在了她的对立面。

那是海伦最无助的时光，她时时刻刻都在思念失去了联系的彼得，幻想着有一天他能够找到她。而此刻，彼得也在到处寻找海伦……

1917 年 2 月 12 日，一封信寄到了海伦手中，是彼得的来信。彼得说，他正在离海伦不远的萨利波小镇，他好不容易才找到她的地址，想和她私奔，然后秘密领取结婚证。当天的午夜，他会在她家后院的那棵大树下等她。

触摸着信纸上那些凹凸不平的特殊字迹，海伦既激动又紧张。她悄悄收拾好行李，紧张地等待着——离开这个家，毕竟需要耗尽她所有的勇气。

午夜，当所有人都沉睡后，海伦独自拖着行李悄悄出了门，来到约定地点。四周一片寂静，海伦静静地站在树下等待，她感觉到风的轻柔，想象着月光如同圣女的纱巾一样披在自己身上。那一刻，甜蜜充满了她整个身心。

时间缓慢流逝，彼得始终没有出现。秋日的夜风已经有一些凉，海伦裹紧了披肩，开始担心：是哪里出了差错？海伦再次拿出信，摸了摸上面的字迹，确定无误后又悄悄折叠好放回怀中。

当朝阳从东方缓缓升起、曙光照亮整个世界时，海伦由欣喜转向失落甚至绝望，她的心是多么难受啊！

妹妹在树下找到海伦时，海伦已经没有力气说话了。她开始重新思考母亲、妹妹以及莎莉文老师的话，她不愿相信彼得会背弃他们的爱情，她对他仍然怀有一丝希望。至少，他应该给她一个解释，不是吗？

海伦静静地等待着彼得的来信，可是，他仿佛从世上消失了。海伦的心如死灰般沉寂了，此后，她再也没有提起过彼得，似乎永远忘记了这个男人。她再没有碰触过爱情，并选择了终身不嫁。

事实上，直到海伦逝世后，海伦的妹妹才向媒体披露，那封约会私奔的信件，其实出自妈妈之手，妈妈策划了这一切，目的是让海伦对彼得彻底失望。

真实的情况是：彼得为了这段爱情，也付出了惨重的代价。他终身未娶，一直在波多黎各的一个小镇上生活，那是他和海伦曾经约定要相守到老的地方，可最后，只有他一个人空守着誓言。

海伦曾经悲伤地写下："这突如其来的爱情之花，还没来得及尽情欣赏，便随一场暴风雨的降临而消失了。"

李叔同：菩提树下的红尘恋

朱砂

那样的一个女子，似哺育了她的富士山一般，有着宁静而炽热的美。她的人，温良谦恭，心性似她的名字纤尘不染——雪子，生于 19 世纪末的扶桑女子，和所有二八女孩一样，在涩如绽蓓的锦绣年华里，无数次的，于盈盈的烛光中，许下最纯真的爱情梦想。

或许，真的是老天有眼啊——她的祈愿在那一年终于成真。慈悲的佛祖让她于万千人中，遇到了那个叫李叔同的中国男人。四目相对的一刹那，他那由丰富的人生阅历积累下来的洞悉人生的睿智眼神瞬间便捕获了她的芳心，他比她大许多，并且，在故国家园里有妻有子，然而，她依旧爱了，倾心掏肺。

那个男人简直是个天才。音乐、诗词歌赋、篆刻、书法、绘画、表演几乎样样精通，像所有那个年代怀了一腔热忱却报国无门的热血青年一样，他追随他心中的领袖蔡元培，想闯出一条救国兴邦的康庄大道，然而，不幸的是，蔡元培遭人迫害，被当局通缉，作为同党的他亦难逃劫数，于是，无奈之下，他东渡日本，学习西洋油画与剧本创作，将满腔的悲愤和一身的才情，埋藏在沉默的丹青与跳动的音符之间。

彼时，他是她家的房客，日夜在同一屋檐下相遇，久而久之，她入了他的画，他入了她的心。

她炽热的爱，温暖了一个飘在异乡的游魂。她爱他，为了他，她不惜赴汤蹈火。而她要的却不多，一份真实的感情，一方茅檐低小的简单快乐，足以慰平生。然而她爱的这个男人，却不是可以乐不思归的蜀主刘禅，在他的世界里，家衰国败的痛，像一块经年的疤，于每一个阴天返潮，一次次的，将蚀骨的悲凉沁入一颗游子的爱国之心。

6年的相依相伴，他们在一起度过了一生中最静美的爱情时光。她多么希望就这样厮守到终老，然而她不知，他的心无时不系着他的祖国。

辛亥革命的成功，让一心报国的他再也无法在异国他乡的温柔里销蚀青春的大好年华，他回来了，带着一腔的热情与满腹的经纶回到了那片生养了他的土地上。他填《满江红》的词，为共和欢呼，他主编《太平洋报》，倡导精锐的思想和崭新的文化，长久压抑的生命在这片理想的乐土上重新丰润开来。

有爱不觉天涯远，她随着他，也来了。告别满树的樱花，来到这陌生的国度。

她不怨他，她爱他，她尊重他的选择。她站在那个男人的身后，把头深深地低进了尘埃里。为了他，她甘愿在这异国他乡忍受寂寞与孤独，只为心中那一份执子之手与子偕老的爱情之约。

然而，他的热情与她无怨无悔的付出并未得到时局的认同。军阀割据的残酷现实让他不得不在报纸被关闭后移师江浙。

又一次地，她跟了他，亦步亦趋。他就是她的家，有他在，她便是幸福快乐的。

他在学堂里教书育人，培养了一代名画家丰子恺与一代音乐家刘质平等文化名人。他仰慕佛法之宏大，喜欢青灯古佛相伴的宁静，于是，终于在某一日，他抛却了红尘，至虎跑寺断食十七日，身心灵化，遁入空门，法号弘一，从此一心向佛，普度众生。

从满头青丝坠落的那一刻起，他便从荣华富贵中抽身而去，俗世所有的绚烂都化作了脱俗后的平淡，而他对她的小爱，也必将从此转变成了对天下苍生的大爱。

她爱他、敬他，可她的内心却还没有强大到可以静如止水地目送着爱情的离去。

她流泪，百思却找不到答案。她不舍，她不服。追至他剃度修行的地方。于是，那一晨的西子湖畔，两舟相向时，便有了这样的一段对话。

她唤他："叔同——"

他驳她："请叫我弘一。"

她强忍着满眶的泪，"弘一法师，请告诉我，什么是爱？"

他回她："爱，就是慈悲。"

他不敢看她，想来，他也是怕了，怕她那双泪眼会勾起昨日的种种你侬我侬，扰了自己那颗皈依佛门的净心。

她固执而绝望地看着他的眼睛，心底的疼痛，像秋日的湖水，柔软绵长，凉意无限。

他的身影消逝在苍茫的暮色里，甚至，没有道一声珍重。她悲伤得无以复加，她知道，不过是一个转身的距离，从此，便注定红尘相隔。她的爱，她的哀，她的悲，她的泪，从此都已成了这段爱情最后的华章。

一轮明月耀天心。无奈零落西风依旧。

放弃了尘世之爱，菩提树下的人生，注定将更为宏大丰厚：新文化的先驱、艺术家、教育家、思想家、第十一代律宗世祖……那个男人的生命达到了世人无法企及的高度。而我却在他圆寂前写下的"悲欣交集"的四个字里，分明听到了一个扶桑女子碎心的吟诵：

长亭外，古道边，芳草碧连天。晚风拂柳笛声残，夕阳山外山。

天之涯，海之角，知交半零落。一斛浊酒尽余欢，今宵别梦寒。

此岸情，彼岸花

崔修建

　　第一眼看到她，他便被她的美丽震慑住了。那时，他还只是一家小工艺品公司的勤杂工。而她却以出色的艺术才识，成为那所大学里最年轻的副教授。

　　当时，极度自卑的他不敢向她表白心中的爱慕，甚至不敢坦然地迎向她明净的眸子，生怕她一下子看轻了，从此淡出他的视野，他却是渴望与她一生相伴的。可是，年轻的心湖，已不可遏止地泛起了爱的涟漪。从此，他再也无法将她从心头抹去。在那个寒冷的冬天，对于孤寂地寻觅人生前路的他来说，她不只是一团温暖的火，还是一盏明亮的灯，给了他明媚的方向和神奇的力量。

　　在他借宿的那个堆满杂物的零乱的仓库里，他生平第一次拿起画笔，像一个小学生一样认真地画起人物素描，而他画的第一个人物就是不断地在脑海中浮现的她。他说："她无与伦比的美，是我今生所见到的最超凡脱俗的美，它属于经典的名画，属于永恒的诗歌，是应该以定格的方式传之于世的……"

　　他终于鼓足了勇气，将自己幼稚的画作拿给了她，她只是那样礼节性地说了两个字"还好"，便让他受了巨大的鼓舞，感觉到自己有一天也能在艺术上有所造诣。他暗自告诉自己：暂且把炽热的爱深藏起来，努力再努力，尽快做得更出色，以便能够配得上她的出类拔萃。然而，他又担心等不到他成功的那一天，她便已芳心有属，那样，他就只能遗憾而痛苦地接受这个无奈的结局了。那些进退俱忧的烦恼，搅得他一时寝食难安，仅仅两个月，他便消瘦了二十多斤。最后，他还是把真挚的爱燃烧成一首诗送给了她。她那样优雅地回了一句感谢，并坚定地告诉他——他们的关系只能止于友谊，而不是爱情。

　　对于她理智如水的拒绝，他虽有丝丝难言的苦涩，却不仅没有一点点的抱怨，反而有深深的感激，因为她自始至终都没有做错什么，她有她的方向和自主的选择。或许自己足够出色了，她才能够明了自己的那份横亘岁月的深爱。于是，他离开了省城，去了北京，又漂洋过海去了欧洲许多艺术圣地，开始四处拜师学艺，开始埋头苦练画艺，常常为了绘画达到忘我的境地。

　　就在他忙碌着在巴黎举办个人画展时，他收到了她婚嫁的消息。虽然早已想过会有这样的结果，早已想过会有伤感不绝如缕地涌来，只是没有想到巨大的悲伤竟会汹涌成河，让他几乎彻底崩溃。他呆呆地坐在塞纳河畔，一任秋阳揉着满脸的忧郁，一任往事怅然地拂过，失魂落魄的样子，像一株遭了寒霜的枯草。

好容易止住了心头的怆然，他给她写下祝福简短而真诚："相信你会拥有幸福的爱情，因为你的美不只是外在的，还有你的思想，你的灵魂，最爱你的人会把你独特的优秀看得清清楚楚。"

再相逢时，他已是闻名海内外的艺术大师，他风格独具的作品正被拍卖行高价竞拍，被世界各大著名艺术馆争相收藏。而她正在那份不好不坏的婚姻里，品味着世俗生活的苦辣酸甜。终是无法割舍的情怀，让已经历了无数沧桑的他，再次坐到她面前的那一刻，仍手足无措地慌乱，连面前的咖啡都有了一种别样的滋味。那天，他送给她一幅题名"永远"的油画，画面上那条悠长的小巷，在默默地诉说着他脉脉的心语，澄明而朦胧。

她提醒依然孑然一身的他应该考虑成家的问题了，他看到她眼神中倏地滑过的一丝怅然，点头道："是啊，有情岁月催人老，不能总是在爱的路上跋涉，可是……"他的欲言又止，像极了那些留白颇多的绘画，他不说，她亦懂。

当他得知她的丈夫在漂流中遇难的消息后，迅速终止了重要的国际艺术交流活动，第一时间从意大利飞到她身边，不辞辛苦地忙前忙后，帮她料理后事。有人问他为什么要那样，他说他已经把她当作了自己最亲的亲人。她感动而感激，但对于他依然认真的求爱，她仍是干脆的两个字——拒绝。

她没有给出理由，似乎也不需要理由，就像他对她的一见钟情，几十年的红尘岁月，非但没有冲淡那份爱，反而让那爱

第一辑：最美的徒劳无功

变得更深沉、更绵长。尽管她的一再拒绝，让他品味到了许多酸涩，品味到了许多苦楚，可是，他由此体味到了难以形容的甜蜜。在希望与失望的跌宕中，在痛苦与幸福的交织中，他咀嚼着一份无怨无悔的真爱。他说："她是他的彼岸花，始终在那个距离上美丽着，芬芳着。"

有评论家赞赏他的作品鲜明的艺术风格——总是那样明媚而热烈，即使偶尔有一点黑色的阴郁，也总无法掩住红色的希望……很少有人知道，他是怎样蘸着苦涩，一次次地描绘着渴望的幸福，更难有人能够体会到，当他的画笔酣畅淋漓地游走时，他内心里又澎湃着怎样的爱的大潮。

再后来，他与法国画家乔治－朱丽娅结婚，定居法国南部小城尼斯，但始终与她保持书信联系，他们的情谊愈加深厚。她曾意味深长地说："没能与他牵手，或许不是她今生最好的选择，却让她拥有了一生的幸福。"

她55岁那年，因脑出血溘然辞世。闻讯，他把自己关在画室内，一口气画下有人出千万美元他也不卖的绝作《彼岸花》，并宣布从此退出画坛，不碰丹青，隐居国外，谢绝任何采访。

他就是20世纪著名的油画家任千秋，她的名字叫谢小菊。他们的爱情故事，就像他最后的杰作那样——如今，那些美丽虽然已是彼岸的花，但隔着岁月，向我们绵绵吹送的，依然是时光也无法更改的温馨与美好。

爱情的朝圣者

毛俊玉

威廉·巴特勒·叶芝（1865—1939）是爱尔兰杰出的诗人，被称为"爱尔兰的灵魂"和"爱尔兰文艺复兴"的领袖。他是爱尔兰的诠释者，努力复兴民族文化，将民族精神赋予诗作。他同样是爱情的诠释者，将曲曲折折的爱恋书写为千古传唱的诗篇，留给世人，看生，看死，看爱情。

叶芝的生活便是他的诗作。他用真切的生命写作，所以他笔下的爱情就是他的爱情。他的名作《白鸟》和《当你老了》是为爱而生的灵性诗作，是诉尽衷肠的千古咏叹。这个世界上恐怕没有谁能像他，追求爱情就像追随爱尔兰的民族精神一样执着与无畏。

1889 年，叶芝与爱尔兰民族主义者莫德·冈相遇。他只是一个 23 岁的穷学生，而她早已经是一位名演员和重要的政治人物。她身材修长，皮肤白皙，一头浓密的金黄色头发动人心魄。叶芝用诗意的语言记录下他第一次见到莫德·冈的情形："她伫立窗畔，身旁盛开着一大团苹果花。她光彩夺目，仿佛自身就是洒满阳光的花瓣。"

刹那的相遇，即是一生的执着爱恋。超凡脱俗的莫德·冈闯进了叶芝的心灵深处。于是他写道，"我的麻烦生活从此开始"。叶芝对这位热衷政治的美丽女孩一见钟情。

在莫德·冈面前，叶芝自惭形秽。为了将自己向上的一面展露出来，他对她说，他要做爱尔兰的雨果。但他隐藏了心中的爱，没有勇气向莫德表白，甚至多次告诫自己不要对她心存念想。

两年后的一天，他收到了莫德的一封信说，她在梦中梦到她和他是兄妹，住在阿拉伯沙漠边上的一个地方，一起被卖为奴隶。叶芝看后，以为她在暗示什么，抑制不住内心的激动，立即赶回都柏林，第一次向她表白并求婚，但遭到她的拒绝。她要的只是他的友情。莫德·冈，一枝不可触摸的玫瑰，让叶芝一往情深、欲罢不能，"潜藏在心底的狂热简直要把他烧成焦炭"。

有一天，他和她在一起，一对海鸥在天空中飞过。她忘情地说，假如人有来世，她愿意化作一只白鸟。叶芝的诗情由此而发，写下《白鸟》一诗，表达了对爱的渴望、追求与祝福。

亲爱的，但愿我们是浪尖上一双白鸟！

流星尚未陨逝，我们已厌倦了它的闪耀：

天边低悬，晨光里那颗蓝星的幽光

唤醒了你我心中，一缕不死的忧伤。

转瞬就会远离玫瑰、百合和星光的侵蚀。

只要我们是双白鸟，亲爱的，出没在浪花里！

她来生愿是一只白鸟，他愿陪着她化作一只白鸟，出没在浪花里。几天后，痴情的叶芝将《白鸟》一诗寄给了他爱恋的莫德。不知道她收到这首诗歌时作何感想，但两人终究有缘无分，叶芝的深情倾诉并不能赢得她的芳心，留给他的是苦苦的等待和不幸爱情的馈赠。

华兹华斯说："诗歌是诗人强烈感情的自然流露，它起源于在平静中回忆起来的情感。"因此叶芝早期的爱情诗难免流露出伤感与忧郁。他曾赋诗道："我曾久久地爱过，但结果年华流逝，像一首过时的歌。"27岁的时候，他说："我觉得我的爱几乎是无望了。"31岁的时候，再次见到莫德·冈，他说他的希望又复燃了，他萌生了一个念头："要是我去她那里，把手放进火里直到烧坏了才拿开，不就可以让她理解我的感情是不会轻易抛弃的吗？"

1903年，莫德·冈嫁给了一位爱尔兰民族运动政治家。而此前莫德早与一名法国记者交往并生下两个孩子，她对叶芝说此生她不会成为他的妻子。他问她今生真正爱过别人吗？她说她只爱过这名法国记者。

苦苦追求而毫无结果，叶芝为爱的失落而伤心，但是他并没有就此了断对日夜魂牵梦萦的恋人的尘缘思念，而是满怀希望等待在时间的荒原里。

当你老了，头发白了，睡思昏沉

炉火旁打盹儿，请取下这部诗歌

慢慢读，回想你过去眼神的柔和

回想它们昔日浓重的阴影

多少人爱你青春欢畅的时辰

爱慕你的美丽，假意或真心

只有一个人爱你那朝圣者的灵魂

爱你衰老了的脸上痛苦的皱纹

垂下头来，在红光闪耀的炉子旁

凄然地轻轻诉说那爱情的消逝

在头顶的山上它缓缓踱着步子

在一群星星中间隐藏着脸庞

多少人爱慕你青春欢畅的时辰。而当你老了，只有一个人爱你朝圣者的灵魂，爱你衰老的脸上痛苦的皱纹。这是一生一世的爱恋，任海水也无法冷却的热情。叶芝用朝圣者的灵魂追求人世间的真爱。爱情于他来说，是神圣的、永恒的、美丽的。他用他的一生苦恋着一个女子，等待一生，尝尽了爱情旅途上的万千况味。

在莫德·冈的丈夫去世后，叶芝怀着最后一线希望再次向她求婚，但是再次遭到拒绝。之后，叶芝终于停止了对她的追求，于52岁那年结婚。婚后他过着甜美幸福的生活。

他在爱的希望与失望中度过了一生。爱情的不幸对他来说是残忍的。52岁之前，他有过几次感情的邂逅，但都有始无终。他说："虽然枝条很多，但根却只有一条，穿过我青春所有说谎的日子。我在阳光下抖掉我的枝条和花朵，我现在可以枯萎而进入真理。"

在他生命的最后几个月里，他渴望能与莫德·冈在一起喝茶谈心，但是她拒绝了他的请求。1939年，诗人在法国去世，她也未能参加叶芝的葬礼。

斯人已逝。爱，其实无所谓对错。珍惜相遇的缘分，以谢命运。人与人相遇是偶然中的千载一瞬。或许叶芝与莫德·冈的缘分注定停留在相遇的那一瞬间。一个诗人，一个女政治家。也许他并不适合她，她也不适合他，前世的五百次回眸也只能换来今生的一次擦肩而过。但"莫德·冈和她的存在，给叶芝带来的象征意义，却是他作品中永远不变的主题之一"。人世间像叶芝一样将爱情视作真理一样追求的，恐怕再无第二人了。

母亲与小鱼

严歌苓

那时只有 18 岁的我的母亲总是悄悄注视这个人。据说这个人的生活中一向有许许多多的忽略。连母亲的歌喉、美貌，都险些被他忽略掉。母亲那时包了歌剧团中所有的主角儿，风头足极了，一匹黑缎子样的长发，被她编成这样，弄成那样，什么佩饰都不用，却冠冕似的华丽。18 岁的母亲，眼睛骄傲天真，却有了一个人。

这个人是我的父亲。一天她忽然对他说："你有许多抄不完的稿子？"

他那时是歌剧团的副团长，在乐队拉几弓小提琴，或者去画两笔舞台布景。有时来了外国人，他还凑合着做做翻译。但人人都知道他是个写书的小说家。他看着这个挺唐突的女子，脸红了，才想起这个女子是剧团的名角儿。

在抄得工整的书稿中，夹了一张小纸签："我要嫁给你！"

一

她就真嫁给了他。我还是个小小姑娘时，发现母亲爱父亲爱得像个小姑娘，胆怯，又有点拙劣。她把两岁的我抱着，用一个舞台化的姿势，在房里踱步。手势完全是戏剧中的，拍着我，回肠荡气地唱着舒伯特的《摇篮曲》，唱得我睡意顿时云消雾散。我偷觑她已进入情绪的脸，眼神不在我身上，那时我还不明白她实际上是在唱给父亲听。她无时无刻不从父亲那里要来注重、认同。她大声朗读普希金，把泡在阅读中的父亲惊得全身一紧，抬头去找这个声音，然后在厌烦和压制的矛盾中，对她一笑。

她拿着这一笑，去维持下面的几天、几年，抑或半辈子的生活，维持那些没有钱，也没有尊严的日子——都知道那段日子叫"文革"。父亲的薪水没了，叫"冻结"。妈妈早已不上舞台，身段粗壮得飞快，坐在一张小竹凳上，"吱呀"着。晚上在桌子上剖小鱼，她警告我们：所有的鱼都没有我和哥哥的份儿，都要托人送给在乡下"劳动改造"一年没音信的父亲。

几条小鱼被串起来，用盐轻腌过，吊在屋檐下晾。最终小鱼干缩成一片枯柳叶，妈妈在锅里放一点儿油，倒油之后，她舌头飞快地在瓶口绕一圈，抹布一样。总是在我和哥哥被哄得早早上床，她才来煎这些小鱼。煎鱼的香气胀在房子里，我和哥哥饿醒了，起身站在厨房门口。

"小孩子大起来才有得吃呢！"她发现我们，难为情地红了脸，像个小姑娘偷递信物时被人捉了个准。

她一条小鱼也没请哥哥和我吃。

父亲回来后，只提过一回那些小鱼，说："真想不到这种东西会好吃。"后来他没提过小鱼的事。看得出，妈妈很想再听他讲起它们。她诱导他讲种种事，诱他讲到吃，父亲却没再讲出一个关于小鱼的字。几年中，成百上千条小鱼，使他仍然倜傥地存活下来。

又有许多的出版社邀请爸爸写作了。他又开始穿他的风衣、猎装、皮夹克，在某个大饭店占据一个房间。他也有了个像妈妈一样爱他的女人，只是比妈妈当年还美丽。

一天，哥哥收到爸爸一封信，从北京寄来的。他对我说："是写给我们俩的。完了，他要和妈妈离婚了。"

信便是这个目的，让我和哥哥说服妈妈，放弃他，成全他真正的爱情。他说，他一天也没有真正爱过妈妈。他只是在熬，熬到我们大起来，他好有写这封信的这一天。我们也看出他在我们身上的牺牲，知道再无权请求他熬下去。

而这个呕心沥血爱了他大半辈子的妈妈呢？许多天才商量好，由我向妈妈出示父亲的信。她读完它，一言不发地靠在沙发上，好像她辛辛苦苦爱他这么久，终于能歇口气了。

她看看我们兄妹，畏惧地缩了一下身子，她看出我们这些天的蓄谋：我们决不会帮她将父亲拖回来，她知道她是彻底孤立了。

这一夜，我们又听到了那只竹凳的"吱呀"声，听上去它要散架了。第二天一早，几串被剖净的小鱼坠在了屋檐下。

父亲从此没回家。

一天妈妈对我说："我的探亲假到了。"

我问她去探谁。

"去探你爸爸呀。"她瞪我一眼，像说：这还用问?!

又是一屋子煎小鱼的香味。我们都不再缺吃的，这气味一下子变得不那么好闻。哥哥半夜跑到我房间："叫她别弄了！"他说："现在谁还吃那玩意儿？"

我们却都忍不下心对她这么说。并且我陪她上了"探亲"的路，提着那足有 20 斤的烘小鱼。只是朦胧听说父亲在杭州一个饭店写作。我们去一家廉价旅馆下榻，妈妈说就暂时凑合，等找到父亲……我心里作痛：难道父亲会请你去住他那个大饭店吗？

4 月，杭州雨特稠。头两天我们给憋在小旅馆里。等到通过各种粗声恶气的接线生找到父亲的那个饭店，他已离开了杭州，相信他不是存心的，谁也不知道他的下一站，绝对无法追踪下去。我对妈说：冒雨游一遍西湖，就乘火车回家。

妈妈却说她一定要住满 7 天。看着我困惑并有些气恼的脸，妈有些惧怕地闪开眼睛，像小姑娘认错似的，不停地嘟哝："邻居、朋友都以为我见到你爸了，和他在一起住了 7 天……"她想造一个幻觉，首先是让自己，其次让所有邻居、朋友相信：丈夫还是她的，起码眼下是的，她和他度过了这个一年一度仅有的 7 天探亲假，像所有分居两地的正常夫妻一样。

　　她如愿地在雨中的小旅馆住满 7 天。除了到隔壁一家电影院一遍一遍看同一个电影，就是去对门的小饭馆吃一碗又一碗同样的馄饨，然后坚持过完了她臆想中与父亲相聚的 7 天。

三

　　父亲再婚后很幸福。妈妈见到我就问："她会做菜吧？"我当然明白"她"指谁，我说："做得很好。爸爸也戒烟了……"她赶紧垂下头走开，不敢再听。

　　临回北京，我见她又把那竹凳搬到厨房。竹凳也上了岁数，透着灵肉般的柔韧光色。还是一堆小鱼儿，我不阻止她，懒懒地倚在阳台上欣赏她工匠般的操作。她已架起老花眼镜来做这桩事了。竹凳似疼一样"吱呀"着。她不敢抬头看我，怕我看见她眼里还是那片无救的天真。

　　我将一篓子烘熟的小鱼捎到爸爸那里。正是高朋满座的时候，满桌是继母的国宴手艺。我对爸爸使了个眼色，将他熟识的竹篓搁在了一边。他瞪了它一会儿，似乎也愁苦了一会儿，又去和一桌朋友嘻天哈地，这天父亲醉倒，当着七八个客人的面，突然叫了几声母亲的名字。客人都问被叫的这个名字是谁，我自然吞声。

　　继母美丽的眼里，全是理解……全是理解……

这一次你藏得好忧伤

茉莉

一

我与水良，相识在五月。

彼时我和前男友钟杨在步行街说分手，以为每个人手里都有着完全可以置对方于死地的工具。殊不知，这场分手只演成了泼妇吵架一样的你来我往。

说到最后，钟杨把我送他的那些东西放到地上，头也不回地朝着来路离去。

这一个动作，让我悲从中来，坐在路边的凳子上，再也止不住眼泪。

那时突然觉得好孤单。满大街来来往往俱是旅客，没有一个人会把我放在心上。

"喂，别哭了，他都不要你了。"身边有一个温和的声音骤然响起。

我在泪眼中抬头，看到身边拿算盘的铜像在对我说话。

我尖厉的叫声，终于刺破了所有路人麻木的神经，他们看到一个惊慌失措的女子，如遭遇城管突袭一般拢了地上的东西飞奔，可更令他们诧异的是，后面一个铜像还在高喊，别怕，你回来！

半个小时之后，我终于知道了什么叫作活体雕塑。这个铜像的名字叫水良，他在这里已经站了一个小时，我们两个分手的所有过程，他看了个一清二楚。

洗去油彩的水良，个子很高，脸孔有些硬朗，很健谈。

他说，既然不爱了，那么分手也是最好的选择。

他说，女孩子要懂得自爱，与其乞求，不如回过头来让他后悔。

他还说，人生多美好，天涯何处无芳草。

我白他一眼，说，你说够了没有，说吧，你怎么补偿我？我现在还没有吃饭。

他突然有些口吃了，对我说，我，我没钱。

<h1 style="text-align:center">二</h1>

水良确实没钱。在街头站一个小时三十元钱，每天他可以站两个小时，但是这六十元，他要拿出十块钱作为当天的餐费，剩下的五十元存到钱夹里。

他对我说，他父亲欠了大笔的钱，他要替父还债。我不满地看着他，这都什么年头了，世道人心里，早就不流行父债子还。

可是那天，他破费请我吃了两个馓饼和一个香草冰激凌。吃饱喝足，我突发奇想，说，我要跟你一起做这一行。

他淡淡地看着我，说，你做这一行不行，你吃不了这个苦。

我反唇相讥，你吃得，我为什么就吃不得？

我清楚我在做什么，钟杨带给我的悲伤，绝不是朝夕之间就可以忘却，现在还是大块的悲伤，等在心里碎成片，又必将割伤我的脆弱。有人说，身体上的痛苦，能让人忘记情感上的苦恼，我想一试。

我甚至威胁他，如果他不帮我进入这个行当，我随处揭发他活体雕塑的身份，令他被那些路人围观并一捏真假。

后来，他终于默许了。

入了行，才知道这个行当有多难。每天要保持一个姿势站一个小时，脸上油彩味道让人几乎要吐。我怀着一颗悲天悯人的心在街头站了半个小时，就几乎支持不住。我扮的是一个虚拟读书少女，站在街边低头看书，神态娴静，笑容安详。

可内心，却翻江倒海。

半个小时内，我看到钟杨在我面前走过两次，那种目无旁人的骄傲，让我的自卑一点点不由自主地涌上来，他供职的银行就在步行街，人来人往，我突然有一种被世人遗忘的感觉，如遁荒山野岭。

我成了水良的影子，我给了自己一个月的时间来放弃这段爱情。他骑着旧电动车接我上班，我们一起在街边吃一块五一串的炸豆腐，我有时会怅然地望向远方，可转眼就会听到他说，哎，咱们去花园广场看喷泉吧。

已是七月，天气炎热，水良如这天气的热度，把我从冰冷中往外拯救。

我依旧可耻地待在钟杨给我的所有眷恋之中，无法自拔。

三

我与水良相识三个月，我们两个在街头做一对铜人伴侣。商业街附近，三教九流，不时有人与我合影，尚有些不知内情的人真假难辨，动作免不了有些猥琐。可我已经学得坚定，我岿然不动，倒是水良扶在我腰间的手，开始微微颤动。

没有比失恋更大的事，没有比从失恋里走出来更艰难的事。我这样想着，没想到一双咸猪手竟然摸在了我的胸上。

是几个中年人，大吃一惊，软的！这铜人是软的！

接下来的一幕让所有人瞠目结舌，我看到，水良动了，他冲过去，拉着那个人的手把他甩在了一边。那几个人几乎要吓傻了，他们眼睁睁看着他们的同伴被铜像压在身体下打，几个中年人开始尖叫连连。

后来，水良被扣掉了当天的六十元钱。我主动提出要补偿他，却被他拒绝了。洗去脸上的油彩，他对我说，哎，我突然就有了想保护你的欲望。

我用力地擦着脸上的油彩，对他说，那好啊。

他说，可是，我想一辈子。

我想，我当时一定是怔住了，甚至没有转过头去看他的表情。这让人不知如何接受的表白居然发生在化妆间里，我们两个衣衫不整，看起来像是一对偷情完毕还来不及换上衣服的情人。

我没有说话，面对表白，女人总要说些什么的。可我不知道如何回答他，我心里有个影子，还没有完全消失，我还要对那个影子带来的一切负责。况且，我没有告诉他实情，我在一家针对银行的企业里工作，每天可以不去打卡，因为我喊老板爸爸。

我想起了一句歌词，我有太多太多的话，不能告诉你。

他不是我想要的类型，我不能误人子弟。

四

出逃凤凰的一个月里，我住在狭小的吊脚楼中。这里并没有我想象中的美好，没有艳遇没有知己一个人又不敢放纵在酒吧，所以，我只有白天对着江水出神。

可是水良，此时又在心里跳出来。有某些时刻，我开始恨自己，我是多么贱的一个女子，对钟杨说要爱他一辈子，可是现在心里又住进了一个人。我嘲笑自己的不坚定，怒斥自己的太随意，可是水良的影子，不远不近，就在那里站着，像我初见他时的铜人模样。

他不过就是带过我两个月，陪我笑，陪我闹，陪我从失恋中走出来而已，我，凭什么这么快就爱上他？

我给他写了一封长长的信，分成十几个短信发出。无非是拒绝，无非是不可以，无非是缘分那点儿事。可是在最后，我却说生活上遇到了过不去的难处，要一笔钱。然后，我给了他一个卡号，他那么在意钱的男人，应该会左右为难，在为难之中，就放弃掉我了吧。

我要的不是随遇而安的爱情，而是另一份我一见钟情且轰轰烈烈的爱恋。

他没有回短信，一直没回。

十天后，我回到了城市里。那张银行卡，我丝毫没抱任何希望。

可是，当一个月后，我发现那张银行卡上多了两万元时，一下惊呆了。那天，所有取钱的人，都会在 ATM 前面，看到一个哭泣的姑娘，一边哭，一边退卡。

我说，傻子，真是个傻子。

五

我开始寻找水良的踪迹，尽管我不知道找到他后我要说些什么。可是，我要告诉他，这两万元钱，只是我给他开的一个玩笑，我并不需要他的救济。

我甚至看到了一个和他的打扮十分相似的铜像，我冲过去，对着铜像喊，哎，水良。

可是铜像不说话，我伸手一摸，硬而冰冷。

那一刻，突然觉得心疼了，空空的疼。

我算了一笔账，两万元钱，如果按每天一百算的话，他要站上两百天。这两百天里，包括一个冬天、一个春天和一个夏天，那些静止不动的时刻，他在想，又给老爸补上点漏洞，那时他的心，必是欢喜的，自信的，可是，恰在此时遇到了我。

他的电话，从关机到空号，再到重新被人启用，我依旧没有找到。我知道，他为了回避我，真傻。可当初我与钟杨，不也是这么傻吗？

十一的时候，我和两个同事去了附近的一座旅游城市，我心怀郁郁，可同事的一句话，却提醒了我，她说，那里有个活体雕塑大型活动，不看真是可惜了。

我决心去看。

可一进公园，我就怔了，我从来没有见过这么多的活体雕塑，各种形象，各种颜色。

我从一尊尊的像前走过去，我希望看到一张棱角分明的脸。从上午转到下午，再到傍晚。同事被我拖得疲惫不堪。

不知是哪位哲人说过，只要你寻找，那么你必会发现。

我在公园的尽头停了下来，天色有些模糊，我站在他的面前，对他说，我找了你很久。

两个同事诧异地看着我，一个担心地问，你没病吧。

我没病，我微笑地望着他们。这是一张棱角分明的脸，可是无动于衷。我看着看着，眼泪落了下来。

他不是水良，我知道，我对他说，我找了你很久，你为什么换号，你为什么躲着不见我，以为这两万元钱就能买回来你所有的欣慰了吗，你为什么扔下我一个人不管？

最后，那个铜像终于开口了，多么陌生的声音，他说，姑娘，我要换班了，抱歉。

我蹲下身，心又开始疼，因为我不知道，这一段丢失的爱，如何找回。

鲜花在等待

林一苇

严格说来，在爱斯基摩人生活的区域是没有花的，除非你把雪花也当作花。但是，爱斯基摩人分明是一个喜欢和陶醉于花的民族。花，举凡我们知道的花，千姿百态、千娇百媚地生活在他们的心里。谁怀疑生长在心里的花比生长在尘土中的花更美丽呢？在加拿大冬天的极地里，经常可以见到行路的人，他们要去一个自己也不知道的地方捕获猎物。你走向前去问他们苦吗，他们笑一笑，平静地告诉你，"不苦，花儿在等待。"你若问他们，"有什么话要传递吗？"他们会红了脸庞，羞涩地告诉你，"请你告诉她，鲜花在等待。"

头一个"花儿"，是他的心上人，他是为了她去捕猎的；后一个"鲜花"，是他心中的爱情，他要你转告他心上的人，他的爱情始终像鲜花一样在心中盛开。

听爱斯基摩人谈爱情是一件温暖的事情。在他们的口里，你听不到一句抱怨，有的只是甜美的忧伤。他们坐在你身边，仰着脸给你讲爱情故事，那种神情分明是面向苍天的自言自语。他们每人心中都有一个人，他们大多数是一见钟情喜欢上了她，然后，靠夜里偷偷往她家门口放鱼、放熊皮——这是他们能找到的最珍贵的礼物，来表白。如果他贫穷，如果他觉得不能和她生几个孩子并保证一家人幸福，他的爱就是永无止境的长夜——从此后他会默默爱她，默默追随她，以她的幸福为幸福，以她的痛苦为最大的不幸。而且，他把爱情埋在心里，一辈子也不表白。

走在北极千里万里的雪地里，世界没有了声音。你遇到一个人，他给你谈他的爱情。他的爱情故事让你热泪盈眶，但你向他问她是谁时，他坚决不说，这是他的爱情守则。然后，他走了，走向千里万里的雪地里。

"你会忘掉她吗？"我问。

"不会。我知道不会。"他笑一笑。

"如果她结婚了呢？"我问。

"她幸福吗？"他很紧张地问我，眼睛里充满无助。

"也许吧。既然结婚了，她应该是幸福的。"

"那我忘掉她。"他笑一笑，眼睛有点湿润。

"你能吗？"我小声问。

"我们这里有一句话，是专门为这种爱情说的——'忘掉她，像忘记一朵花'。"他说着仰着头看天空，不让眼睛里的泪水流出来。

其实无论哪块土地，都有痴情的钟情的人。是他们的存在，让我们脚下的土地湿润，而我，怀着虔诚的心情，为他们祈祷当下的幸福。路很长，脚很冷，命很薄，放下吧，忘掉她，像忘记一朵花。

最美的徒劳无功

九把刀

在我们很年轻的时候，心里面就住着一个很喜欢的人。虽然初恋无限美好，我们也总以为它可以天长地久，但遗憾的是，能够和初恋走到最后的，真是屈指可数。

我的初恋，发生在小学五年级，那时我爱上了我后面的那个女孩。她坐在我的后面，但是，她的兴趣并不是拿笔戳我的后背，而是用手疯狂地掐我的背，捏我的背。每次她叫我的时候，总会非常用力地捏我，我都会痛得回头大叫："你神经病哪！"她就一副得意扬扬的样子，笑着说："怎样，我就是喜欢捏你。"

但是，每次被捏，我其实都非常开心，因为她是全班最可爱的女孩。我总是小心翼翼地不让我的乐在其中被她发现，免得她失去成就感。

她每天捏我，我也不是省油的灯。我会趁她在擦黑板时，偷偷地走到她后面，用力拉她的马尾，然后开始跑，大叫："哈哈哈，赶快来追我啊。"然后，那个可爱的女孩就在后面疯狂地大叫："我要报告老师，我要报告老师。"

幸好，她很讲义气，没有一次跑去报告老师。她只是非常冷静地走到我的座位前，把我的书包拿起来，走到窗户旁边，从五楼丢到一楼。有时，我的书包里会放着一盒牛奶，那盒牛奶会大爆炸，把我的课本和铅笔炸得乱七八糟。她居然站在阳台上对着我挥手，然后笑着看我收拾书包。

有时她惹我生气，有时我惹她不开心。当她气得不跟我讲话时，我就画很多漫画送给她，并且在漫画的右下角，签上我的名字"柯景腾"。她每次收下那些漫画的时候，都觉得匪夷所思，问我："柯景腾，你干吗要签名？"我说："因为，我将来一定会成为一个非常非常厉害的漫画家，你要把这些漫画妥善保存，将来一定大增值。"她说："真的吗？"我说："我保证。"

就这样，我们打打闹闹直到毕业。那天，我写了一封很长的情书，准备给她。我好不容易鼓起勇气，将那封情书放在口袋里，慢慢地走向她，却不晓得该说什么。她看着我说："干吗？"我说："没干吗。"她说："那，这个给你。"她就拿出两个玻璃杯，送给了我。那两个玻璃杯上各印着一只可爱的小青蛙。我收下了，但是，那一封情书还留在我的口袋里。毕业后，她到了一个很远的地方读书，后来，居然跑去欧洲留学，我失去了她的音信。她送给我的那两个玻璃杯子，过了几年，不小心被我打破了。而我准备送给她的那封情书，也不知道被我藏到了哪个角落。

当我的电影《那些年，我们一起追的女孩》即将上映时，我在 Facebook 上面找到了她。我非常兴奋，在网上不停地问她："我是柯景腾啊，你还记得我吗？"她说："当然记得啊，有谁忘得了你？"

正当我想要发挥超强的记忆力，跟她滔滔不绝地叙说之前的点点滴滴时，她抢先说："后来我知道你开始写小说，出书，居然还当了导演、拍了电影，我非常非常惊讶，因为我总以为，你将来会成为一个漫画家。我的抽屉里，到现在还放着当年你送给我的那一沓漫画。那上面，有你的签名。我在等它们大增值呢。"听她这么说，我的眼泪差点掉下来。

我总以为，在爱情里，只有一个人会负责保存彼此的记忆，记得彼此多么深爱着对方；而另一个人，会毫不眷恋地往前走。我一直以为，我就是那个负责保存记忆的人。没想到，我错了。原来这个女孩子，她也一直都记得。她记得我的梦想，记得她喜欢把我的书包从五楼丢到一楼，记得我喜欢画画送给她，她什么都记得……她甚至记得，我对她的喜欢。尽管，我们没有缘分在一起。

像童话里一样，她现在是两个小孩的妈妈，跟老公过着幸福快乐的日子；而她的抽屉里，还偷偷地放着当年我送给她的那一沓漫画。

爱情，有很多很多的遗憾。就让我们带着这份温柔的遗憾，不完美的完美，倔强、快乐地生活吧。

第二辑：在离你最近的地方说爱你

1954 年的蝴蝶胸针

小　微

他是一个绅士，是世界上最英俊的男人，有着雕塑一般坚毅的轮廓和刚直不阿的个性。他举止优雅，气质谦和，纯净的眼神像个庄严的传教士。他能将笑容演绎得让人心动，柔肠百转而又分寸在握。他是全球数以千万计的女人们的梦中情人，他的生命里有无数俏颜佳丽走过，却没有出现过一次绯闻。在过去长达半个多世纪的时光里，他一直被全世界的影迷们作为偶像与道德榜样崇拜着，他的名字叫格里高里·派克。

她是个天使，出身名门，会讲 5 国语言，举止优雅得体，气度非凡。她高贵善良，与世无争，柔媚娇羞得像个不谙世事的孩子。她的性格矜持内敛却有平易近人。她有着娇美的容颜和如花般的笑靥，两只会说话的大眼睛如一泓高原的碧潭，清澈静谧，楚楚动人，长长的睫毛像秋日里飞舞的蝴蝶，薄如纱翼的翅膀扇动着青春的快乐与轻盈，她的名字叫奥黛丽·赫本。

纤尘不染的豆蔻年华里，天使遇到了绅士，在浪漫之都罗马的那个假日里，一段尘世间最纯美的爱情悄然萌生。

那个时候的他，已是全世界尽人皆知的明星，刚刚过完36岁的生日，而当时的她却只有23岁，还是个名不见经传的女孩儿。她是他的影迷，对他有着近乎痴狂的崇拜，当她第一次见到他时，她甚至激动得说不出话来。

他亦如此。

看到她的第一眼，他的心忽然就动了一下，一股异样的情愫从心底悄然涌起，感情像海潮刚刚退去的沙滩，柔软而温润。

眼前的女孩儿，敏感而脆弱，不为人知的心事蕴藏在美丽的大眼睛里，安静而忧伤，让人陡生怜爱。那一刻，他分明感觉到了一个微妙阶段的开始。

那场戏里，他们分别饰演男女主角，忙里偷闲时，两个人便到河边散步，涓涓流淌的河水窃听着这对人儿的喃喃私语。

他喜欢看着她，眼神里蕴满了可以让人融化的怜惜。她也喜欢和他在一起，听他说话，看他微笑。偶尔，她会将自己冰冷的小手放进他宽厚的掌心里，感觉着来自这个敦厚男人的温暖。

那个时候，他的婚姻已经走到了尽头，他多么渴望得到她的爱情啊，可是，他不是个善于表达的男人，看尽了世事沧桑的他已经习惯了将所有的喜怒哀乐都掩藏在波澜不惊的表情之下。

她爱他，可是，她不敢说。她很清楚，身边的这个男人，他是别人的丈夫，是三个孩子的父亲。幼年时破裂的家庭阴影以及她所受的教育让她对他望而却步，善良如天使般的她怎么忍心让自己心爱的翅膀沾染上别人濡湿的记忆?! 那个夏日，她的爱，在他的笑容里，一次又一次热烈而绝望地盛开。

许多时候，一朵矜持的花，总是注定无法开上一杆沉默的枝丫。于是，一段故事在那个夏日戛然而止，再也没有后来。

《罗马假日》的公映，让她一夜之间从一朵山野间羞涩的雏菊变成了镁光灯下耀眼的玫瑰。很快，她有了爱情，梅厄·菲热，好莱坞著名的导演、演员兼作家。她很欣赏那个男人的才华，希望那个男人的职业可以带给她更大的成功。

果然，那一年，她的事业和爱情双双丰收，她获得了当年的奥斯卡最佳女主角奖，并且，和梅厄走进了婚姻的殿堂。

他参加了她的婚礼。

他还是那样温厚而宽容，用平静的微笑应对着眼前的一切。没有人知道，他不露声色的外表下，掩藏着的是一种叫作无奈和认命的东西。

作为礼物，他送给了他一枚蝴蝶胸针。那是 1954 年，爱情于他和她，是开始，也是结束。

那个时候的她，天真的以为自己一转身，便可以躲过千万次的伤心，可是她却不知道，如此，也便错过了一生的风景。

她结婚后不久，他便离了婚，然后又结婚，再次成为了别人的丈夫。

想来，男女之间的交往确实是很玄妙的，从友情到爱情仅一步之遥，但从爱情回到友情，却仿佛要经历千山万水。试问，尘世间，当爱情华丽转身，还有几个人能心怀坦荡地重新摆友情的宴席？可是，他们做到了，凭借着对缘分的尊重和对友情的信仰，两个人将千山万水的距离浓缩成咫尺天涯，将所有的爱与情埋藏在了那个夏天的《罗马假日》里。

梅厄的移情别恋，给了渴望一份爱情至终老的她一个致命的打击。她离了婚，后来，又结了婚，又离了，再后来，一个又一个的男人，从她的生命里，兜兜转转，走近又走远。40年的光阴里，一成不变地陪在她身边的，只有那枚蝴蝶胸针。

无数次，她给他打电话，说到伤心处，忍不住泪雨涟涟。他轻声安慰着她，说一些无关痛痒的话。没有人知道，于他而言，她的每一滴眼泪，都如一枚跌落的彗星，刺入大海的心房，表面风平浪静，内心却已是铁马冰河般的汹涌。

她至死都不知道，从他遇到她的那一天起，她便一直是他生命里的月光。日日夜夜地，灿烂在他心灵的最深处。

1993年1月，天使飞回了天堂。他来了，来送别她，看她最后一眼。彼时，他已是77岁高龄，拄着拐杖，步履蹒跚。

花丛中的她，微合着双眼，像一株夏日雨后的睡莲，纯洁而安静。

岁月蹉跎了她的容颜，人们看到的，是美人迟暮的悲凉。而在他眼里，她依旧是那个娇小迷人，眼里流溢着无限哀伤的女孩儿。他轻声地唤着她，她却不回答。她听不到了，永远听不到了，白发苍苍的他久久无语地看着她，老泪纵横。

送别她时，他低下头，轻轻地吻了一下她的棺木，喃喃着："你是我一生最爱的女人。"

他终于说出了埋藏在心底的那句话，那是她一生都想要的，可是，它迟到了，迟到了整整40年。此时的他亦不知道，过往的岁月中，她一直将自己的头深深地低进尘埃里，可至死，她还是没能等到与他携手的前世今生。

10年后，著名的苏富尔拍卖行举行了她生前衣物首饰的义卖活动。

又一次地，他来了，颤颤巍巍。87岁的他此行的目的，只为那枚蝴蝶胸针。最终，他如愿地拿回了它。

捧着那枚蝴蝶胸针，抽搐的记忆里，在时光的隧道里，迅速地流转，他仿佛又看到了，《罗马假日》里那个美丽善良、不谙世事的小女孩，正一路快乐轻盈地向自己走来……

40年的光阴里，他一直没有告诉她，自己送她的这件结婚礼物，不是一枚普通的胸针，而是他祖母的家传。

49天后，他微笑着闭上了眼睛，手里捧着那枚蝴蝶胸针，就像握着她的心跳，握着无法回头的岁月和岁月深处那段永不再复的青春之恋。

送别他的那一天，人群举着鲜花，从四面八方涌来。他的葬礼，通过互联网，进行了全球直播。那一天，在世界的各个角落里，成千上万的影迷们默默祈祷着，祈祷绅士在另一个世界里，找到天使，还给她一个在尘世间曾经错过了的天堂。

我和妻子的 1778 个故事

望月

每天为你写一个故事

眉村卓 1934 年出生在大阪，是一名小说家。妻子悦子是他的高中同学，结婚后辞职在家相夫教子。

1997 年 6 月 16 日，眉村卓突然接到医院的电话，医生告诉他："你的妻子得了恶性肿瘤，癌细胞已经扩散，她只剩下不到 1 年的寿命。"

忍着巨大的悲痛，眉村卓把病情告诉了悦子，但他隐瞒了只剩下 1 年生命的真相。医生安慰眉村卓："如果可以的话，你尽量让她多保持微笑，因为愉悦的心情可以增强抵抗力。"

1 个月后，悦子出院了。眉村卓想做一顿丰盛的晚餐让悦子高兴，可做出来的饭菜都煳了。

郁闷的眉村卓走进房间，看着桌子上的稿纸，他突然涌出了一个想法："不能在生活中照顾悦子，那我就每天写一篇让她开心的故事。"

当晚，眉村卓创作了一篇外星人闯入地球的故事。第二天早上，他把文章放在书桌上，然后去准备早餐。半个小时后，眉村卓听到了悦子爽朗的笑声，他兴奋不已。

妻子的笑声是对眉村卓最好的赞许，除了完成出版社的写作任务，他把全部精力都放在了小说的写作上。

但渐渐地，眉村卓出现了素材荒。他呆坐在椅子上，闭着眼睛。忽然，一双温暖的手搭在肩膀上，"如果你觉得累的话，就停下来吧，没有关系的。"悦子温婉地说。

"我不会放弃的！"眉村卓的回答铿锵有力。

日子就这样一天天地过着，眉村卓坚持每天写一篇故事。上天像是听懂了眉村卓的祈祷，在半年后的一次体检中，医生告诉眉村卓，悦子的癌细胞得到了控制。

于是，眉村卓决定带着悦子到北海道旅行，那是他们新婚时就准备去度假的地方。但来到北海道的第二天，悦子的病情就发生反复，眉村卓想提前结束度假，可悦子拒绝了，反而决定接下来到英国度假。

到英国后，悦子的病情似乎朝着好的方向发展，异国的风情也让眉村卓的创作激情喷涌而出，接连创作了好几篇让悦子开怀大笑的故事。

旅游度假回来之后，悦子因为病情加重再次住进了医院，直到这时眉村卓才得知了真相：是悦子让医生杜撰了病情好转的说辞，她只不过是想在自己还能走得动的时候，和眉村卓完成最后一次旅行。

面对即将到来的诀别

1998 年 9 月，悦子再次住院，医生提醒眉村卓，原来的药物作用已经不大了，今后需要使用昂贵的进口药。很快，眉村卓就感到了巨大的经济压力。

"为什么不把你的小说出版成书呢？""我从来没有这样考虑过，因为这些故事是写给你一个人的。"眉村卓拒绝了妻子的提议。可是几天后，一家出版社找到眉村卓，表示对他的小说非常感兴趣。

出版社是悦子主动联系的，她希望更多的人看到眉村卓的小说。眉村卓得知妻子的良苦用心后，同意出版成书，书名定为《每天一故事》。

书出版后，他们的故事得到了广泛的关注。悦子接受了《产经新闻》的采访，记者也亲身体验了眉村卓废寝忘食的创作状态，十分感动："这是一个温情丈夫给患病妻子真挚的爱。"

一天早晨，眉村卓来到客厅，看到妻子正在读前一天晚上创作的小说，这次他写了一篇爱情故事。

眉村卓等待着妻子看完后的反应，但片刻后，悦子转过身对眉村卓说："这是我看到你写得最差的文章，其实你不用为了迎合我而写你根本不擅长的爱情故事。"

眉村卓接受了悦子的意见。在一篇文章里，他提到了死亡，悦子看着眉村卓："我死后，你怎么办？"眉村卓面色冷峻，不知道如何回答，只能不断地安慰自己：我会感动上天的，妻子离开的时间会无限地延后。

然而，眉村卓所有的努力都无法减轻妻子的病情。之后的2年时间里，悦子3次被推进手术室，每一次手术，眉村卓都感觉妻子将要离开自己，他把对妻子即将死亡的恐惧埋藏在忘我的创作中。

妻子的病情让眉村卓有了一个想法，他决定在悦子有生之年把自己创作的小说全部结集成书，以纪念他们的这段岁月。同时他为了筹集医药费，接受了一份企划案的工作，每天回到家里已经是晚上12点，但眉村卓仍然继续给妻子创作小说。

企划案的工作一做就是1年。为了筹集到更多的钱，眉村卓还接受了一家大学的邀请。繁重的工作让他的身体透支，但如果能给妻子多筹集一些救命钱，眉村卓觉得再辛苦也值得。

爱是一年又一年的相伴

2002年4月15日，悦子再次病重入院。一天早上，眉村卓把写好的文章递到悦子的手里，可悦子的手不停地颤抖，稿纸从她的手指间滑落。"我再也不能读你的文章了。"悦子掩面而泣。"没关系的，我可以读给你听。"可是眉村卓还没有读几分钟，剧烈的疼痛就让悦子的额头冒出豆大的汗珠。

眉村卓进退两难，如果让悦子服用含有大量安定的止痛药，他担心悦子会在睡眠中悄然离开，可是悦子痛苦的表情让眉村卓妥协了。在悦子昏迷时，眉村卓继续忘情地写作。写好后，就读给悦子听。尽管医生表示悦子已经陷入了深度昏迷中，但是眉村卓相信妻子能够听到他的声音。

1个月后，在无尽的依恋中，悦子还是离他而去。眉村卓创作了最后一篇故事："我们相识48年，结婚42年，还记得我们约定用攒下的钱去旅游，可是无数次旅行的机会都被我踏出大门时那一瞬的灵感所替代，最后我们去了北海道，也就是在那里，留下了我们最珍贵的一张照片，那次旅行虽然简单，但却是我们一生中最难忘的。过去的几年时间里，我们的故事成了生活的所有，医生本来说你活不过1年，但是笑可以减缓癌细胞的扩散，每天写1个故事让你笑，便成了我每天给自己的任务。我知道我的故事一直写下去，你就可以一直看下去，睡眠不足时，我的脑海里就只有故事和你，下辈子还要和你做夫妻。"

2009年，导演星护根据眉村卓和悦子的故事拍摄了影片《我和妻子的1778个故事》，一时间，眉村卓和悦子被媒体赞誉为"日本史上最纯情的婚姻"。《每日新闻》评论道："在一个对爱感到迷失的时代，眉村卓重新唤起了人们对爱情的信心。爱情是什么？眉村卓给出了答案：爱情是一年又一年的相伴……"

一美元的爱情

佚名

吉姆在一个风景区工作，每天去上班时，邻居老杰克都会递来一张 5 美元的钞票，请他从景区的咖啡店买一包 4 美元的咖啡，这习惯已保持了好几年。当然，作为回报，老杰克总是将吉姆家的草坪修剪得整整齐齐。

时间久了，卖咖啡的女主人，对吉姆就熟悉了，总会准备好咖啡和一美元零钞。有时，吉姆也会好奇地问老杰克："咖啡保质期很长，你为什么不能一次多买些？"他摇摇头，笑着说："不，我更喜欢现在这样，每天一包咖啡，刚刚好。"

一次，吉姆急着去朋友家聚会，就从别的店买了咖啡。不料，杰克都没开包，就说："这不是我想要的咖啡。"吉姆吓了一跳，后来他又试过几次，就算包装一模一样，只要咖啡不是从风景区的店里买的，老杰克都能一眼识破。吉姆再也不敢偷梁换柱。

过了几年，老杰克的身体大不如前了。但他每天还是会委托吉姆买咖啡。每次把 5 美元交给吉姆时，他的神情都充满了期待。一天，在吉姆又一次买回咖啡时，躺在病床上的老杰克虚弱地伸出手，轻轻摩挲着那张一美元，问吉姆："这么久了，难道你真不知道，我为什么总买那家店的咖啡吗？"吉姆看着老邻居，摇摇头。

"因为卖给你咖啡的是艾莉娜呀！"老杰克的语气突然温柔了许多："她是我最深爱的人。当年，她父母嫌我是个穷光蛋，硬是把我们拆散了，我也只能伤心地离开……多年以后，我妻子病故了，孩子们也各自成了家，我就想回来看看。后来，我打听到艾莉娜在风景区卖咖啡，也早就为人母了。我不愿意打扰她平静的生活，就悄悄在这里定居，并开始委托你帮我买咖啡。从你第一次帮我带回咖啡的那天，我就知道，艾莉娜同样没忘记我……

"难道，你没去看望过她？"吉姆不解地问。老杰克摇了摇头："当年，我们恋爱时，没办法经常见面，就偷偷订了一个暗号，将一美元的零钞折叠成三角形，装到信封里，让邮递员送给对方代表平安。所以，我每次请你买咖啡，总是把钱折叠成三角形，而艾莉娜让你带回来的零钞也是叠成三角形的。这样，我们虽然不曾见面，却每天都能得到对方平安的消息，仿佛又回到了当年的时光……"

"现在，我就要去见上帝了。可如果艾莉娜得不到我的消息，该有多么伤心呀！我床下面有个箱子，里面全是折叠好的零钞，请你继续帮我买咖啡，拜托了……"老杰克断断续续说完，就闭上了眼睛。

在老杰克的葬礼上，吉姆默默地搬出另一个箱子，里面全是包装好的咖啡，还有很多折叠成三角形的零钞。原来，早在半年前，艾莉娜就因病去世了。在离开这个世界前，她最后做的事情，就是将这些咖啡和零钞交给吉姆，请他代替自己，向杰克传递平安的消息……

可可·香奈儿

风为裳

　　她坐在五光十色的楼梯之上，霓裳艳影从她的面前妖娆闪过。人们对她非议，或鼓掌，她都一如当初——坚定，独立，不妥协。她说自己逆流而上，才有了今天。

　　往事白绸一般徐徐展开……

1

　　在可可之前，她叫嘉帕丽尔。

　　她是母亲病逝后被父亲遗弃在孤儿院的孩子。

　　长大后，她在裁缝铺里求生计。像日子黯淡无光的灰姑娘，命运也不忍看她如此年华蹉跎下去。一次偶遇，她在咖啡馆里唱那首她小时候唱过的《COCO》，军官艾提安爱上了她。他叫她可可。

　　生活仿佛是一卷无限延展的美丽油画：她跟着艾提安去了乡下的庄园，漂亮的古堡，衣着华丽的仆人，血统高贵的骏马，用来狩猎的森林……当然，还有情窦初开，最甜蜜的爱情……

拉开窗帘，看着自己心爱的男人在绿油油的草地上骑马，那是每个女人都期待的美好清晨。

他教她骑马，他送她艳丽的红裙和洁白的珍珠项链。他跟她睡在宽敞的大床上，壁炉里跳跃的火苗一如她如火如荼的爱情……

日日声色犬马，夜夜歌舞升平。日子并非她想象的那样完满。

艾提安的旧情人一次次提醒着她：她不过是他当下喜欢的一个女人。会过期的。

而她，要的是他全部的爱。就像那串珍珠项链，如果不能完全拥有它，她宁愿把它摔碎。

人生总会在某一个小弯发生一段小插曲，进而就那么逡巡的绕过去了。

在她练马的某个清晨，在一条稍显逼仄的小道上，一个颜峻面孔的英国男人开着老爷车急驰而过，惊吓了她的马。

她恼怒地回到家里，发现他正坐在客厅里。

他是艾提安最好的朋友鲍伊·卡柏。艾提安说这个英国佬又粗鲁又暴力，他接手了他父亲的矿山并把它做大。艾提安说：他从不提他母亲。

她对鲍伊并无好印象。

2

她在服装上的独特品位逐渐显现出来。

她穿着马僮的长裤骑马。她戴自己做的帽子去看马球比赛。她从巴黎邮寄来做帽子的材料，她想在巴黎开家帽子店。

鲍伊很欣赏她的想法。在他的眼里，她是颗珍珠，而艾提安只是把她当成了一颗新鲜的石子。

马球比赛后，她对鲍伊那么拼命印象深刻。他第一次跟她聊起自己的母亲。她是个犹太人，唱歌剧。他的父亲让她放弃了事业，却在她生下他之后，抛弃了他们……

可可和鲍伊就这样彼此被吸引。

鲍伊教可可开车。车子风一样开了出去。嫩绿的田野、葱郁的树木、天鹅绒一般的蓝天，还有两个人快乐的笑声……车子七扭八歪地坏在了路上。

下起了雨。她穿着长裙，瑟瑟发抖，鲍伊脱掉身上的奶白色风衣给她披上，两个人在风雨里撑着一把伞往城堡里跑。在城堡外面，鼻尖碰着鼻尖，眼睛望着眼睛，嘴唇无限接近，彼此听得到对方的心跳……她的目光黯了下去，推开伞逃开了。

这一幕被艾提安看到。他心里嫉妒的火焰熊熊燃起。女人没什么了不起，但是，他扔掉她是一回事，她推开他是另一回事。

艾提安在马厩跟鲍伊说他爱上了可可，她漂亮，不哭，与众不同，他要娶她。

窗外狂风暴雨，闪电一再照亮她的眼睛。艾提安放了音乐，他拉可可跳探戈，鲍伊也加入进来……她站在两个男人中间，心里弥漫着悲伤。

第二天清晨，她起来时，窗外有汽车的响声，她跑出去，鲍伊的车子已经开远了。他没跟她告别。

娶她，不过是艾提安击退情敌的手段。他终不肯把她光明正大地介绍给家人，他说：娶或者不娶，只要在一起，没什么两样。

她终于看清了面前的这个男人，他给的不是她想要的生活。

那样飞蛾扑火一样投入的爱情在她面前冷却。她选择了去巴黎，她不要依靠男人生活，她要靠自己开创一项事业——属于可可·香奈儿的事业。

3

寒冷的巴黎冬天，冰冷的出租屋里，堆满了她卖不出去的帽子。各种账单纷至沓来。房东缩着手向她催账。

鲍伊来找她，却被房东误以为是债主拦下。她倔强地去当铺当掉貂皮披肩，日子困顿寒冷得让她看不到希望。

门响了，拉开门，鲍伊阳光一般的笑脸出现在她的面前。原来，他也在巴黎。

她试图掩示自己的窘境，债主们却丝毫没给她这个机会。他替她还了账。

在嘈杂的咖啡馆里，香浓的咖啡袅袅婷婷地。

她介意他没说再见就离开。

他目光奕奕深情地看着她，他说：我写过信给你。

她诧异，自己从没收到过他的信。

他说：因为我从没寄出过。他说：我只想告诉你，每时每刻我都在想你。

他帮她找了店铺，他要给她一个施展才华的舞台。

在她的门外，他向她表达了爱意，她却退缩了。她害怕他是另一个艾提安。门缓缓地在她和他的面前关上。

他们的店开张，鲍伊帮她请来了很多上流社会的朋友。可可却听到有人议论她曾经做过艾提安的情妇，现在也是为钱赖上鲍伊的。她用极度的自尊来掩示内心的自卑。

跟鲍伊出席一个宴会被拒绝后，他告诉她：那些人是很有权势，但她才是最重要的。他说：可可，我爱你！

她讲了自己内心的恐惧，他问她：你以为我不知道被抛弃的滋味吗？

鲍伊的父亲一直不愿意承认他是他的儿子。

他求她不要拒绝他。

雪花纷纷扬扬，鲍伊与可可在雪地里深情拥吻。那一刻，世界都在他们之外。

只是，心结还在。一夜缠绵，她早早地逃掉。他赶来，拿

着隔夜的白山茶。她告诉他她害怕，害怕感情，害怕重新走回
旧有的生活中。

鲍伊向她求婚，只要她愿意，他立刻就会娶她。

她看着他，很坚定地说：在结婚之前，她不会依靠他。

鲍伊的心里落满了失望，或者她爱他还不够深吧？

他离开，好多天。她的心里长满了思念的荒草。

好在他出现了，共舞一曲探戈一诉相思。她终于明白他是
她此生挚爱，她再也不希望他离开了。

可是，战争爆发了。

4

鲍伊去了前线。临行前，她把自己亲手做的白色丝巾戴在
他的脖子上。她等着他平安归来。

她开始了一场时装革命。用最简约的设计最简单的布料做
舒适便于工作的衣服给女人穿。战争让贵妇们失去了仆人，一
切都得自己动手，她的服装尽管有很大争议，却还是赢得了
市场。

她去医院送护士服，见到受伤的艾提安。他为离开她后
悔。他说她一直是那个帮他修改制服的女孩，她说他永远是那
个给她名字的男人。可可告诉艾提安，她爱鲍伊胜过一切。

战壕里，鲍伊读着她的来信。战壕外，暴雨如注。

鲍伊被调到后方做联络工作。

海滩上，他睡在沙滩椅里，长长的睫毛在脸上打出阴影，她坐在他面前，深情凝望着他。

他的眼睛突然睁开，看到她甜美的笑脸，那一刻，幸福如蜜糖一样注入两人心间。

她在他的怀里，她说：我总是做同样的梦，你回来了，却不认得我了。

他吻她：无论在什么地方，我都不会忘记你。

她告诉他，自己变了很多。她再不会向他提很多要求，追逐成功，她只想跟他在一起。

她让他答应她：永远不要离开她。

战争结束了，他们约好一同去伦敦参加他的新书发布会，同时度蜜月。

命运有一双翻云覆雨的大手，它再一次戏弄了他们。

她最好的朋友举行婚礼，她们一同走过最艰难的岁月，她不能去参加他的新书发布会了。她以为，未来的日子还很长，他们总会在一起。她跟女友说：只要鲍伊求婚，下一秒她就嫁给他，不作任何要求。

在伦敦的新书发布会上，鲍伊遇到了父亲的教女戴安娜，她告诉鲍伊他父亲年老多病，希望见到他。

可可还在巴黎的时装店里忙碌，好事者将刊有鲍伊与戴安娜的报纸拿给她。知道事实真相的总是一份爱情里爱得最深的那一个。

待战争结束，鲍伊归来，他们还是在那，在美丽的社维尔的沙滩上，她奔跑过去，好日子天长地久，却不想满心欢喜人生到底终于落定，谁知命运惹人怜。

鲍伊不能兑现承诺，将取他人为妻。

5

她与他隔着一张咖啡桌的距离。

她的手里燃着一支烟，求证那个早已铁证如山的消息。

他说：是的。

她的目光里闪过绝望。她强撑着说：娶个身世家庭背景都很好的女人做妻子，鲍伊，你的选择是正确的。

她说：你说过家庭对你而言不重要，都是假的。我也愿意牺牲一切，换回我父亲的爱……

她低头饮泣，他默默无言。

或者是从未拥有便万分渴望，他选择了亲情。而她，最害怕的，终于成现实摆在面前。可是她说：一切都是我的错，当初你说要娶我时，我害怕自己的情感……你做你喜欢做的事吧，别担心我，我会挺过来的……

红唇叼着烟，泪水顺着面颊滑落，鲍伊并不知道他的人生放弃的是什么，一切都无可挽回。

她对着镜子剪掉自己的长发，长发可以剪掉，情殇呢？

唯有工作，如野玫瑰般历经磨难怒放，她为自己的时尚王国倾尽心力。

多少个岁月过去了，圣诞夜，电话突然响起。

是我，他说。

他承认离开她是他人生最大的错误，她是他此生的挚爱。他说：只要你告诉我你还想要我，我立刻就出现在你面前，说圣诞快乐。

她流着泪说：我想你现在就在我身边。

车子箭一样开了出去，幸福都在前面飞。有什么比思念更急迫的吗？

她为他装点圣诞树，白色的丝巾抚过他的面庞。往日的幸福历历在目：他教她学开车时的快乐时光……他跟她在海边嬉戏，睡梦中，他睁开眼见到她梨花映春水般的笑颜……最困顿的日子里，她拉开门，他阳光一样照亮她的生活……

他们都在心里默念：这一次，再不松开彼此的手。

却不知，那也不过是——爱情最后的回光返照。

她的电话铃声再次响起。是噩耗。

她站在他失速的汽车面前，悲伤水一样漫过心头：

不远处的树枝上，她送他的白色丝巾挂在树梢上，她走过去，摘下丝巾戴到自己的脖子上，泪水滑下来，她深情地吻着白丝巾，阳光透过树叶的缝隙落到她的脸上，她仰起头，她相信她爱的人——鲍伊，永远跟她在一起。

她再不会失去他。

她不再是嘉帕丽尔，她是时尚女王可可·香奈儿，没有什么能把她击垮。

她为纪念这段感情设计的小黑裙成了香奈儿最具影响力的作品。

那是爱情，最好的纪念。

蒙娜丽莎的微笑

青青子衿

1500年的4月，在米兰的王官贵族中声名显赫的达·芬奇回到故乡佛罗伦萨。

当时的贵妇人都以让达·芬奇绘制肖像画为荣耀，因为他是画家中能使人的肖像看上去既栩栩如生，又美丽漂亮的高手。也因为他那挑剔的画笔，很少有人能够得到如此的殊荣。为了往自己的脸上“贴金”，佛罗伦萨著名银行家佐贡多邀请达·芬奇给他年轻的妻子蒙娜丽莎画像。

佐贡多中年秃顶，他的夫人却是国色天香。达·芬奇第一眼见到蒙娜丽莎的时候，心便怦怦直跳。这是他见过的最美的女子，也正是他想要描绘的那种女子——没有丝毫庸俗的脂粉气，全身充满着纯真和天然的情趣，脸颊绯红，略带羞涩，一绺绺鬈发散披在袒露的颈上，发育娇好的身体显得丰满而美妙。

达·芬奇简直为蒙娜丽莎的美貌惊呆了，以至于佐贡多提出请求的时候，他半天才缓过神来，有些局促地说：“我同意工作，不过，因为画这幅画得要点背景和气氛，最好在我的画室进行。"

蒙娜丽莎就这样来到了达·芬奇的画室。刚开始，她感到很不自在，坐在那儿不能动弹不说，还有一双陌生人的眼睛盯着自己，这是多么难受的事啊！看着蒙娜丽莎紧蹙的双眉，达·芬奇马上意识到了什么，他要想办法让她放松，让她开心，让她展现出最自然的美来。

达·芬奇请来了魔术师为她表演魔术，请来了钢琴家为她弹奏美妙的音乐，请来了丑角为她说笑逗乐……但这一切好像都无济于事，根本提不起她的兴致，她不时地打着哈欠。对蒙娜丽莎的反应，大师不着急也不气馁，他一边情绪饱满地工作，一边细心地观察她的内心世界。渐渐地，达·芬奇发现她对画室里的动物标本和实验仪器很感兴趣，那是她从没见过的东西。那些也是达·芬奇最醉心的，他不仅有着惊人的绘画天赋，对科学和实验也痴迷得难以自拔。

这一发现让达·芬奇很兴奋，他决定把他研究的事物讲给她听，把她带入全新的世界，唤醒她昏昏欲睡的灵魂。中间休息时，蒙娜丽莎看见一幅水鸟爪子的速写，她好奇地问，"先生，这是什么呀？"他便向她讲述游泳和飞行的原理，给她讲游泳器官和飞行器官的相似之处，他还给她讲了，这种相似怎样使他想到一种飞行机械。她饶有兴趣地听着，眼里闪现出新奇的火花，见到这眼中的火花，达·芬奇的心震颤着，既高兴又激动。于是，只要休息时，他就把他对大自然的那些考察和他搞出来的东西讲给她听，指给她看。蒙娜丽莎入迷了，她爱上了这个博学多才、英俊潇洒的奇男子，脸上荡漾着幸福的微笑。他迅速地画起来。可惜那幸福的微笑，很快就消失了。

达·芬奇爱上了银行家的妻子，这是他活到40多岁的第一次恋爱。当蒙娜丽莎不能来画室的时候，他的心总是空落落的，感觉生活里缺少了什么。也许就因为这个原因，他把完成订货的时间拖得很长很长，整整用了4年。他按自己独特的方式爱她，他要把她因爱而动人的一刹那的微笑画作永久的纪念。

这幅画改变了蒙娜丽莎的命运。她由一个庸俗的贵族妇女，重返天真无邪的少女时代。她默默地爱上了达·芬奇，但她不敢表达，更不敢有丝毫的表示。巨大的痛苦压抑着她，使她不到30岁的时候，竟为爱情忧郁而逝。达·芬奇也永远地爱着她，终身未娶。

往事如烟，那些美好的日子早已随风而逝，留在达·芬奇脑海中的唯有回忆。回忆给她作画的日子，回忆使她开心微笑的日子！多少年来，这美丽的微笑始终伴随着他，一刻也不能离开，他也绝不允许任何人把它夺走。

达·芬奇让学生把他画架上的绸布揭去。灰尘飘洒，展现在他眼前的是永久的微笑！他举着灯，蹒跚地在画前走着，看着，泪流满面。第二年，也就是1519年5月2日，他在心爱的人的微笑中溘然长逝。

500多年来，上至国王总统，下至平民百姓，不知有多少人钟情于蒙娜丽莎，都只为她那神秘的微笑。许多学者教授对她的微笑研究来研究去，现代人甚至用计算机情绪识别软件来破解她微笑背后的奥秘。其实，在所有的猜测中，或许爱才是最好的答案，因为世间唯有爱情才能浇灌出如此美丽的花朵。

每一棵小草都会开花

李娟

读《朗读者》，从萧瑟的晚秋一直到凛冽的寒冬。它是德国作家本哈德·施林克的作品。读完了，就放在枕边，暗夜里就着昏黄的灯光，又一次次地翻开它。

卡夫卡说，书必须是凿开我们心中冰封海洋的一把斧子。这本书就是那把斧子。它寒冷的力量，令人的心灵刺痛，震撼，感动，一瞬间，让内心变得如白云般的柔软。

它是一本洁净的，庄严的，凝重的，严肃的，与生命有关的书，它更是一本关于爱和死亡的书。

书中，以第一人称叙述缓缓展开，像是一本隔着苍凉岁月的书卷，一直弥漫着一种淡然的气息，身体的，精神的，愉悦的，感伤的，清新的，明丽的，暗淡的气息。它靠着气息引领你走进主人公隐秘的内心世界。

15岁的少年米夏因患了黄疸病在路边呕吐，一位36岁的女子汉娜遇见了他，把他带回家，照顾他。青涩而单薄的少年，依偎在她温暖的，强壮的，母性的怀抱中，他闻到她身上那种令他一生无限沉迷的味道和气息。

两个完全陌生的生命，是依靠什么，在茫茫人海中寻找到彼此？仿佛，是靠着丝缕缕的感觉和气息。就如同在春天的原野，邂逅那个人，眼神交汇的一刹那，你寻找到自己渴望的，迷恋的，神往的，沉醉的气息。气味相投，气息相通，他的气息捕获了你，击中了你。一瞬间，心驰神往，心醉痴迷。

杜拉斯说过，一个人必须终身保持对爱情的喜好，因为爱情本身是这样的美好。爱情，永远是世间最致命的东西，令人无处可逃。

而后，少年的米夏迷恋上了美丽成熟女子汉娜，坠入情网。他们在一起的时候，不识字的汉娜总是要求米夏给她朗读一本又一本小说，有《奥德赛》、《战争与和平》、《阴谋与爱情》……文字的魅力就此击中了她，那些故事和他的声音一样美，迷醉在故事和米夏声音里的汉娜，徜徉在盈盈书香里的汉娜，是快乐而无忧愁的，令她忘却自己的往昔。

汉娜身上的气息和味道，就此囚禁了米夏的一生。而米夏作为朗读者的魅力，也同样囚禁了汉娜一生。如果说，7 年之后，囚禁汉娜的牢狱是真实的，那么，囚禁米夏的一生的牢狱则是无形的。汉娜的味道和气息，承载了是他对于女人所有的幻想和情爱，令他无处藏匿。

汉娜不辞而别，从米夏的生活中彻底消失了。一别 7 年，他们再次遇见的时候，22 岁的米夏已经是一位法律系的大学生，正坐在法院的旁听席上，听取一场审判。而汉娜却作为纳粹集中营中的一名看守，正在接受审判。站在审判席上的汉娜，没有说出自己是一个不识字的文盲，她没有说出那份报告不是她写的，如果她说了，她的罪行不至于会被判终身监禁。然而，她终于没有开口。

为了守护秘密，你能走多远？为了守护爱情，你能走多远？

汉娜在狱中表现良好，减刑至18年。这些年，米夏将他朗读小说的录音磁带，一次次寄给她。汉娜开始按照他的录音，借来书，逐字逐句地读书，识字。几年后，开始给他写简短的书信：小家伙，上个故事很好……她活在他美好的声音里，活在往昔爱情的旧梦里，活在对他精神世界的依恋中，她在精神上一步步靠近米夏。可是，米夏从不给她回信，可见米夏对她的情感，是有所保留的。米夏对她已经没有了爱，有的只是怜悯和同情。

爱，是光阴击碎的一尊青花瓷器，暗夜里拾起的，无非是往昔时光的吉光片羽，无非是斑斓而华美的点点碎片。

这本书让我感到生命的寒冷，脆弱，无奈。让人看见文字背后的隐忍，寂寞，为爱而忍受的孤单，屈辱与无悔。

它让我忍不住一次次追问，真实的情感与什么有关？真正的爱，它不与坚不可摧的道德伦理有关，不与芸芸众生有关，不与大千世界大地万物有关，不与年龄境遇有关。爱情的魔力，可以穿越地域，穿越年龄，穿越时空，甚至穿越生死。

洁净隐忍的爱，是黑暗而孤独的夜里燃起的一点光亮，汉娜用它来温暖自己的灵魂，用来温暖余下的生命。在暗夜里，他们能看得见彼此的眼睛。仰望它，守护它，如同守护一种信仰。还有多少人在追逐着爱情这样的信仰，用尽了一生的光阴？

之后，她在狱中学会了写字，她写过的诗句："从窗子里朝外望过去，我看到鸟儿怎样聚会在一起飞向南方。"

她的诗句是透亮的，晴朗的，没有阴郁和黑暗，那么干净的文字，像是出自一个孩童的笔下，文字是多么神奇的东西，让一位饱经沧桑与苦难的女人，保守一颗孩子般纯洁的心灵。为了爱，她不愿说出自己的秘密，她从来不识字的秘密。

此时，她的爱，那么卑微，弱小，低下。低到尘埃中，在泥土中开出了花朵。寂寞的，无望的眷恋一个人，爱着，心心念念，直到死去。

如果，爱，是一种持久忍耐，然而，活着何尝不是持久忍耐？

汉娜在她出狱之前的晚上，在狱中自杀。这是我预料之中的事，这是故事到此应该发生的事情。因为，她没有可以回去的家园。米夏是她的家园吗？在精神上，米夏是她灵魂的故乡。而在现实生活中，她的家园在哪里？也许，死亡是她永远的故乡。她的绮年玉貌，在他的朗读声中一点一滴地流逝。他美好动听的声音，是她的幻想，她的梦境，她的希望，她的所有，也是她的生命。她情愿睡在梦中不要醒来。

沉静而冷峻的文字，像一把锋利的匕首，至刺入人的灵魂。

米夏来监狱收拾她的遗物，他看见，汉娜的床头竟然贴着他的照片，那是一张他在学校毕业典礼时的照片，这张刊登在报纸上模糊的黑白照片。他不知道，目不识丁的汉娜如何在一叠叠的报纸上找到了它。它不是贴在床头上，而是镂刻在她的心底。米夏跪在汉娜的床头，强忍着不让眼泪流下来。

悲凉而忧伤弥漫的故事，原来是让人欲哭无泪的。

有些爱，是一朵洁净的睡莲，一生盛开在她心里，任似水流年，它永远不会凋零，枯萎，飘落。生命短暂，而爱情永恒。而她的死，成全了她的爱，成全了她的尊严。

再卑微的爱都不可轻视，都值得敬重，不是吗？就像每一棵小草都会开花。

田纳西华尔兹

梅寒

1954 年 3 月，他从日本明治大学毕业。他学的是外贸专业，希望自己能成为一名出色的贸易商人。那时，他做梦都没想到自己有一天会成为演员，那时的舞台艺人在他眼里是最低下的社会角色。

战后的日本一片萧条，大批的人失业，大批的人在温饱线上苦苦挣扎。那时，能有一份糊口的工作就不错了。他却歪打误撞，一下子闯进了娱乐圈。他原本是冲着东映电影公司一个小小的管理员职位去的，却无意中被东映公司的一名专务发现。

他带着几分怯生生的不情愿，走进了摄影棚。

那一年，他 25 岁。

也是那一年，他在摄影棚里遇上了那个让他终生难忘的女子。

19 岁的女孩，已是当时红透半边天的歌星，因为之前在一部戏中出色的表演，也因为她甜美的歌声，在那次的影片拍摄中，她被东映公司邀请出演影片的女主角，而他是与她搭戏的男配角。摄影棚中初次相见，他就不知所措地红了脸。虽然他比她年长 6 岁，可在她面前，他却是仰慕她多时的粉丝。那一曲难忘的《田纳西华尔兹》——她的成名曲，是他魂牵梦萦喜欢着的一首曲子。没想到有一天，他居然能站在歌者的面前，还有与她演对手戏的机会。第一次合作，又是一名电影新人，在她的面前，他表现得十分腼腆，拍戏时甚至不敢看她的眼睛。她却无端地喜欢上了这个脸色发白又略带羞涩的大男孩。戏里戏外，他们成了无话不谈的朋友。

如果不是多年后她的朋友们的讲述，今天的我们，任是谁都不可能把当年那个浪漫热情、活泼快乐的男子与银幕上那个冷峻严肃、不苟言笑的硬汉联系起来。他喜欢她，又有机会接近她，便对她展开了疯狂的爱情攻势：他知道她喜欢进口车，便想方设法弄来一辆名副其实的雷鸟运动车。他们一起外出兜风，一起去飙车。车子越开越远，他们的心却越靠越近。奈良县东大寺的火把节上，他们被火把映得通红的笑脸；德岛县阿波罗舞节上，他们一起载歌载舞；长野县阿尔卑斯山麓的松本城堡里，他们一起探幽猎奇……他知道她喜欢乒乓球运动，便在她家搭了个乒乓球台，天天过来陪她打。他偶尔也会弄出一些更浪漫的小花絮，比如在她毫无准备的情况下，开着一架不知从哪里借来的私人小飞机从天而降，带着她喜欢的各色特产小吃和一些精致漂亮的小礼品。

那点点滴滴的浪漫，那份灼人的热情，终让她乖乖举手投降。

1958 年，她幸福地向世人宣布，他们订婚了。她还宣布，一年后，她就要做他的新娘，婚后她将退出舞台，安心做他的妻子。

1959 年 2 月 16 日，他 28 岁生日那天，那一份火热的爱情瓜熟蒂落。

如她婚前所承诺的那样，婚后的她安心做起了他的妻子。那一段时间他的电影事业还处在艰难的起步阶段。一部又一部动作雷同、故事雷同的侠义片不但在过度损耗着他的身体，也在过度地损耗着他的精神。好在，那时有她在。紧张繁忙的拍片之余，急匆匆回家，看到她在，他就心安，就有了继续前行的力量。而她腹中正在悄然孕育着的那个小小的新生命——他们的爱情结晶，更给他带来了无穷无尽的希望与力量。他爱她，爱她腹中的小生命，他希望以自己宽厚的臂膀来撑起这个幸福温暖的家。无奈天有不测风云，一次意外毫不留情地夺走了那个未曾出世的小生命。她流产了，并留下了致命的后患。医生宣布，如果她再度怀孕，不仅有流产的风险，连大人的生命也很难保障。对于酷爱孩子的他们来说，这就相当于判了幸福的死刑。最后看了一眼那个尚未完全成形的小生命——他们今生唯一的女儿，他痛苦地低下了头。此后，丧女的悲痛，几乎让他无处躲避，唯有一部接一部地拍戏。银幕上，他手持大刀，脚着木屐，永远是一副硬汉形象。银幕背后，无人看到他那颗流着血泪的心，连她也不能理解。彼时的她，日子并不比他好过。她没有了事业，又没有了心爱的孩子，唯有一个心爱的男人，还天天泡在片场。

无法不抱怨，也无法不伤心，但是谁也不肯说。彼此的冷漠，渐渐在他们的婚姻里砌起一道冰冷的墙。

她违背了自己当初婚礼上的诺言，选择了复出。她希望如自己歌中所唱：我是一个女人，我要活得像模像样。可愿望是一回事，现实往往又是另一回事。重回歌坛的她，并没有把日子过得像模像样，她的歌声渐渐被人淡忘。

1970 年 1 月 21 日，他在家中休息，她去上班。等她下班回来，看到的是被烧成灰烬的家。一场大火烧毁了他们唯一的家园，也烧毁了他们最后一点共有的温情回忆。在一场新闻发布会上，她单方面向媒体宣布，他们的婚姻走到了尽头。也许只是一时伤心愤怒，也许只是孩子气的任性，她根本没有料到自己言行的后果。等她宣布完，才发现自己心头的悔与痛。那一切过往，如何割舍得下？她十万火急地找来最好的朋友，让朋友去见他，告诉他，她后悔了，她想把离婚的日子往后拖拖。她哪里知道覆水难收，又哪里知道自己的做法，于他是怎样一种致命的伤害？面对前来替她求情的朋友，他只淡淡地回了一句：记者都来了，不能改了。

不能改了。他们匆匆结束了维持了 12 年的婚姻。

结束了婚姻的他们，在各自的生活轨道上忙碌。他顶着世人赐予他的冷漠封号，在电影王国里驰骋拼杀，一部接一部的侠义片之后，他终于厌倦，渴望突破。于是便有了后来那些风

格迥异的影片：《幸福的黄手帕》、《追捕》、《远山的呼唤》、
《车站》……艺术天地里，他的路子越走越宽，可他却很少再
笑。他慢慢地成了银幕上无数观众倾慕的冷峻硬汉。

　　她的日子则远没有他的精彩。离开他之后的她，事业不得
志，生活不得志，一直郁郁寡欢，过着离群索居的生活。1982
年 2 月 13 日上午，人们在东京她的寓所里发现了她已僵硬的
尸体。她因酗酒、呕吐，呕吐物堵在喉咙导致窒息而亡。那一
年，她刚刚 45 岁。

　　她的葬礼是在娘家举行的，前来吊唁的亲朋好友中，人们
唯独没有发现他的身影。

　　这也太绝情了。人们纷纷这样议论。可那些人哪里知道，
她去世 3 天后，也就是 1982 年 2 月 16 日，一个神情落寞、手
捧白菊的黑衣男子出现在了她的灵位前。

　　他来了。一个人，悄悄地没有惊动任何媒体、朋友。他无
言地坐在她的灵位前。黑白照片上，她笑靥如花，一如当年初
相见时的模样。如此巧合，又如此残酷：那一天，是他 51 岁
的生日，也是 23 年前他们结婚的日子。

　　她走了，他没有再结婚，尽管他的身边有无数双倾慕的眼
睛曾对他秋波暗传。他也很少参加社会活动，与以前相比，他
在银幕上露面的机会也少之又少了。1999 年，一部名为《铁
道员》的电影，让他将第 23 届蒙特利尔世界电影展优秀男主
角奖、第 44 届亚太影展男主角奖、第 32 届日本学院奖最优秀
男主角奖等大奖悉数收归囊中。对他来说，那些奖项都不那么

重要。倒是谈到电影选用的主题曲《田纳西华尔兹》时，他的语气里有着掩饰不住的深情与忧伤：过去我们是有不和，但那短暂的瞬间，一支常新的曲子，一片熟悉的景色，却令我感慨万千。

《田纳西华尔兹》，江利智惠美的代表作、成名曲。

《田纳西华尔兹》，高仓健生命中的爱情绝恋曲。

我的灵魂愿意栖身在你的琴里

醉露梧桐

　　约翰·巴哈贝尔出生在德国小城比勒菲尔德，他从小就是一个苦命的孩子，母亲刚生下他就因为失血过多而去世。八岁那年，父亲也在一次车祸中丧生。同行的巴哈贝尔最后时刻被父亲紧紧抱在怀里，才躲过一劫。父母双亡的命运安排就像一道鲜红的烙印，打在巴哈贝尔的幼小心灵上，使本来就性格内向的他变得更加孤僻和敏感。好心的孤寡老奶奶安森斯收留了可怜的巴哈贝尔，老人没有任何亲人，倍加疼爱巴哈贝尔。一老一少，就像风中的两棵草芥，相互扶持、相依为命。但就是这样的日子也很快因为战争的爆发而终结，逃亡中，71岁的安森斯被一颗不知从哪儿冒出来的流弹击中了。倒下去那一瞬间，她还用温情的眼神注视着自己的"孙儿"巴哈贝尔。

　　又一个爱自己的人离自己而去，巴哈贝尔饱含热泪，内心充满忧伤，他用双手在地上刨出一个坑，掩埋了和他朝夕相处了两年的安森斯，然后，随着人流继续逃亡流浪。不知不觉中，巴哈贝尔越过了德英边界，来到一个名叫阿旺达的英国边

119

境小村庄。又冷又饿，10岁的巴哈贝尔晕倒了。再醒来时，巴哈贝尔发现自己躺在一张干净整洁的大床上，一串串旋律优美的音符飘进他耳朵。循着琴声，他看到了一个高大的男人背影。这个男人名叫穆勒，是阿旺达的琴师，是他救下了饥寒交迫的巴哈贝尔。

善良的穆勒听完巴哈贝尔的悲惨经历后，决定收留他。巴哈贝尔对音乐的悟性很高，听穆勒弹上几遍后，就可以哼出曲子的节拍。穆勒很是高兴，开始从最基本的乐理知识和钢琴演奏技法来教授巴哈贝尔。在接下来的八年时间里，沉浸于音乐的美妙世界里，巴哈贝尔开始慢慢淡忘了心中的伤痛。他的琴，越弹越好。

离阿旺达不远的吉巴诺镇上，有一个名叫卡莎的女孩，她小巴哈贝尔一岁，是吉巴诺镇最漂亮的女孩。一天，镇上教堂邀请18岁的巴哈贝尔来为唱诗班伴奏。作为唱诗班的一员，卡莎第一眼看到巴哈贝尔那忧郁的眸子和清瘦的脸颊，就深深地喜欢上了他。当巴哈贝尔纤长的双手在琴键上游刃有余地游走，迷人的乐声飘荡在整个教堂时，卡莎心里爱的火焰被点燃了。

含羞的卡莎不敢直接向巴哈贝尔表白，就找了一个理由，对他说自己也喜欢音乐，希望可以拜师学艺。巴哈贝尔不知卡莎的心思，只为又多了一位爱好相同的朋友而高兴。卡莎学琴的目的只是为了接近自己喜欢的人，学琴反倒是有些漫不经心。巴哈贝尔很是生气："你走吧，你真的不适合弹钢琴，而且你也不喜欢钢琴。你这是在荒废自己，也是在耽搁我的宝贵时间。"

　　卡莎听后，内心很难过。回到家，对着一面镜子，她对自己说："我一定要好好弹琴，半年后我要拿到本地钢琴比赛的第一名。我知道，只有那样才配得上巴哈贝尔。"半年时间里，卡莎一步也没踏出家门，天天在房子里刻苦练习乐谱，饿了就叫家里的用人送些吃的进来，困了就趴在琴上睡一会儿。她的内心激荡着爱的力量。半年一转眼就过去了，卡莎参加了市里的钢琴比赛，果真拿了金奖。紧紧抱着奖杯，卡莎内心充满莫可名状的喜悦。她要赶快见到心爱的男孩，告诉他自己做到了，告诉他自己真的喜欢他。

　　开门的是老琴师穆勒，她告诉卡莎，巴哈贝尔三天前被征兵，奔赴战场了。卡莎傻眼了。"好，我等他回来。永远。"这句话说给穆勒，更像是说给自己的。回到家，母亲告诉女儿，镇长的儿子萨哈看上了她，今天托人带着礼物上门提亲。卡莎毫不犹豫地让母亲回绝了这门亲事。

　　用心奸诈的萨哈是那种不达目的不罢休的恶棍。他想出了一条让卡莎对巴哈贝尔死心的"毒计"。三个月后，他花大价钱从战场上拉回一具血肉模糊的尸体，说这是巴哈贝尔的尸体，他已经阵亡了。萨哈自以为这样，卡莎就会投到自己怀里。但是，他错了。整整三天三夜，卡莎趴在"巴哈贝尔"的尸体上哭得死去活来。其间，嬉皮笑脸的萨哈又带着更多的礼物上门提亲，被卡莎骂着将一包包礼物扔了出来。第二天夜里，卡莎平静地割腕自杀，面带微笑，离开了人世。她的身边，放着一封信：巴哈贝尔，这个世界上我最爱的人，我来了，来陪你了。在爱的天堂里，我愿意永远痴望你的琴声，我的灵魂愿意栖身在你的琴里。

5年后，战争结束，巴哈贝尔回到了吉巴诺镇。五年时间里，他才发现，有卡莎相伴左右的日子，自己是何等的充实与快乐。当她的身影离去，自己才发现已经把对方悄悄装进了心里。一路不停歇，急匆匆地，他跑向卡莎家。当卡莎的母亲把他带到一座坟前，巴哈贝尔简直不敢相信自己的眼睛：自己竟然和心爱的女孩隔在了两个世界。巴哈贝尔咆哮着，放声大哭。

回到家的巴哈贝尔大病一场，死的心都有了。阅尽人世沧桑的老琴师穆勒告诉徒弟："你要好好活着，为自己而活，为卡莎而活，活出两个人的质量。你为她创作一支曲子吧，把一切的一切都装进去。"巴哈贝尔点点头，硬撑着从床上爬起来。一周后，震惊世界乐坛的钢琴曲《卡农》诞生了。面对着世界范围的赞誉和邀请，巴哈贝尔一一回绝，他选择留在了离卡莎墓地最近的教堂。每天一大早，他都会对着躺着心爱姑娘的方向，弹一曲《卡农》，一支吐露爱声的钢琴曲。

1706年3月2日，52岁的约翰·巴哈贝尔去世。在他的葬礼上，反复地播放着他创作的《卡农》。舒缓的音乐中，人们仿佛能看到一棵樱桃树的下面，一个美丽安静的女孩痴痴地听着教堂里飘来的琴声，她的心随着琴的旋律而随空飞翔，她的眼里含着泪花。最后的一个小节，和弦融合在一起，永不分离。缠绵至极的音乐，就像两个人生死追随，演绎一段爱的神话与传奇。

德芙，为那凄美的爱情

浅紫色

初恋如冰激凌般甜美

1919 年的春天，卢森堡王室的夏洛特公主继承了王位，同时她又嫁给了波旁家族的后裔费利克斯王子。

双喜临门，整个卢森堡王室热闹非凡。为了迎接那些贵客，御厨们更是通宵达旦地忙碌着。18 岁的男孩莱昂已经在这个厨房工作了 4 个年头。14 岁那年，他跟着做厨师的亲戚从希腊辗转来到卢森堡，后来进了王宫。

这几天莱昂忙坏了，他的双手在水中泡得太久了，几乎每根指头都裂开了口子。好不容易有点空闲，莱昂坐在门口用盐水擦洗伤口。"这样太不卫生了，伤口容易发炎。"一个细弱的声音轻轻地飘进了莱昂的耳朵，他抬头看到，阳光下站着一个女孩。女孩大方地坐在他的身边，说："要用药水擦洗，这样一定很疼吧？"她盯着莱昂的手指，心疼地微微皱起了眉头。就在莱昂不知道如何回答时，一个女佣跑进来说："芭莎公主，快走，夫人在找你!"女孩回头冲莱昂笑了一下，急忙跟着女佣跑了出去。原来她是公主! 在王宫中，带他进来的亲戚，从来没有人关心过他，更何况是公主。她那几句简短的问候，让他产生了温暖的错觉。

此后，莱昂得知，15 岁的芭莎是波旁家族的远亲，因为无依无靠，所以被菲利克斯王子带了过来。

有一次，莱昂正忙着手里的活计，转头时突然发现厨房门口有一个脑袋探来探去。当对方与莱昂的目光对上时，高兴地冲他招了招手。那正是芭莎公主。她塞给莱昂一个布包，便慌慌张张地走了。莱昂打开布包，里面竟然有一支疗伤的药膏。那个晚上，莱昂躺在床上，脑海中总是浮现出芭莎因为心疼而皱眉的样子，多善解人意的姑娘啊，他的心里既温暖又甜蜜。

几天后，一位伯爵过生日，要在宫中举办一个小型宴会。宴会上的蛋卷冰激凌是当时刚刚流行的，它成了年轻的公主、王子们最喜欢的甜点。其实芭莎也很喜欢冰激凌，但那种还是稀罕物的美食是轮不上她的。莱昂开始设法为她做冰激凌。

那天晚上，莱昂悄悄地潜入厨房，过了一会儿，一个橙子味的冰激凌就被他做好了。芭莎品尝着香甜爽滑的冰激凌，神情陶醉地彷佛陷入了某种美好的回忆。随后，她轻声告诉莱昂，她的母亲是个富有想象力的女人，在世时喜欢给她调制各种口味的冰激凌。莱昂恍然大悟，原来冰激凌里有芭莎对母亲的回忆。此外，由于母亲是英国人，芭莎也精通英文，她经常教莱昂简单的英语，似乎这样也能让她重温对母亲的回忆。

从此以后，莱昂常常为芭莎调制各种口味的冰激凌。很多个繁星点点的夜晚，他们品尝着美味的冰激凌，也让爱情的甜蜜萦绕在心头。不过，由于身份和处境的差异，他们谁都没有说出心里的爱意，只是默默地将这份感情埋在心底。

悲伤的热巧克力难留爱情

有一回，芭莎突发奇想地说："莱昂，冰激凌里加上巧克力会不会更好吃？"芭莎的愿望就是莱昂的动力，他又有了新的目标：巧克力冰激凌。如何让巧克力融入冰激凌并有最佳的口感，让他很费神。就在他苦苦琢磨时，一个消息像阴风一样吹进了卢森堡的王宫。

20世纪初，小小的卢森堡在整个欧洲的地位很低，不时有人提出废除王室特权。为了找到一个靠山和同盟国，1921年，卢森堡和邻国比利时确立了经济同盟关系。为巩固联姻成了最好的办法，新闻在御厨房里炸开了锅，正在埋头调制巧克力冰激凌的莱昂感到自己的心猛烈地抽搐着。

一连3天，芭莎公主都没有出现在餐桌旁。心急如焚的莱昂盼着周三的晚上能快些到来，因为那是他们约定一起调制巧克力冰激凌的日子。可是那天晚上，芭莎失约了，直到莱昂盘中的冰激凌完全化掉，她也没有出现。莱昂感到有种撕心裂肺的疼痛。

芭莎出现在莱昂的视线里已经是一个月后。那天下午，他意外地在餐桌前看到了芭莎。她瘦了一圈，整个人看上去憔悴了许多。只是在看到莱昂的那一瞬间，她的眼中迸发出两道强烈的亮光，那光像剑一样刺痛了莱昂的心。他很想冲过去，抓住芭莎的手质问她，希望她告诉自己一切都是假的，她不会嫁人，因为她真心爱的人是他。可他是仆人，她是高贵的公主，莱昂无法开口确认她的爱情。

这天，莱昂给公主和王子们准备的甜点依然是冰激凌，由于真正的巧克力冰激凌还没有调制成功，他急中生智，在芭莎的那份冰激凌上直接用热巧克力写了几个英文字母"DOVE"，正是 Do you love me（你爱我吗）的缩写。他相信如果芭莎心有灵犀，一定会读懂他的心声。莱昂紧张地盯着芭莎，看着那份写着字母的冰激凌转到了她的面前。可是直到上面的热巧克力融化，芭莎也没有仔细看那几个字母，她只是发了很长时间的呆，然后含泪吃下他为她做的最后一份冰激凌。

几天之后，芭莎出嫁了。莱昂坐在高高的山坡上，看着载着芭莎的车驶向远方。他手里的冰激凌融化了，心爱的姑娘也远去了，他流下了伤心的眼泪。

伤感情话刻在每块巧克力上

芭莎出嫁的第二年，莱昂离开了卢森堡，来到美国，在一家高级餐厅里找到了工作。他踏实肯干、虚心老实，老板很赏识他，便将女儿许配给他。几年后，莱昂随着老板一家迁往芝加哥。在芝加哥，莱昂又成了一名糖果商。由于莱昂始终无法忘记芭莎，妻子只好与他离了婚。

此后莱昂一直独自带着儿子，经营着他的糖果店。1946年的一天，莱昂看到儿子在追一辆贩卖冰激凌的车，当他拦下儿子后，儿子失望地告诉他，那辆车上有好吃的巧克力冰激凌。莱昂紧闭的心门顿时被撞开了。芭莎离去之后，他没有做过一次冰激凌。而芭莎最后想要的，也不过是一份巧克力冰激凌，他却没有实现她的愿望。莱昂决定继续过去没有为芭莎完成的工作。

经过几个月的精心调制，一款富含奶油、同时被香醇的巧克力包裹的冰激凌问世了，上面刻着 4 个字母。儿子天真地问莱昂，冰激凌上"DOVE"这几个字母是什么意思？莱昂轻轻地说：这是冰激凌的名字。

就在此时，莱昂意外地收到了一封来自卢森堡的信件。莱昂从信中得知，芭莎公主曾派人回国四处打听他的消息，希望他能去探望她，却被告知他去了美国。芭莎到底怎么样了？她还好吗？莱昂的心彷佛又回到了当年，依然那么急迫而热切。

历经千辛万苦，莱昂终于来到了比利时。芭莎并不在王宫，而是住在郊外一处破败的别墅里。迎接他的佣人神色悲戚，莱昂有了一种不祥的预感。芭莎老了，她虚弱地躺在床上，曾经如清波荡漾的眼睛变得灰蒙蒙的。莱昂扑在她的床边，眼泪无法抑制地滴落在她苍白的手背上。芭莎伸出手来轻轻地抚摸着莱昂的头发，用微弱到几乎听不清的声音叫着莱昂的名字。随后，她艰难地讲述了整个故事。

原来当年在卢森堡时，芭莎也深深地爱着莱昂，曾绝食以拒绝联姻，但是被送到宫外严密看守了一个月后，她深知自己不可能逃脱联姻的命运，何况莱昂从未说过爱她，更没有任何承诺。在那个年代，一个女子要同整个家族决裂是要付出沉重代价的，何况她也无处可去。她最终只能向命运妥协，但希望离开卢森堡前能回王宫喝一次下午茶，因为她想在那里与莱昂作最后的告别。她吃到了他送给她的巧克力冰激凌，却没有看到那些融化的字母。

听到这里，莱昂泣不成声，过去的误解终于有了答案，但一切都晚了。3 天之后，芭莎离开了人世。莱昂听佣人说，芭莎嫁过来之后，终日郁郁寡欢，导致疾病缠身。她曾派人回去找过莱昂，得知他离开了卢森堡并在美国结了婚，就一病不起。

莱昂十分难过，如果当年那冰激凌上的热巧克力没有化掉，如果芭莎明白他的心思，她会改变主意与他私奔吗？他觉得一定会的！他开始悔恨自己的愚蠢和疏忽，为什么要在冰激凌上面用热巧克力写字。如果那巧克力是固体的，那些字就不会融化了，他就不会失去最后的机会。莱昂决心制造一种固体的巧克力，使其可以保存更久。

经过精心调制，香醇独特的德芙巧克力终于制成了，"DOVE"这 4 个字母被牢牢地刻在了每一块巧克力上，莱昂以此来纪念他和芭莎那错过的爱情。

一封没有寄出的信

【俄罗斯】瓦列里·奥西波夫

两年前的一个秋天，一支地质勘探队在一场暴雨中失踪了。人们找了很长时间，但一直没有结果。第二年春天，当地的雅库特人找到了其中一位队员的遗体，就是队长康斯坦丁·彼得洛维奇·萨宾宁。雅库特人在萨宾宁的怀里发现了一个包裹，包裹里面有一张他们找到的金刚石矿的地图和一封他写给妻子的信。

1

亲爱的维拉，我们现在相距是如此遥远！现在，你在遥远的莫斯科已经进入了梦乡，而我和其他地质队员们正在飞往辽阔的北国，此时此刻，我非常想为你做点什么，让你感到快乐和幸福，于是我动手给你写了这封信。

等我回去后，我将亲手把这封信交给你。你读这封信的时候，我就坐在你身旁，默默地看着你的脸，看着你的头发，看着你的手。你读完这封信，就什么都知道了，我们就不必提我的事了。我们只谈你，谈你这段时间的生活。

我忘了给你介绍一下我们这支勘探队的队员了。我们一共4个人。先给你说说谢尔盖吧，他是当地人。我们几个人中他年龄最大，也最有经验。他个子不高，神情平静，不苟言笑。谢尔盖什么都会，我们没有他简直就像没有手和脚一样。织梦内容管理系统

另外两名队员是格尔曼和塔妮娅，他们都还年轻。

现在已经很晚了，该休息了，明天还要早起。晚安。

我们在一条小溪边开始了勘探工作。格尔曼建议把这条小溪叫"萨宾宁小溪"，我觉得还是叫"维拉小溪"好。因为"维拉"是"信心"的意思，表示我们对我们的事业充满了信心，相信我们一定会成功。队员们没有反对，都同意了。当然了，他们也知道"维拉"是你的名字。

维拉，告诉你一件好事！昨天谢尔盖找到了一块金刚石。对，一块真正的金刚石！我现在没时间写信了。我们现在每天只能睡三四个小时。

维拉，我们胜利了！

昨天我和塔妮娅一起去勘探，一下子就发现了很多金刚石。

格尔曼说，他感到这辈子真没白活，因为他参与了一个有益于全人类的重大发现。

塔妮娅听完后大笑起来，塔妮娅和格尔曼不管怎么说都还

是孩子，他们俩的年龄加在一起还不到 50 岁。

就这样，金刚石矿终于找到了。

维拉，我终于找到了我一生中一直苦苦追寻的东西。在这片杳无人烟的雅库特原始森林里，我寻找着自己的幸福，我的这份幸福不是每个人都能理解的，因为我的这份幸福充满了艰辛。

除了工作，我生命中的另一大幸福就是你。因为我知道，走遍千山万水，我最终还是要回到你身边，回到我们的家。其实，我一直都是在向你靠近，跋山涉水，风雨兼程……回家了，回家了，就要回家了！

2

你好，维拉！很长时间没给你写信了，因为发生了一件非常不幸的事。

那天晚上，我们在"维拉小溪"岸边支好帐篷，吃过晚饭，就躺下睡觉了。那天的天气和往常一样，没有什么变化。我们太累了，就没有把食品和电台从船上搬到帐篷里来。当然，这是我们的错，首先是我这个队长的错。大家都睡着了，谁也没有听见外面下起了暴雨。

第一个醒来的是谢尔盖，当时是早上 6 点。谢尔盖叫醒了我们，但我们已经无法走出帐篷了。

"我们的船！"突然，谢尔盖大叫了一声。我们朝岸边望去，岸边已经空了，我们的那几条小船都不见了。原来停船的地方已经被涌上岸的河水淹没了。这条小溪已经变成一条湍急的大河，河上漂浮着一棵棵被河水冲倒的大树。

我们立刻沿着岸边向下游跑了过去，心里尚存一丝侥幸：也许我们能找到船呢。

果然，在离岸边不远的地方，我们的一只小船卡在了几棵树之间。那只小船上有食品和电台，这可是唯一能帮助我们摆脱困境的东西。

谢尔盖手扶着树一步一步朝小船靠了过去，但就在这时，不幸发生了：谢尔盖在水里摔倒了。我们立即跳进了水里，但谢尔盖已经不见了踪影。

就这样，我们被困在了雅库特原始森林深处，没有向导，没有地图，没有指南针，也没有了电台，所有的东西都被大水冲走了。

这场大雨下了整整一天。我们收好帐篷、睡袋，装上衣服、罐头，拿起枪就上路了。

你好，维拉！我们还在原始森林里赶路。我们正在朝南走。我想，在第一次寒流来临之前，我们应该能走出这片森林。

我们很冷，饥肠辘辘，而且不知道还要走多久。

今天又出事了。格尔曼摔倒了，可能是腿骨折了。我们给他做了根拐杖，但他走起路来还是很吃力。

格尔曼烧得很厉害。他让我把金刚石矿的地图拿给他看。

我给了他，他仔细地看了很久，然后才还给我。我们默默地坐在篝火旁，心情沉重极了。

我想明天我们可能无法继续赶路了。

格尔曼的伤口大概是感染了，于是我让塔妮娅背着所有的东西，加起来大约有 30 公斤，我背着格尔曼。

现在我和塔妮娅准备到树林里去打猎。格尔曼跟我要了一张纸。

昨天夜里发生的事让我实在无法下笔。连我这个 40 岁的人也忍不住哭了。

昨天夜里，格尔曼走了，可我们正在熟睡。早上，当我们醒来的时候，他已经不见了。帐篷里留下了一张字条：

康斯坦丁·彼得洛维奇，我必须要这么做。道理很简单，我一个人牺牲了总比我们三个人都牺牲了要好。我的睡袋里还有一听罐头，别忘了拿。我走了，别找我。请多关照塔妮娅。本

我们找了格尔曼两天，但一无所获。第三天我们开始继续赶路。塔妮娅一直默不作声。格尔曼的离去让她痛苦万分。今天塔妮娅走了 7000 多步就晕倒了。

我点了一堆篝火，给她喝了点茶，吃了点东西，让她睡下了。维拉，现在我正坐在篝火旁给你写信。冬天好像真的到了，今天太冷了。

今天一大早就下起了雪，我们没有出帐篷，一直躺在睡袋里。塔妮娅让我给她讲讲你的故事，讲讲你的头发什么颜色，

眼睛什么样，心地是不是善良。塔妮娅还让我给她讲我们是怎么认识的，谁先表白的……我给她讲的时候，她边听边哭。

后来，她突然紧张不安地问我，那张金刚石矿的地图是否还在。我把地图拿出来给她看了看，她这才放下心来。

塔妮娅睡着了，我要到树林里去打猎。

维拉，我的维拉，我实在无法写下去了，泪水模糊了我的双眼……昨天我去林子里打猎去了很久，回来时发现塔妮娅不见了。这是她留下的字条：

亲爱的康斯坦丁·彼得洛维奇，我走了。我早该这么做。大家都在等待我们那张金刚石矿的地图，我们当中必须有一个人活下来，这个人就是您，因为您的体力最好。如果不是因为我和格尔曼，您早就走出这片原始森林了。我的睡袋里还有一听罐头，您别忘了带走。永别了。

亲爱的康斯坦丁·彼得洛维奇，您一定要回到她身边去，您是那么爱她！我和格尔曼也早就相爱了。但我们一直把这份爱恋深埋在心底，以免影响我们的工作。我多么想和格尔曼结婚，和他永远在一起啊！但现在说这些还有什么意义呢？我们的生命已经不在，我们的幸福已经远去。但我希望您能幸福！我最后还有一个请求，请替我给我妈妈写一封信。

我找了塔妮娅整整一天，但没找到。维拉，现在我的生命已经不属于我一个人了，我必须活下来，把地图带回去。

3

维拉，我离你越来越近了。今天我走了 53000 步。我一定能走出这片森林。这是我的使命。

维拉，今天我一整天都在思索我这一生。我算得上成功吗？也许应该算得上吧。我选择了自己喜欢的事业。至于我的肉体是否还会存在，这都已经不重要了，重要的是，我终于为俄罗斯找到了金刚石。

是啊，金刚石，我找你找得好苦啊！格尔曼、塔妮娅，还有谢尔盖，他们是为了让我能够走出去而牺牲的，是为了这张地图能够送到人们手中而牺牲的。我一定要走出去，为了他们，为了这三个为我献出生命的人，我没有理由放弃。

我经常躺在雪地上昏睡过去。

我梦见了很多城市，都是在这片原始森林里建起来的新城。这一座座新城里矗立着一排排雪白的房子，一条条街道上孩子们在追逐嬉戏，情侣们在悠闲地散步。织梦内容管理系

我最后一次检查了一遍地图。这张宝贵的地图还在我的怀里。永别了，维拉。一定要找到塔妮娅妈妈的地址，给她写一封信，也给格尔曼家写一封。

谁若先找到我……请把地图……尽快交给那些搞地质工作的人。永别了……我多么想活下去啊，维拉……

第二年春天，萨宾宁被雅库特人找到了，他们把萨宾宁保

存下来的所有材料都转交给了其他地质学家。现在，在萨宾宁发现金刚石矿的地方正进行着大规模的建设，一个叫金刚石格勒的城市正在兴起。这座城市中有 4 条街道，分别以萨宾宁勘探队 4 名队员的名字命名。人们还计划给他们修建一座纪念碑。这样，人们远远地就能瞻仰这座纪念碑了……

在离你最近的地方说爱你

桂圆八宝

项目经理部距离工地 1165 米，把这个数字乘以 4，倒挂起来就是青藏铁路至高点的高程。水准镜沿线平移 343 米，有人抓住标杆。水准线里可以看得很清楚，她的高程是 1.62 米，脸长 15 厘米，眼睛占了脸的三分之一，大而无神，居心叵测。

我向她呵斥一声："嗨，说你哪，别挡着我的标尺！"

她吓了一跳，但没逃窜，反而直线向我走来："先生，麻烦您，能不能把这个杆子借我用用？"

多吉的汉语一直不灵光，低声问我："她要什么？"

"标尺。"

多吉当即脸色大变，没等我开口，就把她轰到 50 米开外。

我发现她离开的时候，步幅比刚才小了 0.14 米——她的心情应该非常沮丧。

让多吉看牢镜子，我跟随在她后面。盐湖边上，她望着掉在下面的行李包，呆呆地出神。她是想用"杆子"把行李挑起来。

姑娘跟我回到驻地，一屋子的光膀子邋遢男人，齐刷刷向她看过来。

我让姑娘抓紧时间跟山下的旅行团联系，最好能在明天一早把她送走。

半夜里又刮起了妖风，狂风裹挟着沙石从窗前掠过，哗啦啦一片碎响。"风是咸的呀！"姑娘站在台阶上。

我愣了愣，忍不住哈哈大笑。屋里丢出一只鞋，险些砸到我的头上："周颂民，半夜里你鬼叫什么？捡了个女人不知道自己是老几了！"

我神色尴尬，抓了抓乱蓬蓬的头发。小姑娘却看着我微笑：

"我知道了，你叫周颂民。"

对面就是高耸入云的雪山，在夜里看过去也闪烁着高贵而疏远的冷光。

小姑娘抬起手："你们是要把铁路修到那上面去？"

"对，5072米，世界上海拔最高的铁路，只要有了这条路，再深的山里都可以飞出凤凰。"

她好像非常向往，牢牢地望向远处，许久之后，忽然扭过头："你记住了，我叫杜明娟。"

这时，我们相距5.01米。

邮递员踏着两寸厚的积雪，一路咯吱吱跑到我面前。信是杜明娟从成都写来的，她说成都现在热得像一盆火，她想念高原清朗明媚的天气，想念这里的人。

我哈哈一笑，就把小姑娘的呓语丢在了旁边。然而，此后她的信还是会在我毫无防备的时候飞过来。

铁路即将横跨山脊时，杜明娟就要毕业了。去什么地方，她已有了自己的打算。我喜欢看她的信，捧在手里沉甸甸的，就像捧着大学时代的繁华热闹。

两个月后，工程遇到了技术难关，这是意料中的事。

杜明娟的信又飘然而至，她说她分到了青海。从成都到青海，是她煎熬了日日夜夜的见证。父母的冷眼和坚决反对，都让她有莫大压力。她说只要我有时间，随时都可以在格尔木市一个名叫华风中学的教室里看到她的身影。

我悚然动容，不知怎么去回答她的炙热。第一次给杜明娟回信，东拉西扯地说了一些不沾边的话。只是"不经意"的，在第700多个字的空当里，我提到了一个非常美丽的藏族姑娘，而我和她，只相隔20000多米。多吉偷看了我的信，大惊失色，扑上来抓住我的脖子猛摇："周颂民，我拿你当兄弟，你什么时候勾搭上我妹妹？"

我被他掐得几乎窒息："我都没见过你妹妹，拿来当一下挡箭牌，你别发疯行不行？"

"那姓杜的女孩儿多漂亮。你不喜欢她？"多吉不明白。

这跟喜欢不喜欢没有关系，就像雪山和草原、标尺和桩点，看似近在咫尺，其实根本不可能融为一体。

信寄出之后，很久没接到杜明娟的消息。说实话，我有些失落。

8月，终于重新开工，却一连下了3天的雨。远远的，邮递员从泥地里蹚过来，却不给我信，一脸诡异的表情盯着我："老周，有你的邮包。"

说着，从身后拖出一个巨大的物体，推到我面前——一个大活人！

杜明娟冻得通红的脸一下子逼上来，凑到我鼻尖前，"周颂民，现在我离你更近，0.1毫米，你还有什么好说的？"

纳赤台泉距离格尔木市94公里，在海拔3540米的高寒地区，可以从长32公里的盐桥穿过去。

杜明娟坐在车座上，她秀丽的脸庞就在我面前，我脑子里却只有一连串的数据，彼此都很尴尬。"周颂民，你看那桥跟普通的桥也没什么两样啊！"她一直在寻找着话题。我细细跟她解释明白，她却笑了："你懂得真多！"

一间简陋的寺庙，梵唱声悠远绵长。杜明娟死活要下车，到庙里交了香火钱，规规矩矩在神象前跪下，双手合十，宛似一朵即将盛开的莲花。

突然下起了雨，我们没命地向车里跑。我脱下外套，罩住两个人的头，她扭过脸，向我灿烂地微笑。我心里怦然一动，赶忙找些不相干的话："你许的是什么愿？"

她狠狠地白我一眼："笨啊！"顿了一顿又说："你猜？"我陶瓷样地看着她，她却笑成了一朵花，"最俗的那种，长命百岁！"

回去时大概是累了，她的头倚在我肩上，发间传来少女特

141

有的清香。我尝试着，把手搭在她腰上，脑袋里立刻灵光闪现，不到59厘米，女孩子真是柔弱纤细的生物，那样强烈的勇气和韧劲儿，到底是从哪里来的呢？

杜明娟申请调到了山下的小学校，攥着调令喜滋滋地向我炫耀："周颂民，我算过，现在我离你只有30多公里，不许你再想那个藏族姑娘。"

我告诉她那是我编出来骗她的，除了她之外，还有谁会这么傻，跑到高原上守着一个再普通不过的男人。

杜明娟在工地上已混得很熟，因为离得近，她常来帮这些邋遢到家的男人洗洗衣服。山路崎岖高寒，我怕她出什么意外，几次叮嘱她千万不要乱来，但她从来不当回事。我求多吉给她做了一个指南针，这是藏人特有的手艺。

杜明娟翻来覆去看了几遍。轻轻贴在胸口上："这可是你送我的第一件礼物！"

但我并不希望这个东西能派上什么用场，所以我央求多吉，把它做精美，像个饰物就够了。

将近10月的时候，突然下了一场大雪，信号中断，工程全面暂停。我们变成了一群聋哑人，只能呆呆地坐在屋子里，看着鹅毛一样的雪片飞下来，对面的雪山越来越肥硕，渐渐臃肿不堪。

半个月后，联络恢复。

我偷空给杜明娟打了个电话。学校里的人说，她上星期请假回家，现在也没回来，还听说她一直联系不到我，想上山来看看，被大伙死命拉住了。

我放下电话，指尖轻跳着，莫名觉得不安。这种感觉紧紧纠缠着我，像这没完没了的阴天。

一天下午放杆，走过一片积雪，一群人忙了半个多小时，总算找到了深埋在雪地里的桩点，多吉一杆扎下去，顿时惊叫起来："什么东西……"

扒开半尺深的雪，大家脸色苍白，抬头看我。

我全身颤抖，慢慢蹲下。那是杜明娟。

我几乎不能呼吸，我抓住她的手，希望她能暖和一点，哪怕只是一点点！她紧紧攥着的那个小小指南针，无论我怎样劝说哀求，也不肯松开来！

有些细节永远都不会被揭晓。杜明娟本该在成都，她也许上了车，也许是在车站上犹豫，也许只想到山上来再看一眼，也许就在我向窗外张望的时候，她正在雪地里挣扎着，呼喊着我的名字……

我把她的骨灰装进小小的玻璃瓶里，终日戴在胸前，她总是觉得我不够近，现在，我们终于不再有任何距离，她紧贴着我，一生一世相伴相随。

只是，这竟是世界上最遥远的距离。

水乡·小匠·真爱

刘国庆

　　小镇，滑腻腻的青石路上隐约覆着苍苔。蜿蜒的一条小河，洗菜、淘米、漂衣、出行，从早到晚甚为忙碌。最不起眼的是那座残破的古桥，虽年久失修，但只要站在上面，还是会情不自禁地远望。这个水乡的一颦一笑，仿佛隔了千年的历史，浸润着古色，看着看着，让整个人都风尘仆仆起来。

　　从桥的这边上去，不多不少十二步便走到桥的中心。当年他是那样的青葱，穿一身干净整洁的粗布衣裳，走起路来脚下生风，赶去城里进木材。而她也正值青春，两条乌黑的辫子垂到腰际，面容姣好宛如桃花，回到乡下省亲。他和她在这座古桥上，擦肩而过，她那时并不懂得回眸一笑，他亦不敢回头再寻。他只不过是"悦木轩"的一名学徒工，一个小伙计，老实本分，靠手艺吃饭；而她，却是军官的女儿。

　　她光顾"悦木轩"，实在是出乎他的意料。南方多雨。下起雨来，总是缠缠绵绵，她来到店里买一把油纸伞。再次见到她时，他便有些恍惚，从小到大，面对的总是师傅的横眉，刻刀的冰冷，画笔的拙朴，即使见过女子，也是临摹扇面的时候，纸上陈旧的水彩。从来没有这样真切地亲近一个女性，他不免手脚局促，面红耳赤。她看着他的呆样，笑出声来。她临走时，他慌忙说了声"请等一下"，便跌跌撞撞地跑到屋里，拿出一把纸扇塞到她的手中，腼腆地说道："这是我画的扇面，送与你。"

她回到姑妈家，心里满是他的影子，打开扇面，是一幅墨彩水乡图。起初她并未在意，可总觉得这番景象有些眼熟，推开隔窗，不免惊叹，扇面上的画作原来是小镇的临摹。旁边还有一行小字："欲将心事付瑶琴，知音少，弦断有谁听？"

两个人就这样，私下里你来我往，通过纸笔传情，互诉衷肠。她送他一块帛，写满情思；他回她一幅画，都是依恋。江南夜晚的月亮，映在清泠泠的河水里，明晃晃的都要醉了。

她将要离开回城，临行前夜来到"悦木轩"，偷偷地告诉他。他听后一声不吭。她心里明白，他只是一个手工艺人，学成之后，也是辗转迁徙，四处漂泊，两个人根本不可能在一起。他却说了一句让她一生都不能忘记的话："我会去找你的。"

后来，小镇传言，"悦木轩"的学徒跑了。这是一件很没面子的事，师傅不置可否，却令手下进城进货的时候，多留点神，要是把他捉回来，定要扒皮抽筋。再后来，一场运动的浪潮席卷到城里，到处都是戴红袖章的红卫兵，喧喧嚷嚷，也就无人再打探他的消息了。

因为父亲的原因，她也受到牵连，被关押在冰冷潮湿的小牢房里，吃霉饭，喝冷水，更要命的是要整日面对激动的人群，精神饱受折磨。突然有一天，她在人群中发现了他。他居然也打扮成了他们的模样，兴高采烈，耀武扬威。她心口处一阵疼痛。然而，到了晚上，轮到他值班看守她时，他却跑进牢房，从怀里掏出热乎乎的糯米糕给她吃。她将信将疑，却狼吞虎咽。他看着看着，泪如雨下说，我曾许下诺言，我会来找你的，外面发生了什么我不懂，我心里只有一件事，那就是把你救出去。两个人抱头痛哭，彻夜长谈。

城里的情况摸清楚之后，在一个夜晚，又轮到他值班，他把她放出来，换上红卫兵的衣服，她身体虚弱，已经无法走路。他背着她一路发疯似的狂奔到火车站，把她塞上了北上串联的火车。她要他一起走，他却说，师傅那里还未了结，他虽无情但也有养育之恩，等完事之后我就去找你，记住，不管你到哪儿，我都会去找你的。她咬着嘴唇，塞给他一个香包，就这样，她的身影模糊在无尽的夜里。

他回到乡下，给师傅磕头谢罪，师傅说，按契约办事吧。他留在店里，没日没夜做苦工，3个月做了30个精致的扇面，连师傅看后也连连称赞。之后，师傅命人打断他的左腿，以示决裂。疼痛难忍，他却一声不吭，嘴角处有一丝笑意，他可以就这样，了无牵挂去找她了……

他寻了她50年，未果，心灰意懒，做起了入殓师，给去世的人化妆。在70岁的时候，他觉得一个人漂泊多年，孤魂野鬼，也该回家了。于是重新回到了水乡小镇。一次，他受人之托，给一位辞世的孤寡婆婆化妆，当他的手掀开蒙在她脸上的棉布时，顷刻间，心就不可救药地碎了。那一回，他浑身颤抖，刚刚画好，妆就被眼泪冲掉。他画了整整一天。

他一生未娶，她终身未嫁。当他离开那座古桥蹒跚而去时，此刻的水乡，已不再是心里的水乡。

等你，在那片杨树林

梅寒

他们 50 岁那年，开始了两地分居生活，她去给城里的儿子看孩子。

儿子是他们那个小村唯一一个走出去的大学生，在省城读了大学，毕业后又在那里工作，然后娶妻生子，就将母亲接到了城里。儿子原本想把他也一起接走的，却遭到了他的拒绝。他说，城里有啥好，除了车就是楼，没有岭上空气新鲜。儿子知道他的脾气，没再坚持，带着母亲一步三回头地走了。他站在岭上，频频向他们挥手，一直到看不到妻儿的身影才落寞地回家。

从此，寂寞凄清的小院，就只有他进进出出。逢节假日，儿子媳妇不上班，她会匆匆忙忙回家一趟，也不过待一两天，就又匆匆忙忙赶回去。回到家，掀掀锅，锅是冷的，看看碗，碗是空的，她的眼泪扑簌簌掉下来。他是那样笨拙的一个男人，从来只知道出大力，对家务是一窍不通的。

蒸馍、煮肉、炸丸子，她回家一次，家里就像过一次年。

吃着她为他做的那些可口的饭菜，他只呵呵地傻笑。

但他会跟她说说他种的那些树。

树就在他们院子前面那片光秃秃的青石岭上，是她进城的那一年他开始栽的。从集市上买回几捆小杨树苗儿，从山上的沟里挑来一担又一担的土，又从岭下的河里挑来一担又一担的水。没白没黑地忙活了十几天，那片秃岭上就多了一片不大不小的杨树林。几百棵小白杨，像毛绒绒的小鸡雏，把那个春天和那片山岭染绿了。

青石头上也长树，真是奇了！——路过的人会情不自禁地冒出这样一句。

是的，他用汗水在那片青石岭上浇出一片盎然的绿。春天天旱，他去岭下的河里挑水，几里山路，一担水来回他要走半个多小时，那片林浇下来，要近百担水。那一条弯弯曲曲的黄沙路上，就开满了一朵又一朵暗色的花，野草野花的种子，循着他桶里溅出的水，织成一条铺花的小径。夏天，树叶上长了虫子，炎炎烈日下他背着喷雾器打药，树很高了，他要举着几米长的杆子才够得到，一天下来，脖子老向后仰着，疼得不敢低头了。冬天，应该是悠闲的时节，小树都卸光油亮的衣衫睡了，他还在树下挖坑施肥，为来年的春天做准备……

听他不停地讲那些树，她偶尔会取笑他：我看你对那些树，比对我和孩子还亲！

他总是说：你不懂，那些树，将来能有大用途。

她在城乡之间那条路上来来回回奔波了 8 年，他独自一人

149

在那个荒岭小院里守了 8 年。8 年后，他们的小孙子都已上学，8 年前他栽下的那片小白杨，已长成了一个青葱的海。他们也由中年步入老年，她脸上起了皱纹，他的腰弯了，她终于从城里回来，与他团圆了。

母亲的责任，奶奶的责任，都完成了，剩下的时光，她只想与他静静地守在一起。

一个下午，她做了他最爱吃的红烧排骨，又给他温上一壶老酒。坐在桌前，他的话忽然多起来：那些树，再过几年就成材了，估计也能卖上几万块钱。

她嗔怪道：嗯，你就钱上紧。看这几年，为了这些树，你累成什么了？

他一笑：嘿嘿，我不受累，我看你将来花什么？这些树，可是我专门给你种的。等你上了年纪，不能动了，有这些树，就不用愁，也少给孩子添负担。

她无语，一下子怔在了那里。她从没想过，那是他为她种的养老树。

就在那天夜里，他走了，像很深很深的睡眠，平静而安详。前来为他施救的医生说，他有很严重的心脏病，估计不是一两年了。她不知道，但 他应该是知道的，为了不影响她，也为了不增加孩子的负担，他隐瞒了所有的人。

她是我的小姨，他是我的小姨夫。前几天打电话，听到他去世的消息，一时无法接受。他们宁静而温馨的晚年，似乎才刚刚开始，他就撒手走了。

家，应该已成伤心地，小姨应该不会久留吧，最后一个让她牵挂的人去了，她一定会收拾东西重返城里的儿子家……我们做小辈的都这么猜，也这么希望。把电话打过去，小姨说，往后她哪里也不去，就守着那个小院，还有杨树林里的他，直到有一天她也睡在那里……

电话这端的我，不禁泪如雨下。

为他唱歌

春分

1949 年元月初，正是寒冬之际，在苏北平原的淮海大地，共产党领导的解放军和国民党的部队在这里进行大规模的战略决战。战火在这里已经交织了好多天，所有的村庄都被炮火光顾了多次，大都成为废墟；层层包围和反包围，参战的双方还在源源不断地投入兵力。战争的胜负仿佛在瞬间即可确定，可这个瞬间由于持续的时间过长，而令人感到焦虑。

那天下午 6 时，太阳已沉入裸露的大地，在运河边一个叫薛庄的仅有十几户人家的小村落，一个长辫子姑娘正和一个年龄与她相仿的解放军战士僵持着。姑娘十七八岁，年轻的脸颊被刮来的夹着雪花的西北风吹得通红。

小战士的脸也有点红，但那红不是被风雪吹的，而是因说服不了年轻姑娘而感到无可奈何，或许还夹杂着一种气恼。老村长的及时赶到，使事情最终得到了圆满的解决。原来长辫子姑娘是村里青妇会的，正在为部队准备干粮，而年轻的小战士则是运送干粮的。这本来是正常的支前工作，可因为负责带队的小战士所在的运粮队带的牲口不够，需要借用几户老乡家的，而进门时他发现姑娘家有头正拉磨的毛驴，便想借用一下。没想到姑娘一听这话，扬扬眉说，借用可以，但她必须和战士一起去，完成任务后再把牲口牵回来。小战士说，送干粮去的地方正在打仗，非常危险，她不能去，解放军说话算话，他一定会将毛驴安全送回来。双方谁也说服不了谁。老村长十分清楚，别看是一头小毛驴，可一头牲口对庄户人家来说就是命根子。于是，老村长对小战士说："我们这里是老区，这里的人炮火见得多了，不会给你们添麻烦的；相反，她对这儿的地形熟悉，还可以给你们带个路。"听了老村长的话，姑娘朝小战士眨眨眼，仿佛说，这下你没的说了吧。

姑娘和小战士一起随送粮的队伍趁着夜色出发了。他们一路无语，沿着被炮弹炸焦的土地匆匆而行，只有牲口的蹄声在空寂的夜里显得越发急促。在走了两个多小时后，一条小河挡住了去路。尽管河面不宽，但由于不时有炮火飞过，运粮的牲口受到了惊吓，蹄子还未沾水，屁股便拼命地往后挪，说什么也不愿下河，弄得几个牵缰绳的战士拼着老劲才拉住，急得带队的小战士来回踱步。正当小战士一筹莫展的时候，长辫子姑娘突然对他说："用东西把牲口的眼睛都蒙住，它们就听话了。"

"行吗？"

"准行。"

果然，被蒙上眼睛的牲口分不清东南西北，只好乖乖地被牵着渡过了河。

过了河，小战士靠近姑娘低声说："谢谢你，大姐。"

第二天凌晨，送粮队准时到达部队。姑娘牵回了自家的毛驴，说要立即回去。部队首长说，等天亮了再回吧。姑娘说："你们有任务，我在这里碍事，再说早回去还得准备支前的事。"首长说："也行，不过这么多牲口你一个人是无法赶回去的，这样吧，还是让小张再辛苦一趟，送你回去。"原来那个年轻的小战士叫"小张"。

长辫子姑娘和小张赶着牲口往回走，此时天已经蒙蒙亮了。走了一夜路的他们并无睡意，姑娘甚至还哼了几声当地的小调。小张也兴奋起来，他告诉姑娘，这一仗打下来，离全国解放就不远了。说话间，两人过了河，隐隐约约可以看见姑娘家所在的村庄了。长辫子姑娘对小战士说："我已经到家了，你现在可以回去了。"小战士向姑娘敬了一个军礼说："大姐，谢谢你。"小战士说完，正要转身往回走，忽然呼啸而来的炮弹声在耳边响起，小战士立即将面前的姑娘扑倒在地上。转眼间，爆炸掀起的气浪掩埋了姑娘。当爆炸声停止，姑娘爬起来大声呼喊"小张"时，才发觉刚才那个活蹦乱跳的年轻生命已停止了呼吸。

长辫子姑娘默默地站起身，擦干了眼泪，深深地向小战士鞠了一躬。而后，她将小战士抱在怀里，一步一步向黎明前的村庄走去。

10天后，淮海战役结束，全歼国民党部队55万人。

此后不到 10 个月，中华人民共和国成立。

而那位叫"小张"的战士被埋葬在运河边。时至今日，没有人知道他的全名，也不知道他是哪里人，家在何处，只有运河两岸的迎春花年年为他开放。

而那个长辫子姑娘在多年后成了我的母亲。这个故事，自我懂事起，每年她都会给我讲述一遍，每次讲述的时候，母亲的双眼都噙满泪水。

母亲说，寻找小张的部队是她今生的一个心结。因为那场战争参战的部队太多，而部队驻防、换防频繁，打完淮海战役之后，听说小张所属的部队又去解放大西南。从新中国成立前到新中国成立后，她多方打听，依旧没个结果。但她相信，小张的部队是不会忘记他的，他的战友们也都不会忘记他。运河边的村民们同样没有忘记这个不知名的小战士。每年清明，小张的坟前会堆满这块土地上开放的数不清的野花。而以小张的生命为代价活下来的母亲，一生都认定自己的命是小张给予的。她说，她活着是因为小张的生命而存在；死了，她要埋葬在小张的坟墓旁，在这古老的大运河边陪他说话，为他唱歌……

琥珀发卡

鲍尔吉·原野

一个女人从街道办事处走出来，时间是 14 点整。阳光刺眼，人流如织。一排穿彩裙的姑娘拍手呼喊，推销一款酸奶。无腿的乞儿伸出手，说："好人一生平安。女人挥手把他赶开。"这是四川省青川县城的繁华街市。

女人身边有个男人。这两个人二十六七岁，他们刚办完离婚手续。

女人看表，14：00。今天是护士节，她所在的医院有活动，每位护士都有奖品，可能还有红包，当然她也有。

女人向男人伸出手，道别。也许这是最后的握手或称肢体接触了。男士摆手："你在这儿等一下，我马上回来。"

女人说："我有事儿。"

男人："等 10 分钟。前面就是那家店，给你买个琥珀发卡。"

女人："不必了。"

男人跑远，一百多米外那家商厦，里面卖高级发卡，每个三五百元，好的上千元。去年，女人过生日时要一个发卡，男人竟说："一个发卡二三百元？够失学儿童一年的学费了。你有病！"

女人告诉他，头发是女人美丽的一部分，它不是拖布。如果发卡上镶琥珀，还会上千元，物有所值。

男人说："头发剪掉卖了也值不上 20 元钱，凭什么戴1000 元的发卡？荒唐！"

女人反诘："美丽无价！"

诸如此类的争吵还有很多。

他们离婚并没有骇人的事件，简单说，是因为价值观不同，对钱以及使用钱的观念不一样。比如，她说吃剩饭有害健康，倒掉。他说，扔粮食作孽；看亲友，她想买花篮，他说买牛奶；每次聚会，他带回一堆打包的饭菜；他甚至把单位作废的文件用车驮回来卖钱。跟他在一起，女人感到窒息。

女人看表，14：20。分手了，她真不稀罕发卡之类的东西。饰物和衣物一样，与心情在一起才美丽。她心急，14：30就开会了，她却在大街上等一个前夫的什么发卡，这才叫荒唐。

可是走掉也不好。女人朝那家商厦走，准备劝他别买了，当然要谢谢他，至少他还记得有这么一件遗憾的事。

快到商厦了，男人隔着玻璃门朝她摆手，笑着。他穿一件蓝 T 恤衫，白领，手里晃动着金黄色的发卡。这一瞬，大地剧烈抖动，如野马。人们的叫喊声淹没在建筑物倒塌的轰隆声里。地震了！女人想跑却迈不开步，地在晃。

静了，楼房倒塌的土灰笼罩街市。女人蹲着，用手袋盖着头。她站起来，惊见商厦已经没了：它一半倒塌，另一半还立着，像被劈开。男人——她的前夫被埋在山丘般的瓦砾堆里，砖石离她只有几米远。

恍惚半天，她才接受眼前的现实。前夫在废墟里？泪水突然涌上眼帘。她拼命地捡砖头、搬根本搬不动的预制板。

刹那间，女人的脑海里浮现一串画面：每天晚上，他给她洗脚，边洗边兑入保温瓶里的热水；洗她的裙子用筐晾晒，防止拉长；新婚之夜推醒她一起数星星……

如果不为她买发卡，他不会埋在瓦砾下面。如果不离婚，他们不会来这里。女人觉得地震是老天爷对她的惩罚。

搬砖头，再搬……她的努力太微弱了。她忽然得知：价值观的核心是活着，废墟下面那个在门口举着琥珀发卡的男人，是她离不开的人。

女人在余震中受伤，转入沈阳某医院治疗，在病床上讲述这段经历。她手里拿着琥珀发卡，其前夫已遇难。

他们曾相互守望

肖颂

30 年前，我住在松江老街——谭东街。街尾住着一个捡破烂的老头，他身上的衣服补丁摞补丁，但还算干净。每天，他总背着破旧的大布袋，拿着铁钩子，巡回在垃圾箱之间。我是在公用给水站认识他的，常见他用一只小铝锅淘点米，洗把青菜什么的。一次，他匆匆走时忘了小铝锅，我就拿起铝锅给他送去。在他的小棚屋里，我看见堆着整齐的破书，铁丝上挂满洗净的破布片。他钻出破烂堆看到我，眼神里交织着惊讶和欣喜。从此，在老街我成了唯一和他有来往的人。

我喜欢读书，但那时除了政治书籍，没有其他的书可读，可我在老头那里找到了一个"图书馆"。他帮我整理出被撕裂的《青年近卫军》、《茶花女》等"禁书"。给我看那一本本用糨糊粘贴起来的书，老头是要冒风险的，可他极其信任我。

在小棚屋我多次看到，他把卖破烂得来的零碎分币，换成一张张一毛钱的角票，用盛满沸水的破搪瓷杯子一点点烫平。他此时脸上的喜色让我疑惑，我对他的身世充满了好奇。

159

虽然我对老头有着种种猜测，可我们之间却很默契。他捡他的破烂，我看我的破书，有时帮他跑跑腿，时间就像流水一样慢慢淌过去。

直到有一天，我又去拿书时，老头忽然一脸郑重地要我帮个忙。他拿出一只粗糙的木盒，给了我一个秘密的嘱托。

过了一个星期，他永远地走了，估计是严重营养不良导致器官衰竭而逝的。

因他所托，我打开了木盒。上层是一张给我的字条，言语之间的信任和感谢使我热泪盈眶。和着泪花我看到好几叠烫得平整的一毛钱角票，最下面是一封厚厚的信。

晚上，我瞒着家人怀揣着木盒，走到老街口的大树对面，敲开了一扇门。一位白发苍苍的老太太用警惕的目光审视着我，我顾不得说什么，把木盒交给了她。片刻，老太太那瘦削的肩和纤细的手便剧烈地抖动起来，伴随着的是极度压抑的抽泣声。

这天晚上我才知道，老头和老太是一对恩爱夫妻。他们原在东北一所中学教书，老头是校长，老太太是教师。后来在政治运动中，老太太被打成"右派"，遭送回松江老家，以糊纸为盒为生。老头不肯"划清政治界限"与她离婚，终被开除公职。老头追随着老太太的足迹，来到她的身边。可老太太恨自己连累了他，害了他的事业，毁了他的前程，不肯原谅自己，更怕世事难料，今后还会祸及他，便硬着心肠拒绝了他——这无可奈何，违心的回绝，多么令老太肝肠寸断啊！

他尊重了她的意愿，但又不忍离开她，于是，就在老街尾搭了个小棚屋栖身，开始以捡破烂谋生。

一条老街，妻住老街口，夫住老街尾，日日相见不相认，叫妻心碎，却令夫欣慰。

老头日复一日地守望着妻子屋里的灯光，年复一年地烫平着每一毛钱，积累着小小的财富——能让妻子改善一下生活成了他唯一快乐的源泉。

老太太拿出他们的合影，丈夫的气宇轩昂，妻子的端庄美丽，往事与现实之间的反差，带给我的是从未有过的震惊！老太太又捧出一沓长短不齐，颜色材质不一的纸片，上面是清一色的英文字母。我那时的英语知识有限，难以辨认出是什么。只有一行"I Love you"是我从所学的英语"我热爱毛主席"的句子里懂得其含义的。老太太告诉我，这一封封信是她每天在灯下蘸着深情，裹着爱，和着血泪写就的！经过这一晚，我忽然懂得了——人间那种最珍贵美好的感情，是在患难之中产生的。

大约过了一年，老太与老头有情人终于相聚，我相信从此他们再不会分离。实际上，这对夫妻年龄并不大，离开这个世界之时，顶多五十出头。相思之苦催得人容颜老，可"I love you"却使他们在黑暗的境遇中那样浪漫和年轻。

现在，我们的社会早已回归公正和理性，但请让我们记住他们——记住这曾经的故事，记住这美丽、高贵的人性。

第三辑：你在，世界就在

成本最低的爱

风为裳

　　她是我的旧同事，病休很久，与大家断了联系。单位里有过关于她的种种传闻，说她的病轻了或重了，甚至好几次威胁到生命，然后无一例外地叹息说：难为了她老公，娶她时，她就不是一片白纸，结了婚，又要背这么重的负担。言外之意，似乎都在替她老公觉得不值。

　　说来丢脸，这一年里，我饱受病痛折磨，很悲观，吞了许多安眠药。即使在医院里洗过胃后，也依然没有摆脱绝望的情绪。后来一次到医院复查，在大厅里偶然遇到了她。老公去办理相关手续，我和她坐在人声嘈杂的候诊大厅里，跟她说起我的病，说真是不如死了，免得拖累家人。她拉着我的手，轻轻说："不能这样想。再往前走一步，就会柳暗花明。我家那位说我，你可别死，死了我再娶，成本太高。"

　　说完，她自己先被这句玩笑话逗乐了。她的病我不太清楚是怎么回事，只是听她说身体某一处不停地增生，然后要不停做手术把增生的部分切掉。

大概是为了劝慰我，她说起她自己的事。

结婚前，她有过一个青梅竹马的男友，两个人爱得很深。可是，他得了骨股头坏死，那么大个子的男人突然就像不倒翁一样站不稳了。他住院，她每天去陪他。他提出跟她分手，她死活不同意。渐渐的，他再也站不起来了，坐在轮椅上，变得暴躁悲观。某一天早晨，她买了新鲜的豆浆油条打开他的房门，看到的是他很安详地离开了这个世界。在最后给她的信里，他说："我终于可以不用背负着沉重的感情债活在你面前了……"

她看着我，很平静地说："那天清晨，解脱的是他，而被打入死牢的人是我。"

她一再觉得是自己的爱害死了他。如果她不那么爱他，放开手，或者他可以继续活下去。这种想法像疯长的草，让她几乎窒息。

偏偏祸不单行，不久之后她的父亲得了癌症，没到半年就走了。她拼命压抑痛苦，把所有精力都放在工作上，很快身体就承受不住了。她说："那些日子，每晚我都有从楼上跳下去的冲动，觉得没有人能救得了我。"

有人给她介绍对象。她想，看一看吧，如果他肯娶她，她就嫁，也许可以不这么痛苦。她说她那时真的是神志不太清醒，把结婚当成一根救命稻草了。说这话时，阳光透过落地窗外高大的橡树落在她脸上，给她的面庞罩上了一层透明的光泽。

幸运的是，她遇到了他。第一次见面，她把自己和男友的事都说给了他，甚至也说了自己的精神状况。她说，就像竹筒爆豆子，一股脑儿全说了，说完以后心里觉得很平静。他没有对她表示同情，甚至一句安慰的话也没有说。他只是说："重新开始吧。"

她说，就是那五个字，让她一下子泪如雨下。

他不太会说什么话，只是陪在她身边，笨嘴拙舌地给她讲从网上看来的笑话，或者唠唠叨叨说自己过去丢人现眼的事。她说其实那个时候，这样就很好了。是她向他求的婚，她说如果你不嫌弃我，咱们结婚吧！

故事还没说完，老公走过来说可以查了。出来时，她在等我，身边站着一个胖胖的男人，一见我们就笑着说："小杨说遇到旧同事，非让我请吃饭。"她娇嗔地说："你不请谁请？叫你请是给你面子呢。"

我笑了，推辞不过，于是四人一起去吃饭。席间，他说起她，说这些年他的事业不稳定，在外面跑，家里大事小事全靠她。尤其是她对他的母亲，更是没说的。她用筷子轻拍他的手，"哪儿有在外人面前这样夸老婆的。"

他出去接电话，她跟我说起刚结婚的那段日子。那时，虽然她觉得自己并不爱他，但是跟他在一起，她的心里不慌了。可是后来，生活渐渐安稳，她身体里的病却雨后春笋一样往出冒，这个好了，那个又来了。她问他觉不觉得倒霉，娶了个病秧子。他说，别人还没这个运气呢。为了带她看病，他常常放下工作，于是一次次失业，再重新找工作，可他从没抱怨过什么。有一次，她实在病得累了，说，还不如死了，我不受罪，你也活得轻松。他说，你可别害我，再娶一个老婆，那么折本的事，我可不干！

她笑着给我搛菜："他是学会计的，就会算账。"

他进来，问我们说他什么坏话呢，我说："说你账算得精，不做赔本的买卖。"

他哈哈大笑，笑罢说："前段时间我看电视的时候，看到柏杨夫人说柏杨一生结过六次婚，她是他的第六任夫人。柏杨夫人说柏杨是个可怜的人，一辈子要经历那么多次情感折磨。那时我就想，其实一辈子结一次婚是最划算的。成本最低、收益最大的爱，就是倾其所有爱那个人的一切，无论是好是坏是健康还是疾病，只要她在，幸福就在。如果她不在了，你连想为她受点儿累的机会都没有了……"

被我折磨得筋疲力尽的老公眼睛红红地端起酒杯说："来，兄弟，为你替我说出心里话干一杯。"

那天回到家，我抱住老公说："我决定努力活着，不让你亏本娶第二任老婆！"

老公夸张地说："完了，娶美女的梦想泡汤了。"说完，他转过身去，悄悄擦眼里的泪。幸好我还活着，还可以爱。

如果蚕豆会说话

丁立梅

21岁，如花绽放的年纪，她被遣送到遥远的乡下去改造。不过是一瞬间，她就从一个幸福的女孩儿，变成了人所不齿的"资产阶级小姐"。

父亲被批斗至死。母亲伤心之余，选择跳楼，结束了自己的生命。这个世上，再没有疼爱的手，可以抚过她遍布伤痕的天空。她蜗居在乡下一间漏雨的小屋里，出工，收工，如同木偶一般。

那一天，午间休息，脸上长着两颗肉痣的队长突然心血来潮，把大家召集起来，说革命出现了新动向。所谓的新动向，不过是她的短发上，别了一只红色的发卡。那是母亲留给她的遗物。

队长派人从她的发上硬取下发卡。她第一次反抗，泪流满面地争夺。那一刻，她像一只孤单的雁。

突然，从人群中跳出一个身影，脸涨得通红，从队长手里抢过发卡，交到她手里。一边用手臂护着她，一边对周围的人愤怒地"哇哇"叫着。

所有的喧闹，一下子静下来。大家面面相觑。一会儿之后，又都宽容地笑了。没有人与他计较，一个可怜的哑巴，从小被人遗弃在村口，是吃百家饭长大的，长到 30 岁了，还是孑然一身。谁都把他当作可怜的人。

队长竟然也不跟他计较，挥挥手，让人群散了。他望望她，打着手势，意思是叫她安心，不要怕，以后有他保护她。她看不懂，但眼底的泪，却一滴一滴滚下来，砸在脚下的黄土里。

他见不得她哭。她怎么可以哭呢？在他心里，她是美丽的天使，从她进村的那一天起，他的心，就丢了。他关注她的所有，夜晚，怕她被人欺负，他在她的屋后，转到下半夜才走。她使不动笨重的农具，他另制作一些小巧的给她，悄悄放到她的屋门口。她被人批斗的时候，他远远躲在一边看，心被铰成一片一片的。

他看着泪流不止的她，手足无措，忽然从口袋里，掏出一把炒蚕豆来，塞到她手里。这是他为她炒的，不过几小把，他一直揣在口袋里，想送她，却望而却步，她是他心中的神，如何敢轻易接近？这会儿，他终于可以亲手把蚕豆交给她了，他满足地搓着手嘿嘿笑了。

她第一次抬眼打量他，长脸，小眼睛，脸上有岁月的风霜。这是一个有些丑的男人，可她眼前，却看到一扇温暖的窗打开了，是久居阴霾里，突见阳光的那种温暖。

从此，他像守护神似的跟着她，再没人找她的麻烦，因为他会为她去拼命。谁愿意得罪一个可怜的哑巴呢？她的世界，变得宁静起来，重的活，有他帮着做，漏雨的屋，亦有他帮着补。

他们的日子，开始在无声里铺排开来，柴米油盐，一屋子的烟火熏着。她在烟火的日子里，却渐渐白胖起来，因为有他照顾着。他不让她干一点点重活，甚至换下的脏衣裳，都是他抢了洗。

这是幸福吗？有时她想。眼睛眺望着遥远的南方，那里，是她成长的地方。如果生活里没有变故，那么她现在，一定坐在钢琴旁，弹着乐曲唱着歌。她摊开双手，望见修长的手指上，结着一个一个的茧。不再有指望，那么，就过日子吧。

生活是波平浪静的一幅画，如果后来她的姨妈不出现，这幅画会永远悬在他们的日子里。她的姨妈，那个从小去了法国，而后留在了法国的女人，结过婚，离了，如今孤身一人。老来想有个依靠，于是想到她，辗转打听到她，希望她能过去，承欢左右。

这个时候，她还不算老，40岁不到呢。她还可以继续她年轻时的梦想。

姨妈却不愿意接受他，一个一贫如洗的哑巴，她跟了他十来年，也算对得起他了。他亦是不肯离开故土。

她只身去了法国。她梦里盼过多次的生活，她骨子里想要的优雅，现在，都来了，却空落。那一片天空下，少了一个人的呼吸，终究有些荒凉。一个月，两个月……她好不容易挨过一季，她对姨妈说，她该走了。

再多的华丽，也留不住她。

她回家的时候，他并不知晓，却早早等在村口。她一进村，就看到他瘦瘦的身影，没在黄昏里。或许是感应吧，她想。其实，哪里是感应？从她走的那一天，每天的黄昏，他都到路口来等她。

没有热烈的拥抱，没有缠绵的牵手，他们只是互相看了看，眼睛里，有溪水流过。他接过她手里的大包小包，让她空着手跟在后面走。到家，他把她按到椅子上，望着她笑，忽然就去搬出一个铁罐来，那是她平常用来放些零碎小物件的。他在她面前，倒开铁罐，哗啦啦，一地的蚕豆，蹦跳开来。

他一颗一颗数给她看，每数一颗，就抬头对她笑一下。他数了很久很久，一共是 92 颗蚕豆，她在心里默念着这个数字。92，正好是她离家的天数。

一碗白粥已足够爱你一生

艺茗

米是糯米，锅是砂锅，火是煤火。每天凌晨，4 点 20 分，男人准时点着火，锅中放水，米淘好了在水里浸泡着。待水开，放米，大火煮 10 分钟后，改温火慢熬。米在锅里扑突突地跳着，男人在炉火旁弯着腰，用勺子一下一下缓缓搅动……半小时后，男人一手端一碗热气腾腾的白粥，一手端一碟淋了香油的咸菜丝，进卧室，喊女人起床。

女人翻个身，嘟囔一句什么，又睡过去。男人听着女人香甜的鼾声，不忍再叫。坐在床前，看看表，再看看女人，再看看表。女人却突然从床上弹起来，看表，慌忙穿衣起床，嘴里不住地埋怨，要迟到了，你怎么不叫醒我？他把白粥和咸菜递过去：不着急，还有时间，先把粥喝了。

粥是白粥，不加莲子不加红枣不加桂圆。这样的粥，女人喝了 5 年。男人和女人结婚的时候，家里没钱摆喜酒，两个人只是把铺盖放在一起，便成了一个家。新婚之夜，男人端过来一碗白粥，白莹莹的米粥，在灯下泛着亮晶晶的光。男人说：

173

"你胃不好，多喝白粥，养胃。"女人便喝了，清香淡雅的粥，温暖熨帖的不仅是胃，还有心。

他们在同一个厂里上班，女人常年早班，男人常年夜班。男人凌晨 4 点下班，女人早上 5 点半上班。他们在一起的时间，不过短短一个多小时。男人下班后的第一件事，就是点火，添锅。男人只会熬白粥，他们的经济状况，也只允许他煮一碗白粥。就是这样一碗白粥，居然把女人滋养得面色红润，娇美如花。

后来，厂子效益不好，男人下了岗，可是日子还得过下去。男人拿出微薄的积蓄，女人卖掉了母亲留给她的金戒指，凑了钱，开了一家杂货店。一只碗，一把拖把，一个水壶，利润不过几毛钱，男人却做得很用心。女人下班了，也来帮着打理店铺。没人的时候，男人和女人，坐在一堆锅碗瓢盆中间，幸福地憧憬。

男人说："等有钱了，咱把连锁店开得哪儿都是。"女人说："那时候，我就不上班了，天天在家变着花样给你做好吃的。"男人说："哪儿还用你做啊，想吃什么，咱直接上饭店去吃。"女人撒娇，"不，我就想吃你煮的白粥……"男人便揽了女人的肩，眼睛热热的。

男人仍然每天早上 4 点 20 分准时起床，点火熬粥。一边熬，一边盘算着店里缺的货。有时候会分神，粥便煳了锅底；有时候太困打个盹儿，粥便溢了锅。有一天早上女人起了床，炉子上的粥正咕嘟嘟翻着浪花，男人的头伏在膝上，睡得正香。女人轻轻抱住男人的头，心，牵牵扯扯地疼。从那以后，女人坚决拒绝男人给她熬粥。她的男人，实在是太累了。

男人的生意越来越顺，到了第七个年头，他的连锁超市果然开得到处都是。女人辞了工作，做了专职太太。他们买了错层的大房子，厨房装修得漂亮别致，缺少的，只是烟火的味道。因为，男人回家吃饭的时候越来越少。他总是忙，应酬繁多，有时候，一个晚上要赶三四个饭局。开始的时候，女人也埋怨，可是男人说："还不都是为了这个家？还不是想让你生活得更好一些？"后来女人也累了，渐渐地，也就习以为常。

女人很久都没有再喝过白粥。一天，男人突然被通知去参加一个朋友的葬礼。他纳闷儿，怎么前几天还好好的，今天人就没了？殡仪馆里，他看到朋友的遗孀，那个优雅漂亮的女人，一夜之间憔悴衰老。她哭得死去活来，嘴里絮絮叨叨地说："以后谁送我上班接我下班？谁给我系鞋戴紧围巾……"他窒息，不由得就想到了她，想到那些为她熬白粥的早晨，想到每天她接过那一碗白粥时，眼里的幸福和满足。

男人几乎是一路飞奔地往家赶，打开门，却看见女人蜷缩在沙发上睡着了。电视还开着，家庭影院也开着，茶几上扔满了各种时尚杂志。男人跪在沙发前，手轻轻地拂过女人的头发。女人面色暗淡，细细的皱纹里，写满了深深的落寞。

他拿了毛毯去给女人盖，女人却突然醒了，看见他，女人揉了揉眼睛，确定是他后，脸上泛起可爱的红晕。女人慌忙起身，你还没吃饭吧，我去做。男人从背后拥住她："不，我去做，煮白粥。"女人半天没有说话，有温热的泪，一滴一滴，落在男人的手上。

那天，男人一边煮着粥，一边想：其实千变万化的粥品，都离不了白米粥做底子。而所有的幸福，不过白粥做底，锦上添花。

温柔的怜悯

马凌

我是在电影开始的时候才注意到前排那对老夫妇的。

上映的片子是《温柔的怜悯》，虽然例行要放的电影序幕已经打了出来，仍有好多人拿着话梅饮料之类的零食出出进进。当我听到那个女孩的声音时，并没有感到特别，她说："您的票是 31 号吗？"这家电影院 29 号和 30 号的座位之间隔着过道，如果一对恋人被过道隔成牛郎织女，那就真是不走运了。令我感到特别的是我听到的回答，一个苍老的女声很慢很优雅地响起："真是对不起呀，同志，我们……年纪大了，来一次不太容易……我们想坐在一起，能不能和您换一下，那边，29 号？"——我这才注意到前排坐着的是一对老夫妇，在微光的映照下，他们的头发已如雪一般银白。当老先生侧过身时，我看见他老式西服的胸袋中还赫然插着一朵鲜花。

也许，对这两位年逾古稀的老人来说，今天是一个纪念日。从衣箱底下翻出旧日的西装，再从精心培植的盆景上剪下一朵馥郁的花，是为了庄严地走回昨天。也许，今天只是最普通的一天，他们互相搀扶着，冒着霏霏雨雪，只是为了避开儿孙的眼睛，两个人坐在电影院中重新体味两人世界的温馨。而无论如何，对于他们，共同来看电影无疑是一次不平凡的经历。

女孩笑着说了声"好的"，便坐到了通道的那侧。老先生看着她入座，附在老妇人耳边说了句什么，两个人便很放心地坐好了，我甚至可以肯定老妇人的手一定是握在老先生手中的。此刻，片名已经打了出来，电影里麦克在汽车旅馆里酗酒的镜头出现了。

等到影片中的麦克抱着吉他唱起第一首歌的时候，一个捧着大堆零食的英俊青年走了过来。我注意到坐在 29 号的女孩伸手拉住了他，轻声说了句话。青年向老夫妇这边望了一眼，把食品堆在女孩膝上，相当自然地吻了她一下，然后从容地走了过去——明显是一对美丽可爱的情侣。

老夫妇没有觉察，他们亲密地靠在一起，凝视着银幕。

银幕上出现了美国西部田野的景色。在高远的蓝天和一望无际的荒野之间，男女主人公正在耕种着一小块园地。

男主人公问："想结婚吗？"女主人公答："想啊。"

又问："嫁给我行吗？"答："行啊。"

感动于这样平淡无华之后的人情之纯、之真、之美，前排的老先生也不时和老妇人做着简短的交谈："他们在种菜。"老先生说。

"是吗？什么菜？"

"还不知道。"

"……"

"那儿有一棵树。"

"什么树？"

"和过去咱家院子里的那一棵差不多。"

这样表面看来平淡至极的语言，突然有了另一种意义，像是在提醒着什么，提醒着一起去分享每一点悲喜、每一点自然、每一点回忆。

电影院里很静，老夫妇大概是因为耳背，声音很大，不过并不惹人讨厌。这絮絮的对话带给人一种温柔的心情。

银幕上，麦克在唱着一首深情的歌。

麦克的前妻辱骂他，不让他见女儿。

麦克重振旗鼓，演唱成功了……麦克不再拥有往日的荣耀、金钱、豪华的住宅和女儿，但是他有了更好的——家、温柔的情感、一小块菜地。

我听见老先生在对老妇人说："那儿有一小块菜园，只有五六垄，还有个稻草人，穿着女主人的破衣服，戴着男主人的破帽子，它的姿势就像是马上要飞到天上似的。"

老妇人说："那有多美啊，一小块菜地，还有个稻草人……我要是看得见就好了。"

老先生很急切地说："你看不见，但我能看见……现在，麦克停下了。"

我恍然大悟：原来，老妇人是个盲人！难怪老先生要这样一刻不停地解说，难怪两人的头要靠得这么近！他们厮守着来"看"这样一场生生世世的电影！

银幕上的麦克说："我从来就不相信有幸福这种东西。"麦克，你错了，幸福不是功名利禄广厦肥田，幸福是那温柔不变的情感。其实你正生活在幸福之中啊，就在那样的阳光和土地上，就在斜斜举着一根树枝的稻草人被风吹起衣衫的瞬间，上帝温柔的怜悯已悄然降临。

灯亮了，老先生站了起来，手有些微颤地给妻子围上围巾；围好了，又左右端详一番，再轻轻整理，认真体贴得如给新娘整理婚纱的新郎。

老妇人把手放进丈夫的手中，安然地随着他向外走。多年以前，她也是这样安然地踏上红地毯的吧。

那对美丽可爱的情侣紧随其后，女孩的手握在男青年手中，是出于默契吧，两人忽然相视一笑。

还有谁能说，这世上没有幸福呢？

伴侣

丘彦明

在欧洲华文作家协会的年会上，我认识了一对来自美国的夫妇。

那天，在柏林一家中餐厅用餐，这对夫妻刚好坐在我身旁。妻子笑着为丈夫斟茶："来，我敬你。"丈夫欢欢喜喜碰杯饮茶，然后很自然地帮妻子夹肉选菜，恩爱极了。

忽然，那位妻子笑眯眯地向我伸手，问："可以握个手吗？"我受宠若惊。间隔不到两分钟她再次伸手："可以握个手吗？"

我疑惑地望向她的丈夫。他平静温和，带着歉意说："对不起，她是个失智症患者。"我心中一惊，因为看神情她完全是个风度美好的女子。

在那4天时间里，不论任何时候，丈夫都自在地牵着妻子的手，领她观赏风景，为她拍照，带她上洗手间。有些地方丈夫不便陪同，便央求女性同行者协助。由于要搭乘长途巴士及配合团体行动，不能自由行动，所以细心的丈夫会为妻子准备纸尿片，但每日仍会尿湿两三条长裤。晚上回旅馆后，丈夫都会把这些弄脏的衣裤洗干净，拧干后用毛巾吸水，再拿吹风机吹干，然后晾起来。

那妻子原本事业成功，经常在电视节目上分析金融投资形势。可是3年前，她的账目突然连续出错；应邀演讲，她说着说着就会不知所云；两个住在外地的儿子打电话来，母亲讲两句话便自行挂断，不再耐心倾听……医生诊断她的大脑部分钙化，得了失智症。

她忘记了过往的一切，失去了判断力。和她说事情，10秒钟后她就会忘记，但她却能清晰地记得丈夫的名字。她能走路，却没有方向感，一出门便会迷路。警察送回3次后建议丈夫反锁家门，以防她再度走失。出门旅行时丈夫必须紧紧牵住她的手，即便如此麻烦，丈夫仍决定带她去旅行，因为换一个环境，能刺激她脑波的运动，减缓病情恶化的速度。

不到60岁便罹患失智症，医生无法判定原因，丈夫认为可能是金融风暴带来的压力造成的。他不忍心把妻子送进疗养院，于是放弃了自己的事业，专心照顾她。

他说："她是我大学的学妹，我们恋爱结婚，然后出国打拼。她为我生了两个孩子，都教育得很好。我们在一起整整40年，现在她能依靠的只有我。"

得了失智症的妻子不会生气，总是笑嘻嘻的，很快乐，完全没有负面情绪。病后善良本性流露，算不幸中的大幸。

我们谈话时，那位妻子就那么静静地坐着，深情地望着丈夫。问她："说谁？"笑道："讲我。""讲什么？"她不再回答，只是一个劲儿地笑。

临别时，她又伸出手来："可以握个手吗？"然后说，"来我家玩，我先生人很好，会请你吃饭。"望着手牵手逐渐走远的夫妻，我失神呆立，恍惚中手被握住，我丈夫轻声道："走吧！"我牢牢抓住他的手，感觉到从未有过的温暖。

黑白世界里的纯情时光

丁立梅

这是几十年前的旧事了。

那个时候，他二十六七岁，是老街上唯一一家电影院的放映员。也送电影下乡，一辆破旧的自行车，载着放映的全部家当——放映机、喇叭、白幕布、胶片。当他的身影离村庄还隔着老远，眼尖的孩子率先看见了，他们一路欢叫："放电影的来喽——放电影的来喽——"是的，他们称他，放电影的。原先安静如水的村庄，像谁在池心里投了一把石子，一下子水花四溅。很快，他的周围围满了人，男的，女的，老的，少的。一张张脸上，都蓄着笑，满满地朝向他。仿佛他会变魔术，哪里的口袋一经打开，他们的幸福和快乐，全都跑出来了。

她也是盼他来的。村庄偏僻，土地贫瘠。四季的风瘦瘦的，甚至连黄昏，也是瘦瘦的。有什么可盼可等的呢？一场黑白电影，无疑是心头最充盈的欢乐。那个时候，她二十一二岁，村里的一枝花。媒人不停地在她家门前穿梭，却没有她看上的人。

　　直到遇见他。他干净明亮的脸，与乡下那些黝黑的人，是多么不同。他还有好听的嗓音，如溪水叮咚。白幕布升起来，他对着喇叭调试音响，四野里回荡着他亲切的声音："观众朋友们，今晚放映故事片《地道战》。"黄昏的金粉，把他的声音染得金光灿烂。她把那声音裹裹好，放在心的深深处。

　　星光下，黑压压的人群。屏幕上，黑白的人，黑白的景，随着南来北往的风，晃动着。片子翻来覆去就那几部，可村人们看不厌，这个村看了，还要跟到别村去看。一部片子，往往会看上十来遍，看得每句台词都会背了，还意犹未尽地围住他问："什么时候再来呀？"

　　她也跟在他后面到处去看电影，从这个村到那个村。几十里的坑洼小路走下来，不觉苦。一天夜深，电影散场了，月光如练，她等在月光下。人群渐渐散去，她听见自己的心，敲起了小鼓。终于等来他，他好奇地问："电影结束了，你怎么还不回家？"她什么话也不说，塞给他一双绣花鞋垫。鞋垫上有双开并蒂莲，是她一针一线，就着白月光绣的。她转身跑开，听到他在身后追着问："哎，你哪个村的？叫什么名字？"她回头，速速地答："榆树村的，我叫菊香。"

　　第二天，榆树村的孩子，意外地发现他到了村口。他们欢呼雀跃着一路奔去："放电影的又来喽！放电影的又来喽！"她正在地里割猪草，听到孩子们的欢呼，整个人呆掉了，只管站着傻傻地笑。他找个借口，让村人领着来找她。田间地头边，他轻轻唤她："菊香。"掏出一方新买的手绢，塞给她。她咬着嘴唇笑，轻轻叫他："卫华。"那是她捂在胸口的名字。其时，满田的油菜花，噼里啪啦开着，如同他们一颗爱的心。整个世界，流光溢彩。

他们偷偷约会过几次。他问她："为什么喜欢我呢？"她低头浅笑："我喜欢看你放的电影。"他执了她的手，热切地说："那我放一辈子的电影给你看。"这便是承诺了。她的幸福，像撒落的满天星斗，颗颗都是璀璨。

他被卷入一场政治运动中，是一些天后的事。他的外公在国外，那个年代，只要一沾上国外，命运就要被改写。因外公的牵连，他丢了工作，被押送到一家劳改农场去。他与她，音信隔绝。

她等不来他。到乡下放电影的，已换了他人，是一满脸络腮胡子的中年男人。她好不容易找到机会，拖住那人问，他呢？那人严肃地告诉她，他犯事了，最好离他远点儿。她不信，那么干净明亮的一个人，怎么会犯事呢？她跑去找他，跋涉数百里，也没能见上一面。这个时候，说媒的又上门来，对方是邻村书记的儿子。父母欢喜得很，以为高攀了，赶紧张罗着给她订婚。过些日子，又张罗着结婚，强逼她嫁过去。

新婚前夜，她用一根绳子拴住脖子，被人发现时，只剩一口余气。她的世界，从此一片混沌。她灵动不再，整天蓬头垢面地，站在村口拍手唱歌。村里的孩子，和着声一齐叫："呆子！呆子！"她不知道恼，反而笑嘻嘻地看着那些孩子，跟着他们一起叫："呆子！呆子！"一派痴傻的天真。

几年后，他被释放出来，回来找她。村口遇见，她的样子，让他泪落。他唤："菊香。"她傻笑地望着他，继续拍手唱她的歌。她已不认识他了。

他提出要带她走。她的家人满口答应，他们早已厌倦了这个包袱。走时，以为她会哭闹的，却没有，她很听话地任他牵着手，离开了生她养她的村庄。

他守着她，再没离开过。她在这些日子里渐渐白胖，虽还混沌着，但眉梢间，却多了安稳与安详。又几年，电影院改制，他作为老职工，可以争取到一些补贴。但那些补贴他没要，提出的唯一要求是，放映机归他。谁会稀罕那台老掉牙的放映机呢？他如愿以偿。

他搬回放映机，找回一些老片子，天天放给她看。家里的白水泥墙上，晃动着黑白的人，黑白的景。她安静地看着，眼光渐渐变得柔和。一天，她看着看着，突然喃喃一声："卫华。"他听到了，喜极而泣。这么多年，他等的，就是她一句唤。如当初相遇在田间地头上，她咬着嘴唇笑，轻轻叫："卫华。"一旁的油菜花，开得噼里啪啦，满世界流光溢彩。

你在，世界就在

丁立梅

乡间的土路，有些坑坑洼洼。偶有车路过，扬起一地的尘。路两边，不时可见梧桐树，顶着一头紫色的花。农田里，一片繁茂，油菜花还在一心一意开着，麦子快灌浆了。

这是丰县的乡下一个叫首羡的小镇。村庄低矮，房子三三两两，挤在一块儿，平房占大多数，红瓦盖顶，相互偎依。从一条巷道进去，野草野花，在两旁的院墙边茂密生长。庄户人家的草垛子上，竟也趴着开好的小野花，撑着黄艳艳的小脸蛋，笑盈盈的。

不见多少人，青壮年都外出打工去了，村庄静悄悄的。几个妇人，在自家院落里洗洗涮涮，一些碧绿的菜蔬晾在砖堆上，想来是大葱吧。这里，家家都长大葱的，是家庭收入很大的一笔。

外人来，狗最先发现。家家都有狗，叫得兴奋。院门口探出头来，一张朴实憨厚的脸，冲着你很不好意思地笑着，仿佛不是你惊扰了他，而是他惊扰了你。

孙厚民就是这样笑着迎出门来的。

初见他，我有点惊讶，是惊讶他脸上的那种淡定和平和。怎么会呢？来之前，我是做好心理准备，准备看一张饱经沧桑的脸的。20多年来，它被岁月的苦难泡着，被不幸日日纠缠着，怎么说，也该是黯淡的辛苦色，苍老，满面愁怨。我甚至想好一些话来安慰他，诸如，一切都会好起来的，活着就是最大的好之类的。

他握了一下我的手，手很有力。他笑着把我们往院子里让，嘴里说着，请家里坐，家里坐。

小院子不见特别，是乡下那种常见的小院落。泥地清扫得很干净，院子里有树，有花，有菜蔬，还有狗。他的女人"坐"在屋子前晒太阳。前阵子刚下过雨，现在出太阳了，他就抱她出来晒晒太阳。

女人短发，隐约有了些许白，也快50的人了。太阳光碎碎地铺在她脸上，小鱼般跳跃着，一起跳跃着的，还有她的笑。那笑，很暖，很干净。女人的穿着亦整齐干净，若不是她像摆放的家什般"坐"在那里一动不动，我还真不拿她当病人。她笑着说，坐啊，坐啊，你们请家里坐啊。说时也只嘴在动，她整个的身子，除了头能左右稍稍转动外，别的，都像被螺丝钉给固定住了。

两间小屋，算是正屋。家具简陋，桌椅和床铺，外加一张破旧的沙发。小屋的墙上，糊满年画和孩子念书时得的奖状，花花绿绿的。孩子也只念完初中，就外出打工去了。"我家这个样子，他哪能再念书呢，没钱供呢。孩子也懂事，不想念了。"孙厚民说。愧疚和心疼，让这个男人，第一次收敛起笑容，现出难过的样子。

吃饭的碗里盛着白开水，他拿这个招待我们。你们喝水呀，喝水——他有些羞赧。女人替他把话说了，女人说，到我们家都没好东西招待你们。

20多年里，他们没添过一件新衣，没添过一件新家具。家里的吃喝全系在几分地上，种点粮食，种点葱，种点蒜——他也只能间或去地里转转。离开女人的时间，绝对不能长，女人实在保护不了自己。连家里养的羊都可以欺负她，把她的手指当母羊乳头啃，啃得血淋淋的。她疼，却动弹不了，只能任由小羊啃。

说起这个，孙厚民心疼得眉头紧皱。后来再不敢离她左右。世界就剩下小院落那么大，就剩下她。每隔2小时，他要帮她改变一下姿势，不然她会生疮。冬天要抱她出来晒太阳，夏天要替她把扇子。一日三餐，餐餐要喂。自她患病后，他从未睡过一个整夜觉，每隔2小时就会醒过来，像上了发条的闹钟，多年来已成习惯了。

苦吗？这么问他时，他低头，只是笑——若说不苦，还真有点假。半夜三更，他也曾泪洒枕头。可有什么办法呢？老天爷给他设了这么大一道坎，他也只能尽力迈过去——不过他还是觉得庆幸，这算不上最坏的结局，毕竟人还在。她在，世界就在。

说起从前的相识相知，他笑，她也笑。那是映在他们心头的明艳，照耀着他们一路前行。20多年前，他高中毕业，学得电焊手艺，人又生得挺拔俊朗，是乡下后生里很出色的一个了。她也不差，姑娘里头的一枝花，人又勤快。媒人牵头，他们只一照面，就都入了彼此的眼，很快喜结连理。日子虽清苦，但两个年轻人的憧憬很丰满，他在外打工赚钱，她在家伺弄庄稼鸡羊，不愁不富起来。到时盖幢漂亮的房子，养个胖胖的娃，多美好啊！

这年年底，娃也真的来了。伴随而来的，却是女人的全身疼痛和瘫痪。他倾家荡产，还借了不少外债，带她走南闯北去看医生。什么民间偏方都试过。他还学会了打针，给她一打，就是3年。然最终医学上却给她判了无期，这种十几万分之一的颈肌萎缩症，至今尚无方子可寻。

认命吧。孙厚民认了。那时他多年轻哪，才30岁不到，如果狠狠心，一出门不回头，这苦难也就避开去了，他可以重辟他的好天地。可是，良心不安哪，一日夫妻百日恩，她已经是他的亲人了，他不能撒手不管。

这一管，就交出了一辈子。

问他，这是爱情的力量吗？这个朴实的汉子笑着连连摆手，谈不上，谈不上，只要看到她好好地在着，就觉得很好了。

女人跟着笑，他们都羞于谈爱情。女人说，哎呀，我总是做着那样的梦，梦见我能跑能跳了——她多想报答他，换了她来伺候他。

他把她从太阳底下抱回来，放到沙发上，给她搁好手脚，垫好靠背、枕头，打趣她，你还想跑哪里去啊！

看着他们，我眼睛微湿。我很想对他表达一下我的感动，想对他说伟大啊什么的。结果，我什么也没说。我只是伸手抚抚女人的头，在心里默默祝福了她，你要一直一直好好的啊。

因为你在，他的世界就在。

最美的艳遇

裘山山

10 年前，有个年轻姑娘只身一人去了西藏。她在西藏跑了 3 个月，几乎看遍了所有的高原美景，但离开西藏时，却带着一丝遗憾，因为藏在她心底的一个愿望没能实现，那就是与一个西藏军人相遇，然后相爱，再然后，嫁给他。

西藏归来，家人和朋友都劝她不要再固执了，要实现那样的理想，不是有点儿搞笑吗？再说年龄也不小了，赶紧找个对象结婚吧。可她就是不甘心。3 年后，2000 年的春天，她又一个人进藏了。

在拉萨车站，她遇见了一个年轻军官。年轻军官其貌不扬，黑黑瘦瘦的，是个中尉。他们上了同一趟车，坐在了同一排座位上。路上，她打开窗户想看风景，中尉不让她开，她赌气非要开。两个人就打起了拉锯战，几个回合之后，她妥协了，因为她开始头疼，难受得不行。中尉说，看看，这就是你不听话的结果。这是西藏，不是你们老家，春天的风不能吹，你肯定是感冒了。她没力气还嘴了，中尉就拿药给她吃，拿水给她喝，还让她穿暖和了蒙上脑袋睡觉，一路上照顾着她。

他们就这么熟悉了。或者说，就这么遇上了。她 30 岁，他 27 岁。

到了县城，中尉还要继续往前走，走到边境，他们分手了。分手时，彼此感到了不舍，于是互留了姓名和电话，表示要继续联系。

可是，当她回到内地，想与他联系时，却怎么也联系不上。她无数次地给他打电话，却一次也没打通过。因为他留的是部队电话，首先接通军线总机就很不容易，再转接到他所在的部队，再转接到他所在的连队，实在是关山重重啊。在尝试过若干次后，她终于放弃了。

而他，一次也没给她打过电话。虽然为了等他的电话，她从此没再换过手机号，而且一天 24 小时开着。但她的手机从来没响起过来自高原的铃声。

一晃又是 3 年。这 3 年，也不断有人给她介绍对象，也不断有小伙子求爱，可她始终是单身一人。她还在等，她不甘心。

3 年后的 4 月 1 日，她的手机突然响起，铃声清脆，来自高原。她终于接到了他的电话。他说，你还记得我吗？她说，怎么不记得？他说，我也忘不了你。她问，那为什么这么长时间才来电话？他说，我没法给你打电话。今天我们部队的光缆终于开通了，终于可以直拨长途电话了，我第一个电话就是打给你的。她不说话了。他问，这几年你想过我吗？她答，经常想。他问，那你喜欢我吗？她答，三年前就喜欢了。他问，那可以嫁给我吗？她笑了，半开玩笑地说，可以啊，你到这里来嘛。他沉吟了一会儿说，好的，你给我四天时间。4月5日，我准时到。

她把他的话告诉了女友，女友说，你别忘了今天是愚人节！他肯定在逗你呢。他在西藏边防，多远啊，怎么可能因为你的一句话就跑到这里来？再说，你们3年没见了啊。她一想，也是。但隐约地，还是在期待。

4月5日，铃声再次响起。他在电话里说：我在车站，你过来接我吧。她去了，见到了这个3年前在西藏偶遇的男人。她说，你真的来啦？我朋友说那天是愚人节，还担心你是开玩笑呢。他说，我们解放军不过愚人节。

她就把他带回了家。家人和朋友都大吃一惊，你真的要嫁给这个只见过一次的男人吗？你真的要嫁给这个在千里之外戍守边关的人吗？她说，他说话算话，我也要说话算话。

最后父亲发了话。父亲说：当兵的，我看可以。

他们就这样结婚了。

他30岁，她33岁。

几乎所有人都不看好他们的婚姻，不看好这路上撞到的婚姻。但他们生活得非常幸福，这种幸福一直延续到四年后的今天。

当然，比之3年前，故事有了新的内容：他们有了一个来之不易的女儿。婚后很长时间她都没有孩子。为了怀上孩子，她专门跑到西藏探亲,一住一年。可还是没有。部队领导也替他们着急,让她丈夫回内地来住,一边休假一边养身体。一呆半年,还是没有。去医院检查,也没查出什么问题。虽然没影响彼此感情,但多少有些遗憾。后来,丈夫因为身体不好,从西藏调回了内地,就调到了她所在城市的军分区。也许是因为心情放松了,也许是因为离开了高原,她忽然就怀上了孩子。这一年,她已经 35 岁。

怀孕后她反应非常厉害,呕吐、水肿,最后住进了医院,每天靠输液维持生命。医生告诉她,她的身体不宜生孩子,有生命危险,最好尽快流产。但她舍不得,她说她丈夫太想要个孩子了,她一定要为他生一个。丈夫也劝她拿掉,她还是不肯。一天天地熬,终于坚持到了孩子出生。幸运的是孩子非常健康,是个漂亮的女孩。但她却因此得了严重的产后综合征,住了大半年的医院。出院后也一直在家养病,无法上班,也出不了门,孩子都是姐姐帮她带的。直到最近才好一些。

现在,她就坐在我对面,浅浅地笑着,给我讲她这十年的经历,讲她的梦想,她的邂逅,她的他,还有,他们的孩子。

她忽然说,今天就是我女儿一周岁的生日呢,就是今天,9 月 17 日。一想到这个我就觉得很幸福。我现在最大的愿望,就是我们一家三口都健健康康的,守在一起过日子。

不知什么时候,我的眼里有了泪水。我不知说什么好,只能在心里默默地为他们祈福。他们有充足的理由幸福,因为他们有那么美好的相遇,那么长久的等待,那么坚定的结合。

　　我们都听过不少关于"艳遇"的故事，无非是只要过程不问结果的婚外恋、"一夜情"之类。可是，那些算什么艳遇呢？

　　可是，她和他却不一样。

　　他们在世界最高处，最寒冷处，最寂寞处，有了一次温暖的美丽的刻骨铭心的相遇。这样的相遇，才是世上最美的艳遇。

把我的爱放在你的手心里

风为裳

一

我曾在福利公寓做义工，照顾一对年老的夫妇。

这对夫妇很古怪。我记得第一次给他们送饭时，婆婆拉着我的手说："囡囡，你能不能帮我找刘伯，告诉他我想他了！"我很疑惑，于是回头问同屋里的老头："您姓刘？"老头挠了挠脑袋"嘿嘿"地笑了，说："我姓邱……你说这，老伴还得上相思病了，看不上我这老头子了！"

后来我得知，那个婆婆姓沈，是同屋邱伯的妻子，大家都叫她"邱婆婆"，可她得了老年痴呆症，什么人都不认得了，偏偏就喜欢上了刘伯，每天只要见着刘伯就很高兴。

很多人都问邱伯："你为什么不管？"邱伯只是笑。

二

福利公寓的环境不错，依山而建，没事时，老人们总爱在山脚下伸伸胳膊踢踢腿。邱婆婆总是围在刘伯身边，刘伯爱理不理，偶尔搭上一两句话，邱婆婆笑得像小姑娘似的，眉眼都开了。我偷眼看远处孤单的邱伯，觉得有点不公平。老伴儿，老伴儿，老了，伴儿却跑到人家那里。

我走过去陪邱伯聊天，给他支招："实在不行，就带婆婆离开这里一段时间！"邱伯挠挠后脑勺笑了，说："你婆婆高兴，随她去吧，还能活几天？跟我这老头过了一辈子啦，可能真的烦了。"

原来，邱伯刚退休时，就发现邱婆婆有点不对劲：新买的鞋子放进了冰箱，揭开锅却发现没有点火，煤气常常忘了关……儿女们都忙，邱伯又有心脏病，没办法，只好双双进了福利公寓。

这老年痴呆症像电脑里的格式化一样，把很多东西都格掉了之后，就添了新东西。来公寓的第一天，刘伯帮着搬东西，邱婆婆就对他"一见钟情"。

送水果时，里面有两个橙子，邱婆婆见了，高兴得跟小孩子似的，她说："刘伯最喜欢吃橙子，这两个都归我！"

我抬头看邱伯，邱伯冲我摆摆手。邱婆婆倒拉住我的手嗫着嘴说："囡囡，咱们这里什么时候才能有房子空出来，得让这个姓邱的搬出去才是啊！不然我跟一个男人住在一起，算怎么回事？"

我瞄了邱伯一眼，说："快了，就快了！"然后赶紧溜走。

公寓的老人们嘴碎叨，邱婆婆的事被人传来传去，有人甚至当着邱伯的面说："邱伯，你那顶小帽挺绿啊！"邱伯冷了脸，竖着眉毛站起来回房间去了。可人们都知道，邱伯真是百里挑一，邱婆婆刚来那会儿，他端水端饭，擦身按摩，真是尽了力气。可这么好的男人，邱婆婆怎么就忘了呢？

三

或许是太孤单，刘伯竟然跟邱婆婆好了起来。一只橙子，两个人你让我，我让你，比热恋中的情侣还热乎。远处的邱伯背弯得更厉害了，白发飘在风里，有些可怜。他总是来义工办公室看有没有女儿的来信，可邮递员除了送报，很少送信件。

我把手机递给邱伯，让他给女儿打个电话。邱伯犹豫着推辞了一下，还是拨了号码，他说："囡囡啊，你妈挺好的，能吃能睡，心情也不错……不用惦记，有爸爸呢，能委屈了她？"我看到邱伯的眼里有了泪，同时，我也知道了为什么邱婆婆要管我叫"囡囡"。

我叫他帮我洗菜，顺便问起了邱婆婆的事。

邱伯的面部表情柔和了起来："她这辈子跟我没少吃苦，我年轻时当过兵，很长一段时间里跟你婆婆两地分居，有一段，我们的日子真是过不下去了，我在兵营那认识了一个女兵，回去就跟你婆婆闹……本指望老了好好过日子，她却得了这病……我不怪她，她一个病人，知道什么？"

我放下菜，却不知如何安慰邱伯，只好说："婆婆肯定把刘伯当成您了！"

邱伯笑了笑，甩了甩手上的水，转身走了。

四

邱婆婆越发像个小姑娘似的，不知从哪儿找了件红衣服穿在身上，衣服又瘦又小，也有些褪色了。她找我借口红，说："囡囡，你知不知道哪里穿耳洞？我好像打过，可是怎么就没有了呢？"

我仔细看了一下，邱婆婆的耳洞还在，只不过很久未戴饰物，大概长死了。

我问："婆婆，你真的不记得跟你一起住的邱伯是谁了吗？"

邱婆婆一边照镜子一边说："那个邱伯挺烦人，睡觉打呼噜，还总摸我的头，让我吃药……"

我再不知该说什么，或许在邱婆婆的记忆里，那个刻骨铭心爱过的男人真的不再重要了。我不知道这是幸还是不幸，倒是邱伯很有些无怨无悔的样子。

有一天晚上，邱婆婆说心里热，想吃点凉的东西。邱伯想起女儿上次带来的冻梨就在公寓楼下的冰箱里，于是披了睡衣出来，不料脚下一滑，摔了个跟头，腿就骨折了。

我去照顾邱伯时，刘伯也在，邱婆婆有点撒娇似的挽着刘伯的胳膊说："你看这邱伯人多好，你以后也得对我这样……"

邱伯闭着眼睛，眼睫毛却一直在动，我知道他没睡着。

出门时，邱婆婆跟了出来，说："囡囡，你说，让刘伯搬过来跟我一起住行不？"

我忍不住说："婆婆，邱伯才是你的老伴，你知道吗？"邱婆婆拍着我的手使劲笑，说："你可真逗，他长得那么丑，我能看上他？！"

五

囡囡赶到老年公寓时，邱伯的脸色已经很难看了。骨折本来没什么，接了骨打了夹板，静养就可以了。可谁知邱伯的心脏病却厉害了起来，一阵一阵只有进气没有出气，医生摇着头让通知家属。

邱伯拉着囡囡的手，嘴一张一合说着什么，谁都没听清。囡囡凑到邱伯跟前，哽咽着说："爸，您慢慢说，我听着呢！"好半天，邱伯的精神好些了，这次他的话大家都听清了："你妈这辈子活得不容易，我走了，你们别难为她，她愿意过什么样的日子，都随她……还有，每天喂她吃药前，先试一试水温，别太烫……"

囡囡使劲地点头答应："爸，您放心，您真的放心！"邱伯还在说："多带孩子来这儿看看你妈，老了，心里就全是你们了……"

有人把邱婆婆带了进来，她孩子一样无辜地站在病床的一边，半晌才小声问："邱伯的脸怎么跟白纸一样呢？"

邱伯无力地伸出手来，在空中划了一下，落到床上。我拉过邱婆婆的手放到邱伯的手里，邱伯的手用力地握了握，说："小梅，我要走了，我这一辈子跟你没相处够啊！"

房间里静悄悄的，邱伯的话让我的眼泪止不住地流下来。

六

给邱伯送行的那天，雪后初霁，送殡的队伍走得很慢。突然，队伍后边传来凌乱的脚步声，转身看过去，是穿着一身又瘦又小的红衣的邱婆婆，她拿着一双黑色绒鞋走到囡囡捧着的骨灰盒前面，对着那上面邱伯的照片说："你这死东西，赶紧试这鞋，我说38的合脚，你就是不听，这回给你做的是39的，再挑可就没人管你了，让你相好的给你做去……"

队伍里开始是低低的哭声，后来干脆哭出了声。囡囡抱住邱婆婆，哭着说："妈，我爸就等你跟他说这句话呢！打闹一辈子，你怎么就把他忘了呢？"

邱婆婆嘴里还在骂着邱伯，数落着陈年旧事，可大家都听得出她的心里是怎么样在意这个男人。

邱伯走后一个月，邱婆婆也在睡梦中离开了人世，走得很安详。

七

春天来时，我离开了福利公寓。

我不再拒绝身边人善意的帮助，也不再怀疑人与人之间的感情。半年后，我遇到了一个男人，他握住我的手说："我没有很多钱，但我愿意一辈子跟你一起走……"

这句话让我愿意跟他走进婚姻，像邱伯和邱婆婆一样，即使白发苍苍，即使爱到忘了最爱的那个人，也依然愿意把爱放进对方的手心里，不管她变成了谁……

因为是家

周海亮

男人是一个小区的门卫。男人的家，就在这个小区。

常常赶上值夜班。男人披着厚厚的军大衣，站在铁门前不停跺脚。他得给晚归的小区居民开大门，得让外来的客人签名登记，得盘查一些看似形迹可疑的人员，甚至，他还得搀扶那些行动不便的老人。门卫并不是无所事事的石狮子，男人其实很忙。很忙的男人偶尔抬头，就会看见家的一窗灯火。

他工作的地方，离家如此之近。他甚至可以听见妻子给儿子讲故事的声音。妻子的声音很软。她长得娇小，喜欢轻轻地笑，露出两颗调皮的虎牙。

有时妻子会下来看他。递给他一个热水袋，或者往他手里塞两个鸡蛋。妻子说不忙的时候把它们吃了，热热身子。鸡蛋是精挑出来的，个大皮薄，握在手心里，还是烫的。说完她就转身离开，不再多说一句话。也许她怕打扰了他的工作，也许她害羞——小两口站在一扇铁门前卿卿我我，万一碰到了熟人，有些不好意思。

有时她甚至会送来一碗热汤，飘了蛋花的汤，撒了细碎的葱末。她说，趁没人的时候，偷偷喝了。男人把碗端到值班室，笑着，喝得气派和壮观。

一起值班的同事问他，不难受？男人听不懂。同事说那么暖和的家近在咫尺，你却站在家门口受冻。男人放下空碗，认真地说，这不是家门口，这也是家。把这里当成家的一个房间，身上和心上，就全都暖了。轮到同事听不懂了，于是，男人给他解释。

男人说，我抬了头，就可以看到家的阳台，可以看到窗上的灯火，可以看到阳台上摆放的盆花，可以看到她在阳台上望着我。距离如此之近，那么，就可以把这里当成家了。事实上，这里的确是家。她给我送来衣服，送来热水袋和煮鸡蛋，送来热汤和关怀，所以，其实我不过是在家里的一个房间里工作，她在另外的房间里做家务……

中间那段距离呢？同事问他，她过来看你的那段距离。

那可以当成走廊，当成客厅，当成门厅……男人说，那是可以忽略的距离。那也是家的组成部分。

同事笑了。他认为面前的男人除了一副硬邦邦的躯壳，其实哪里都是柔软的。

后来他们搬家了。家搬到很远的地方，而男人，仍然在这个小区做门卫。赶上值夜班时，不会再有人给他的手心里塞煮鸡蛋，也没有人为他端来一碗热汤。可是没有关系，男人说，因为，这里仍然是家的一个房间。

距离这么远，都看不见了，怎么还是？同事不解。

当然是。男人说，虽然眼睛看不到家的阳台，看不到窗上的灯火，看不到阳台上的鲜花和她，可是那一切，只要用心去看，仍然看得到。看得到，那么，这里便是家了。这其实是家的一个房间，我在这个房间里工作，她在另外的一个房间里做家务，在笑眯眯地看着我……

中间那段距离呢？同事接着问，那些街道，那么远的距离。

那可以当成走廊，当成客厅，当成门厅……男人说，不管多么远的距离，只要心里有家，无论哪里，都是家的组成部分。

似乎，是这样。这世上，男人需要工作，需要应酬，需要离开家门走出去工作和打拼。可是只要心里有家，只要家在心里，其实，哪里都可以当成家的一个房间。因为是家，所以没有寒冷和孤独，只有温暖和心安。

因为是家，所以，她一直关切地看着你……

有一种浪漫，不声不响

杜明伟

那一天，传闻中午时分小城将有一场轻微的地震。没有人相信，也没有人恐慌。他们想，这怎么可能呢，我们这里几百年来从没有发生过地震。

男人是上午听到这个消息的，他笑一笑，继续忙自己的事情去了。他一直要忙到下午五点，即使午饭，他也会在办公室里简单地对付。女人在工厂里"三班倒"，中午时候，她刚刚下班回到家里不久。

那天中午，男人突然很想回家看看。一个半小时的休息时间，打出租车跑个来回，男人完全可以在家里待半个小时。男人想，半个小时，也值了吧。

他轻轻打开防盗门，几乎没有弄出任何声音。他推开卧室的门，一缕温暖熟悉的花香扑面而来。他没有走进去，而是站在门口静静地望着床上的女人。女人侧卧而眠，怀抱枕头，身体蜷起如猫。她太累了，凌晨两点到上午十点，整整八个小时，女人一直要站在机床前工作。床边那顶灰色的工作帽，沾满了油污。

男人盯着女人，足有半分钟。他的嘴角微微上翘，眼睛里饱含爱怜。他轻轻带上卧室的门，退到客厅。他坐在木椅上，静静地点起一支香烟。烟雾缭绕中，男人那张轮廓分明的脸，竟也突然有了煞人的惊艳。

男人在客厅待了半个小时。他把第三个烟蒂摁灭，然后站起来，再一次推开卧室的门。女人还在熟睡，依然保持着原来的姿势。睡梦中，她的脸庞如桃花般绽开。男人也笑了，满足而幸福。他掩好门，蹑手蹑脚地走到门口，换鞋，开门，关门，下楼，招手打一辆出租车……即使无人注意，男人仍然是一位绅士。他的动作很轻很柔，甚至惊不起一只蝴蝶。

黄昏时，女人在厨房里对男人说，听说白天有地震呢。男人说你信吗？女人说当然不信，我睡得香呢。男人再笑笑，将葱花下到油锅，香气即刻弥散开来。

也许女人永远不会知道，在她香甜的睡梦里，男人曾经偷偷回来，然后安静地陪伴了她半个小时。

地震只是传闻，只是谣言。男人不怕，女人也不怕。即使男人不赶回来，睡梦中的女人也不会惊醒。可是男人还是回到家，看睡梦中的女人，陪睡梦中的女人。他担心女人会有不安，哪怕这不安再微小、再短暂，他也会赶回来。为什么不呢？其实，生命中很多的浪漫都是这样，不声不响。

一堵墙，一世情

鲁瓜

1959 年，女人成了寡妇。丈夫突然撒手而去，撇下她和两个妞妞。那是三年困难时期的头一年，金妞三岁，银妞一岁。两个女娃天天趴在炕头上号啕，把女人啃得青一块紫一块。好几次女人动了死的心思，两只手各掐住两个妞妞的脖子，到最后，又缩了手，把自己的头发一把一把往下揪。

男人是女人的邻居，两家一墙之隔。下过雨，土墙垮掉一角，男人重新把土墙垒起来，却没垒到原来的高度，那里多出一个弧形的缺口。那缺口让女人的心颤颤地慌。

夜里，女人听到院子里嘭嘭两声，像有人跳进来。胆战心惊的女人抽出枕头下面的菜刀，随时准备拼命。她等了很久，院子里再也没有动静。女人大着胆子来到院子，竟发现地上躺着两根翠绿的萝卜。女人湿了眼，拾了萝卜，去灶台燃了火。她要给两个妞妞熬些汤。

女人对男人的感觉，只有害怕。那是一个身高只及她腰的男人，村人都叫他侏儒。侏儒没有爹娘，更不会有女人。侏儒十几岁去上海混戏班子，混到三十多岁，又回到村子，就再也没有离开。那是怎样的一个男人啊！长着一张猩猩般丑陋的脸，胳膊长及膝盖，两只眼睛深陷进去，闪着混浊幽蓝的光。他笑着摸金妞的脸时，金妞"哇"一声哭，像撞了鬼。

以后的每天夜里，那缺口都会飞来一些东西——半棵白菜，两块薯干，一根萝卜，或者几个麦穗。这些东西让女人和两个妞妞挺过了最难挨的三年。那时，全国人都在挨饿，女人知道他也是吃了上顿没下顿。白天见着他，女人说："兄弟，心意我领了，可是你也不好过啊！"他笑，说："让妞妞们有口饭吃。"女人抹一把泪，转身走，又顿住，回头说："兄弟，如果夜里闷，就来嫂子家坐坐。"那张丑陋的脸就红了。他不再吱声，低了头匆匆离开。

夜里，女人坐在院子里等他。等来的，却是从缺口扔过来的一把黄豆。女人就着月光慢慢地拣，边拣边哭，直到天明。

饥荒终于过去。尽管仍然吃不饱，却不至于饿死。可是夜里仍然有东西从那个缺口扔过来，从不间断。白天女人遇见他，说："兄弟，别再扔了，用不着了。"他嘿嘿笑，不说话。晚上，女人家的院子里，仍然会多出一些东西。

灾难说来就来，没有任何前兆。村子里突然多出一些奇怪的标语，然后有人将男人揪上土台，喝令他站好。他们向他抽耳光啐口水，昨天还亲如一家的父老乡亲，突然变得如魔鬼般狰狞和恐怖。他们怀疑他在上海通过敌，甚至为敌人送过情报。也许他们真的是怀疑，也许，那不过是他们必须完成的一顶任务。男人挺起胸膛，大声喊："一派胡言！"当然，他的回答为他招来了更多的耳光。女人远远地看着，心一下一下地紧，仿佛那些耳光打中了自己的心脏。中午，他们命令他站在村里麦场上，以接受更多夏天毒辣的阳光。女人偷偷烙两张饼，夹上两块咸菜，对金妞说："瞅着没人时候，塞给你叔。"

夜里他被放回来，一个人走进黑暗。女人听他在院子里抽泣，自己也跟着抹眼泪。正哭着，两个萝卜落到她身边。女人终于忍不住了，扯开嗓子号啕……

日子一天天过来，男人和女人都在一天天苍老。可是在晚上，墙的缺口处仍然会飞过来一些东西，从没有一天间断。

后来，金妞远嫁给城里的工人，银妞也嫁给了本村的瓦匠。瓦匠跟着银妞来看娘，把礼物放下，在院子里一圈一圈地转。一会儿回屋，瓦匠说："娘，这房子太破了，翻翻新吧。"女人说："好。"瓦匠说："还有这墙，也重砌一下吧。"女人说："不要。"瓦匠说："娘，我都听说了。可是叔现在扔这些东西有什么用呢？他那样的年纪和身材，万一闪了腰……墙砌高了，缺口堵了，其实也是为他好。"女人想想，不吱声了。

女人的墙被加固加高，不见了弧形的缺口。夜里，女人一个人坐在院子里，看天上的月。墙那边再也不会扔过来两片薯干或者一根萝卜了吧？月亮从这个树梢钻到那个树梢，女人的心里空空荡荡。忽然，女人听到墙那边"嘭"一声响，紧接着响起高高低低的呻吟。女人站起来，疯了一样往那边跑。

门没拴，女人轻轻一撞，就开了。月光下，女人看到短小的他正躺在地上挣扎，鲜血染红一脸皱纹和一把胡子。他的手里攥一根萝卜，旁边，翻着一条破旧的长凳。躺在地上的他咧开嘴笑。他说："妞妞有吃的了……"

三天后，他们举行了简单的婚礼。婚礼上的他只会傻笑，婚礼上的她只会流泪，可是无论哪一种表情，都是深入骨髓的幸福……

爱的春天不会有天黑

雪小禅

去年夏天，我有了散步的习惯。

吃过晚饭，屋里热，在单位开了一天空调，骨头缝都疼，换了纯棉的短袖衣服，穿了凉拖鞋，往四大街那边去。

晚上，那边就热闹起来了。

出小吃摊子的，多以烧烤居多。卖服装的，多是三四十块钱一件的。也有激情的街舞少年，一身黑衣，跳得起劲。我喜欢那里的烟火气。

最重要的，我要去看一对夫妻。

一个腿不方便，坐在轮椅上，一个近乎失明，只有0.1的视力。有人给了十块钱，他恨不能贴到脸上去，然后转过脸对妻说，真的。

她坐在轮椅上弹电子琴，站着的男人吹萨克斯，两个人配合一些曲子，比如《两只蝴蝶》，比如《你是我的玫瑰花》，总之，是歌厅最流行的歌。

男人嗓子好，有时也唱，唱得很苍凉。

有时也对唱，两个人唱二人转，有时，有人嚷，来段黄的，来段刺激的。男人就说，我们不会。女人就红了脸，再重复：我们真不会。

他们总是来得最早，有时候，会看到他们吃东西，凉皮，或者羊肉串，男人必定递给女人先吃。女人说，你先吃吧，男人就说，你先。这种情况，我遇到过好多次。

他们走得最晚，每天如此。

等到一个人都没有了，他们才会走。

那时，已近午夜。

这是偶尔发现的。那天，我和妻吵了架，决定转到天亮再回家，手机关了，索性陪着这对夫妻。

凌晨一点，摊子散了，女人推着轮椅帮着男人，男人说，不用你，你坐好！口气中居然带着严厉。

女人坐在那里吃着桃子，男人说，洗了吗？我给你洗洗去。女人说，没事，擦擦就行，男人就拿过桃子，然后在衣服上擦了，再递给女人。

男人收拾着东西，我看着他，他转过脸来对我说，半夜了，你应该回家了。

我问他挣了多少钱？女人笑着，点着钱，不少，二十多块呢，够我们吃饭了。女人说，现在的人不爱往外掏钱了，你看，我们嗓子都唱哑了。

五毛，一块，没有多少人掏钱。都是路过，有同情心的人越来越少，可他俩说，就当玩吧，在家唱也是唱，挣点是点，要不，老靠国家，真不行。

我问，为什么要这么晚才回家？

男人说，现在路上没人了，我可以推着她了，我眼神不好，有一次，撞到了人。她腿脚不便，我得照顾她。

女人就说，他就这样，老不信我，离开一会儿就嚷我的名字，真没办法了。语气中，完全是娇嗔的口气。

后来渐渐熟悉了，把家里不穿的衣服带给他们，女人高兴得不行，第二天就穿上，然后问我，好看吗？

整个夏天，我交了这么两个朋友。

他们唱得不是多好，可是很尽力。

他们是相依为命的一对夫妻，在红尘中挣扎着，无限的乐观，人已到中年，想多挣几个钱，然后养老。

秋天来临的时候，夜市冷清了许多。

他们依然来唱，可是，人却少了。

整个四大街好像就剩下了他们两个人，在秋风中唱着。"我和你缠缠绵绵翩翩飞……"男人唱的时候，女人很深情地看着他。

我忽然有一种心酸，这世上的爱情，必然有这一种，也许不是多爱，可为了生活，他们要相依在一起，你是我的天，我的地，你是我唯一不能放弃的那朵玫瑰。

冬天的时候，他们终于没有来了。

再次在街上遇到女人时，她说，男人生了很重的病，也看不起，她不知怎么办。然后她问我，如果让车撞死，得赔多少钱？我看了她一眼，吓了一跳，我明白她的意思，我说如果这样，他会生不如死。女人就哭了，你说怎么办啊？我说，总会过去的。

不久，看到女人出来卖菜，手都冻伤了，坐着轮椅，守着一堆菜，因为冷，菜都有些冻坏了，她嚷着，菜，新鲜的大白菜。

春天再来的时候，又遇到他们。他们又出来卖唱了，还是在四大街。

男人好了，女人说，他呀，傻，去年唱了一个夏天的钱，全买了树苗，今天种在了地里，说我们唱不了的那一天，这些树也长大了，都是好杨树呢，长得快，也能卖个好价钱。

女人说这话的时候，眼睛里有眼泪。

男人说，两个残疾人，得想点门道，要不，就饿死了。

自始至终，没有听到谁说多爱谁，可他为她做的每一点每一滴，她为他做的每一丝每一毫，全是爱情的滋味。

所以，这个夏天我常常去捧他们的场，三块两块，是我的心意。我说是他们的忠实粉丝，女人问，什么叫粉丝，男人说，就是超级女声，电视上特火的那种，你就是我的超级女声，我就是你的粉丝。

女人听了就乐了，一乐，露出一颗龅牙，有些黄。男人说，又傻乐，一天到晚就知道傻乐。

然后他们开始唱很俗的《两只蝴蝶》："亲爱的来跳个舞，爱的春天不会有天黑。"

爱的春天不会有天黑，真好。我走在风中，听着歌声，感觉泪湿，他们的爱情，一直是春天呢。而爱的春天，哪里会有天黑？

下辈子，让咱俩换过来吧

叶翩翩

我打电话给爹的时候，听到他吭吭地咳，就连忙赶了过去，屋子里充斥着烟草和着尘埃的气息。我给他倒了一杯水，忧伤地说："把郭姨接过来吧，老了一起做个伴。不好吗？"

爹不说话，但是我分明看见，他紧闭的眼角滚下了一滴浊泪，良久，又一滴。

1

爹年轻时是闻名乡里的美男子，他还写一笔好字，填一手好词，一把破旧的二胡能让他拉得如泣如诉，硬生生催出人的幽怨。娘也好看，尤其是有一副清亮的嗓音，在他们的二人转业余小剧团，娘是响当当的台柱子，那时候娘的艺名就叫"金铃子"。

娘看上爹了，有人开他们的玩笑，娘就抿着小嘴笑，她还大大方方给爹洗衣服，她想用这种古老的方式告诉那些看着爹眼里冒火的姑娘：这个帅哥是我的。

可是爹眼里的人却不是娘，那是个姓郭的种地姑娘，没娘好看不会唱戏，她拥有的，是跟爹高中三年的同桌时光。

那一次小剧团的演员来爹家里玩，奶奶一眼相中了当中最出色的娘。娘心里有数，早知道爹是个孝子，见迟迟攻不破爹这座堡垒，就打算采用"迂回"战术。她一口一个"姨"叫着，亲亲热热帮着奶奶下地生火做饭。奶奶惊讶地发现，这玫瑰花一样娇艳的女孩做家务还是把好手！

于是奶奶亲自去姥爷家里求亲。姥爷斟酌着词句才一开口，娘就从猫着的小屋子里走出来，干脆利落地说："我同意！跟他吃糠咽菜我也愿意！"

奶奶兴冲冲逢人便说给爹订了门打着灯笼也找不着的好亲事，爹却炸了。"我不同意！我……我有人了！"

那一刻据说奶奶眼里的火星子都冒出来了："是谁？是谁！要是那郭丫头，你敢娶她进门，我立刻就上吊！"

奶奶的心里有一个打不开的结。爷爷不到 30 岁就仓促离世，据说是因为奶奶眼睛下面有一粒黑痣，命硬，伤夫。郭姑娘的眼下，也有一粒黑痣。

然而爱情的力量是惊人的，在奶奶大张旗鼓地张罗婚事之前的一周，爹和郭姑娘都不见了。私奔，是那个年月常见的事，也是件哄传乡里的大丑闻。村子里炸开了锅。奶奶经受不住这些，直撅撅吊在了仓房的横梁上，瞪大眼睛怒视着棚顶，像是在控诉着对不孝子的怨恨。

爹火速赶了回来，跪倒在奶奶的尸身前，爹没有泪，只说了声："娘！你放心去吧，儿子一切听你的！"那个时候，爹才放声大哭。

那郭家姑娘，没多久嫁给了外地一个老光棍。她嫁过去的前一晚，爹和她来到了村外大柳树下，两个人说了一夜的话。从那天起，爹的小柜子里多了一个包裹，里面是一件手织毛衣。

奶奶烧过了周年，娘简简单单嫁了过来。爹成亲的那一天，穿的就是那件银灰色的毛衣。

婚后，爹再没穿过它，把它深深地藏匿了起来。

3

没有人知道爹和娘的新婚蜜月是怎么度过来的，他们唯一的女儿——我，是在他们婚后三年半才来到人世的。

日子就这样过下来了。

娘对爹那个好啊，挖心挖肝一样地疼。比对我这个女儿要疼得多。

家里的活计，娘全包了。地里的活计，娘做一大半，耍手绢翻飞如意的纤手做起农活毫不人后。有好吃的，可着爹，娘似乎永远是一碗汤泡饭。每年端午节每人那一个煮鸡蛋，娘从来都是偷偷埋在爹的碗里让他吃双份。人家都说，爹娶了娘，是前世烧了锄杠那么粗一炷香才修来的。

自有记忆起，爹娘就很少吵架，即使吵也是娘占上风。娘性子刚烈脾气急。爹话语少，城府深，喜怒不形于色。

当着世人的面。娘提起爹总是赞不绝口，结果爹几十年里一直是姥姥家里口碑极佳的好女婿。村邻们也拿他们做模范婚姻的楷模。

可是爹怎么经常一个人卷着行李卷枕着个包裹住在西屋一住就是好多天？他怎么经常趴在西屋的炕桌上写呀写的写完了谁也不给看就烧掉了？他怎么经常在夜晚一个人在门前小溪边大柳树下的青石上一坐就是大半夜？

儿时的我很不解，每一次问娘，娘就一声声地叹息，默默地掉泪。

那一次我正在写作业，忽然爹急匆匆走进来，语气很冲地问娘："我放在柜子底那件毛衣呢？"娘没有停下手头的针线，也不抬头看爹，轻描淡写地说："年头多了，得拆一拆，要不线就糟烂了。"

爹的眼神凌厉得像刀子一样剜向娘，声音却出奇地冷静："给我拿出来。"大热的天，我听了那声音寒得如同凝了冰，不由得打了个冷战，我恐惧地看着娘，娘和爹两个人对视着。屋子里安静极了，四道光线执着地交锋，各不相让。我"哇"地一声大哭起来。娘绷紧的脸猝然松弛，默默打开身后的小柜子，翻出了一个紧密的包裹，我认出来了，是爹老枕着睡觉的那个。

爹一把夺过包裹，出去了。

我继续写作业，娘继续织毛活，屋子里静得只有我的铅笔划在纸上的"嚓嚓"的声音。然后我听见吧嗒吧嗒的轻响，一回头，娘很好看的大眼睛里正滚出豆大的泪珠，一串，一串，滴落下来……

然后娘忽然自言自语："人心不能是狼心！就是块冰石头，我搁怀里焐这么多年，也该焐热了吧？"

娘40岁那年得的肝癌，医生说，跟长期的精神抑郁脱不了干系。这个消息对于我和爹不啻五雷击顶。爹尽心尽力地带娘医治，大医院小医院地折腾，不心疼钱。

可是娘心疼。她总抱怨看病太贵了，尽管家里不缺钱。娘的病越来越重，我们强行送她进了医院。娘挣扎着说："没用了。早晚也是死，死了一了百了，剩下活的还得过呢。钱，少糟害点，你爹到老就能少遭点罪……"

然后她又看了看爹，满眼是垂死之人的怜悯："跟我这一辈子，你比我苦，你是心里苦……我可怜，你也可怜啊……"

爹扭歪的脸上骤然泪水奔涌，这是我平生第一次看见他哭。然后他扭身就出去了。

娘看着爹的背影，欣慰和感动让她恢恢死灰的面色竟然现出了激动的潮红："闺女！你爹哭了……你爹都哭了！"

我奔了出去，看见爹坐在院子里，头趴在膝盖上，我轻轻叫了声："爹……"

他没抬头也没动，然后我看见在他双脚之间的青石板上濡湿了一小片，还有大颗大颗的泪珠吧嗒吧嗒地砸落。

是不是到了这一刻，爹跟娘之间横亘几十年的情感荒漠才生出了些微青绿？

娘弥留的时候还能说话，可她的眼神已然迟滞，却盯牢我一遍遍地问："你答应过我，要常来看你爹，是不？"

她的舌头已经不灵便了。

最后一刻来临了，娘紧紧抓着爹的手，不停地流泪，怎么擦也擦不完。我忽然大着胆子问："娘，你后悔过吗？"

娘紧闭着的眼睛里依旧汩汩流淌着泪水，她枕上的头却缓慢地摇了摇。

果然到了最后一刻，我清清楚楚听见爹趴在娘的耳边说："到那边等着我……下辈子，让咱俩换过来吧。"

对于心思缜密寡言罕语的爹，这可能是他最大的限度了。

该给娘穿寿衣了，我提议不给她穿棉袄，因为她说过不喜欢，可是爹立刻冲口而出："那不行！那你娘冬天不得冷？"

在给娘烧衣服的时候，爹拿出一个包裹，说："把这个给你娘烧了。"我打开一看，是那件叠得板板正正的银灰色毛衣，30 年岁月磨蚀，颜色早已老旧泛黄。我知道毛衣的来历。讶异地看着爹："可是……可是这不是我娘的东西啊……"

爹点头："让你烧就烧吧，烧了你娘在那边安心！"

娘去世多年，不断有人给爹做媒。都被他婉拒，他说习惯了一个人过，自在。

前年那个郭家姑娘也守了寡，立时就有好事的乡邻给他们撮合，我也极力相劝。爹沉默了许久，说，以后再说吧。然后就没了下文。

这一次回家去看爹。娘种的两棵海棠树挂了一树繁花浓荫匝地，偌大的庭院里空空落落几无人迹，不由辛酸泪落。

走的时候已是归鸦阵阵，爹送我到村口，回头一摆手，我蓦然发现，黄昏里爹的头发白了大半。爹还不到 60 岁。

和在一起的人慢慢相爱

慕容莲生

老来多健忘，唯不忘相思

他真是一个可爱的老头，八十岁那年，在《八十自述》一书中这样写道："我从圣约翰回厦门时，总在我好友的家逗留，因为我热爱我好友的妹妹。"

这个妹妹名叫陈锦端。他十七八岁时对她心生热爱，相爱却未能在一起，直到八十岁犹是难能忘怀。正应了白居易那句诗：老来多健忘，唯不忘相思。

还有一次，陈锦端的嫂子去香港探望暮年久病缠身的他，当听说陈锦端还住在厦门，他双手硬撑着轮椅的扶手要站起来，高兴地说："你告诉她，我要去看她！"

他的妻子廖翠凤虽然素知他对陈锦端一怀深情，但也忍不住说："语堂！不要发疯，你不能走路，怎么还想去厦门？"想想也是，他颓然坐在轮椅上，喟然长叹。

陈锦端若是知晓这些事，心有何想？

于女人来说，青春时节曾被几个男子爱过或许并不值得骄傲，骄傲的是，是否有那么一个人，虽不能白首偕老但他将她放在心间一辈子，如印记。若能得这么一人，此生足矣。

于男人来说，一生爱过几个女子或许并不重要，重要的是，是否有那么一个人，无论何时何地想起都满心欢喜，想去见她，就像红蜻蜓想望见油亮绿草，有着小松鼠穿梭树林的轻松。这有多好。

爱，或许无须计较在一起时有多轰烈，单看不在一起后，能否爱如当初。隔了迢迢山迢迢水，你知她在那儿，她知你在这儿。好好地活着，美好相望。而不是从此陌路相忘于江湖。

我将爱情付给了你，婚姻留给了她。

遇见陈锦端前，林语堂喜欢一个叫赖柏英的女孩。

赖柏英和林语堂在同一个村子出生成长。青梅竹马，两小无猜，一起去河里捉鲹鱼捉螯虾。他记得很清楚，赖柏英有个了不得的本事，她能蹲在小溪里等着蝴蝶落在她头发上，然后轻轻地走开，居然不会把蝴蝶惊走。

她还喜欢在落雨后的清晨，早早起床，去看稻田里的水有多么深。

她笑起来的时候，多像清澈湖水，阳光洒下来，明媚一如花都开好了的春。

是否每个男人的生命中，都有那么一个女孩，一起生长，谈天说笑，天真无邪的年纪许下许多美好诺言，他说娶她为妻，她说非他不嫁。

林语堂爱赖柏英，赖柏英也爱林语堂。只是后来，一个远走他乡求学，他急于追求新知识见识新天地；一个留在故乡，她的祖父双目失明，她要孝顺祖父，最后嫁给本地的一个商人。

人人都说，初恋是男人一生都无法解开的魔咒。后来，林语堂常常还会想起，在故乡，有个女孩，她行在清晨的稻田里，风吹树，树上积雨落，湿了她的发梢她的蓝色棉布长衫，她忽然就笑起来。

时光多疯狂，它使孩童那么快就成长为少年，又推着少年离开故乡，去远方。

1912年，林语堂去上海圣约翰大学读书。这个少年很优秀，在大学二年级时曾接连三次走上礼堂的讲台去领三种奖章，这件事曾在圣约翰大学和圣玛丽女校（此两所学校同是当时美国圣公会上海施主教建立的教会教育中心）传为美谈。然而，于林语堂来说，最好的事是在这儿认识陈锦端，两人陷入热恋。

陈锦端是林语堂的同学的妹妹，用他的话说，"她生得确是其美无比"。才子钟情佳人，佳人爱慕才子英俊又有美好名声。

一切就像小说一样，相爱的男女到了谈婚论嫁之时，女方家长站出来，棒打鸳鸯。

陈锦端出身名门，她的父亲是归侨名医陈天恩，而林语堂，他不过是教会牧师的儿子，虽年少多才那又如何，门不当户不对，陈父看不上他。

这事情其实寻常，哪家父母不想为自己的女儿物色一个金龟婿呢？

他爱她，她也爱他，但他们中间横亘一条河。这河不比银河，王母娘娘拔簪划河，而牛郎织女终是夫妻，年年七夕尚能鹊桥相会。而他和她，隔河相望，无桥可渡，决无成亲机会。

陈父不给这对恋人渡河之桥，但他愿意为林语堂搭另一座桥。陈父和林语堂说，隔壁廖家的二小姐贤惠又漂亮，如果愿意，他可做媒。

这廖家二小姐就是廖翠凤了。她的父亲也很不简单，是银行家，在当时的上海颇有名望。

林家父母倒很满意陈父的提议，要林语堂去廖家提亲。

父母之命不可违，林语堂去了廖家。

廖翠凤对林语堂的才气早有耳闻，又见他相貌俊朗，十分欢喜，她愿嫁他为妻。

想想多酸楚，他心中至爱陈家姑娘，却要和陈家隔壁的廖家姑娘有媒妁之约。可是，他能做什么呢？许多年后，谈及此事，他不无感慨："在那种时代，男女的婚姻是由父母之命媒妁之言决定的。"

最终令他下定决心娶廖翠凤，或许是因为，廖母和女儿说："语堂是个牧师的儿子，家里没有钱。"是的，廖母也不看好这门亲事。但是，廖翠凤很干脆又很坚定地回答："穷有什么关系？"

一个姑娘，她生于富有之家，却不嫌弃你贫穷，不怕嫁给你吃苦受累，多好，除了爱她娶她，努力使她过上好生活，男人无以为报。

于是，林语堂和廖翠凤定下婚事。

陈锦端得知这消息，她拒绝了父亲为她觅寻的富家子弟，孑然一身远渡重洋去美国留学。爱情是两个人的事，而婚姻却是两个家庭的交涉。她的心上人，将娶她家隔壁的姑娘。在这场不见硝烟的战役里，她也是伤兵。

如果，如果他和她都奋力争取，铁了心在一起，结局又会怎样？他和她都没有去做。他们爱得太冷静。他们都是爱情的逃兵。

没有谁知道，每当回首这爱情往事，陈锦端是怎样的心情。历史只简短记载，陈锦端留学归国后，多年不婚，一直单身独居。直到 32 岁那年，她与厦门大学教授方锡畴结婚，长居厦门，终生未育，只是抱养了一对儿女。是否可以猜测，女人若不爱男人，即使有婚姻也不愿和他生儿育女？究竟只是猜测罢了。

最静好的岁月里和在一起的人缓慢相爱

1919 年 1 月 9 日，林语堂娶廖翠凤为妻。

结婚的时候，林语堂做了一件奇事，他把结婚证书一把火烧掉了。不过，他说了这样一句话："把婚书烧了吧，因为婚书只是离婚时才用得着。"

多智慧的一句话。或可看作他对廖翠凤许下盟誓，对她好，一辈子不离弃。

即使如此，可是，试问天下有几个女子能容忍丈夫烧掉婚书？

廖翠凤能。

这个女子多智慧！她知道，嫁给一个人，就要接纳他的生活方式。他有再多怪癖，她都理解并迎接。这样的女人多清醒。

廖翠凤生于富贵之家，但她却能快乐地和丈夫一起过平常日子。婚后有很长一段时间，他们生活苦辛，不过巧妇不会难于少米之炊，简单的饭菜她亦是能做得花样百出。实在揭不开锅时，她默默当掉首饰维持生活。这样的女人，要林语堂如何不对她刮目相看，如何不爱？

她知林语堂心中一直不曾放下陈锦端，但并不计较，居住在上海时，她常常邀请尚未婚配的陈锦端到家中做客。每次得知陈锦端来，林语堂都会很紧张，坐立不安。孩子看见了，颇为不解，便问妈妈。她坦然微笑，和孩子说："爸爸曾喜欢过你锦端阿姨。"

笔耕之余，林语堂喜欢作画自娱，他画中的女子从来都是一个模样：留长发，再用一个宽长的夹子将长发挽起。孩子又发现了这个秘密，问父亲："为何她们都是同样的发型呢？"林语堂也不掩饰，抚摸着画纸上的人像，他说："锦端的头发是这样梳的。"

没什么好隐瞒的，他不过只是在怀念。天长日久，烟火岁月，他早已爱上他的妻子。他不过只是在怀念少年时爱过的姑娘。他明白他的妻子不会打翻醋坛子和他吵闹。

世间哪有不争吵的夫妻？为别的事，倘若真的争吵了，他总会先闭口不言，这是他的妙招："少说一句，比多说一句好；有一个人不说，那就更好了。"的确，夫妻吵嘴，无非是意见不合，在气头上多说一句都是废话，徒然增添摩擦，毫无益处。他说："怎样做个好丈夫？就是太太在喜欢的时候，你跟着她喜欢，可是太太生气的时候，你不要跟她生气。"

她忌讳别人说她胖，但她喜欢人家赞美她挺直的鼻子，所以她生气时，他总是去捏她的鼻子，说一些欢喜的话，她也就笑起来了。

这样一对夫妻，多好。

谁说先结婚后恋爱不可以呢？

"我和我太太的婚姻是旧式的，是由父母认真挑选的。"他说，"这种婚姻的特点，是爱情由结婚才开始，是以婚姻为基础而发展的。"他还说，"婚姻就像穿鞋，穿的日子久了，自然就合脚了。"

人人都知道他一直都在爱着陈锦端，但是，他的智慧在于，不和生活较劲，得之我幸，不得我命。旧情人再好，往事多美妙，不过都是过往，最要紧的是怜取眼前人。和在一起的这人，好好生活，岁月静好。

"我们现代人的毛病是把爱情当饭吃，把婚姻当点心吃，用爱情方式过婚姻，没有不失败的。"他说"把婚姻当饭吃，把爱情当点心吃"那就好了。

其实，生活的道理人人都懂一箩筐，然而懂得又能做到的人，却是太少。

结婚五十周年，是为金婚。那一年，林语堂送给妻子廖翠凤一个勋章，上面刻了美国诗人詹姆斯·惠特孔莱里的《老情人》一诗："同心相牵挂，一缕情依依。岁月如梭逝，银丝鬓已稀。幽冥倘异路，仙府应凄凄。若欲开口笑，除非相见时。"

他对她心怀感恩，他们的婚姻他引以为荣，他曾得意地说："我把一个老式的婚姻变成了美好的爱情。"

婚姻犹如一艘雕刻的船，看你怎样去欣赏它，又怎样去驾驭它。倘若你智慧，即使婚前你和爱人不相识，婚后你也是能和爱人琴瑟和鸣相敬如宾的。

1976 年 3 月 26 日，林语堂逝世于香港，灵柩运回台北，埋葬于阳明山麓林家庭院后园，廖翠凤守着他，度晚年，直到她也闭上眼睛停止呼吸。

纯手工爱情

三秋树

2011 年，亿万网友被一份纯手工爱情打动——山东临沂的老人王忠玉为偏瘫的老伴卓保兰亲手造了一部电梯，这样，她就可以坐着轮椅上下楼，看到更多的风景。这可能是世界上外表最为简陋的电梯，却成为大家心中爱的图腾，给了我们关于爱的最深切的感动。原来，浪漫的极致其实是朴素。

幸福是给了疼爱你的机会

山东省临沂市兰山区金雀山路市广电局家属院 4 号楼，有一部史上最原始的电梯——没有数控键盘，没有钢筋围挡，看上去更像是一个可以上下的简陋的吊车。可是，知道这部电梯的人都说："它可能是史上最简陋的电梯，却承载着最真挚的爱情。"爱情的主角，是一对结婚 44 年的老夫妇——王忠玉和卓保兰。

2000 年 12 月 27 日早上 6 点，王忠玉正在厨房里做饭，只听老伴卓保兰的卧室一声响动。他急忙跑过去，只见老伴半躺在床上，嘴已经歪向一边，虽努力张口说话，口齿却已经不清。王忠玉手忙脚乱地赶紧给儿女们打电话。王忠玉后来描述，打电话的时候，他泪如雨下："当时我只有一个想法，只要老伴能活着，让我干什么都行。"

卓保兰的命是保住了，但左半边身体却从此瘫痪。3个儿女非常明确地做了分工，轮流担当起照顾妈妈的责任。可是，王忠玉很快看到，孩子们的孝心并没能让卓保兰开心，生性坚强开朗的老伴的眼里有了越来越多的泪水。没有哪个母亲愿意成为孩子的负担，尤其是3个子女正处在人生的爬坡阶段。

老伴的眼泪同样落在王忠玉的心里，他拉着老伴的手说："我知道你心疼孩子们。保兰，有没有信心跟我一起锻炼，咱以后不仅能走，还能下楼，说不定还可以帮孩子们照顾他们的孩子。"

卓保兰吃惊地看着老伴："那怎么可能呢？"

王忠玉把胸脯拍得山响，对老伴说："那天你一下子病倒了，我才知道，只要你人在，啥苦我都能吃，啥苦我都觉得是幸福。"

第二天，王忠玉正式遣散了3个儿女。家庭会议上，王忠玉对儿女们说："孩子们，放心吧。爸爸一定把你们的妈妈照顾得越来越好。有机会为你妈做点事，能够照顾她，爸爸觉得心里特别安慰，就给爸爸这个机会吧。"

孩子们走了，卓保兰长长地出了一口气。王忠玉笑着对老伴儿说："真正的二人世界又开始了。"

而此后的二人世界对60岁的王忠玉来说，并不轻松。

　　王忠玉家住在二楼，为了让老伴坚持锻炼，王忠玉在楼梯的右侧钉上了扶手，怕老伴磨手，他细心地为每一个扶手缠上了软布条。从王忠玉家到楼梯口的路虽然只有 5 米，可对他来说，要把老伴扶到那里，却是一项"浩大的工程"。一次，由于地板上有点水，王忠玉脚下一滑，他做出的本能反应是双手举着老伴，自己先倒下，老伴则缓缓地压在了他的身上。卓保兰 170 斤的体重就这样压在了瘦弱的王忠玉的身上。忍着剧痛，他还跟卓保兰开玩笑："看看我这身手，像不像十六七岁？"

　　卓保兰把着扶手锻炼，手上使足了劲，左腿却抬不起来。王忠玉就蹲下身去，一下一下地帮老伴抬脚。老伴每迈出一步，他就会提出表扬："保兰，太棒了。""老伴儿，加油。再过几天，天暖和了，咱可以走着去楼下跟老邻居们聊天了。"雷打不动地，他们每天从早晨 7 点一直走到中午 12 点半。看着老伴累得满头大汗，王忠玉很心疼，总是变戏法一样，从兜里掏出一块糖或一把瓜子仁，来鼓励老伴儿。

　　夜里卓保兰几乎每半个小时就要起夜一次，十几年来，王忠玉也就这样一直处于浅睡眠。到了半个小时，不管多困，他都会起来，半扶半抱着老伴去上厕所。孩子们心疼他，提出晚上给妈妈穿纸尿裤，可是王忠玉坚决不同意，觉得那样老伴会不舒服。最重要的是，纸尿裤一穿上，老伴儿就会觉得自己是个生活不能自理的人。这是王忠玉无论如何都不能接受的，在他的心里，老伴永远都是那么勇敢、善良、漂亮，妻子当年对他的恩情令他终生难忘。

有一种恩情用一生来回应

两人初识时，卓保兰是临沭医院的护士，王忠玉是机械厂的一个维修工人。当时正值"文革"期间，25岁的王忠玉通过同学介绍，认识了大他两岁的卓保兰。第一次来看他的卓保兰一走进他们厂里，就看到满墙贴着"打倒王忠玉，铁杆保皇派"的大字报。在那个动乱的年代，卓保兰并没有介意王忠玉"保皇派"的身份。相反，她看中了王忠玉的踏实肯干、勤奋努力，于是两人开始谈恋爱。

1966年，上进心强的王忠玉报名参加云南的"大三线"建设，可能要去一年，当时虚岁已29岁的卓保兰答应等他回来再结婚。没想到，刚去几个月，王忠玉便得了"重症肌无力"，就是浑身的肌肉都不听指挥，有可能造成肌肉萎缩致死。远在山东老家的卓保兰听说后，不顾别人的反对，一个人背上烙饼，从临沭到临沂，从临沂到济南，从济南到昆明，倒汽车，倒火车，用了7天7夜，终于来到了王忠玉的身边。

王忠玉回忆说："云南当时武斗，一般家属是不敢上那儿去的！看到保兰的那一刻，我整个人都傻了。"卓保兰在云南悉心地照顾、守候着王忠玉，直至半年后他完全康复。这份情王忠玉一直深埋于心，他在心底早已许下与妻子不离不弃的承诺。

老伴儿锻炼的时候，王忠玉总是提及这段往事，一边回想，一边说："老伴儿啊，你得拿出当初去云南找我的那个劲头儿。当初你从死神手里把我拽了回来，现在，你还得陪我走下去。说什么，你也不能把我单独留在这世上，那还有什么意思。"听了王忠玉的话，卓保兰的脸红了。夫妻一辈子，这已经算是他们之间最难为情的甜言蜜语了。"放心吧，老伴儿。到哪儿，我都把你带着。"两位老人的手紧紧地握在一起，幸福的泪水涔涔而下。

造一部电梯，晒一份纯手工爱情

2008 年 11 月下旬，有一次，王忠玉和老伴从临沭娘家回来，上楼梯时老伴因体力不支猛地坐在了台阶上，再也站不起来。当时，王忠玉的大脑一片空白，妻子好不容易才能扶着东西走路，如今却连楼梯都上不来了，难道多年的努力真白费了吗？当天，他们在附近的楼下储藏室里凑合了一夜。第二天一早，王忠玉在邻居的帮助下将妻子抬上了楼。由于活动量不足和药量的增加，卓保兰的体重增加到了 180 斤，靠王忠玉一人已经无法带妻子出门了。有一天，王忠玉跟老伴聊天，老伴抹着眼泪说："我以后再也下不去了，谁再陪你出去逛啊？"王忠玉听了，心里特别难受，他抓着老伴的手说："你相信我，我一定会让你再下去的！"

尽管此时的王忠玉还不知道怎样才能让老伴天天下楼，呼吸新鲜空气，与街坊邻居聊聊天，但他知道，他对老伴说过的话，一定要办到。

一天，王忠玉到农贸市场买菜，附近一个工地正在施工，高高的塔吊引起了他的注意。看到塔吊将一袋袋的水泥很轻松地运到了楼上，他当时想：何不也造这么一个东西，把老伴从楼上运到楼下，再从楼下运到楼上。这个想法令王忠玉兴奋不已，他觉得这简直就是老天对自己的成全。

受到了塔吊的启发，王忠玉萌发了自己亲手制造电梯的想法。就这样，在伺候老伴的间隙，他一钉一铆地开始了他的自主研发。转眼到了 2010 年 3 月下旬，电梯粗具规模，可是第一次试验就给了王忠玉很大的打击。"当时我在电梯上装上东西，但电梯刚刚升起就碰到了两边的墙体并左右摇晃……"看到眼前的一幕，王忠玉一屁股坐在地上。这一幕同样映在了卓保兰的眼里，她眼里含着泪水对王忠玉说："你能让电梯运行，这多了不起。你一定可以做得更好的，我等你。"

2011 年 5 月 28 日，王忠玉的电梯终于大功告成了。电梯底座长、宽分别为 1.4 米、高 1.8 米，能容纳三四个人上下。看着电梯安稳地上上下下，王忠玉实在难以抑制心中的激动，他几乎小跑着上楼，告诉老伴"电梯，我给你造好了"时，两个人都哭了。老伴迫不及待地要下楼，王忠玉说："不急，咱选个吉日，就定在 6 月 6 日吧。"

6 月 6 日早上才 5 点多，卓保兰便催促老伴起床，带自己乘电梯下楼。王忠玉给老伴儿换上新衣服、新鞋子，把妻子的轮椅推进这个"爱的电梯"。这是卓保兰不能动后第一次出家门，坐上电梯的一瞬，她的眼泪夺眶而出，等电梯稳稳地落地时，她已经泣不成声了。

那天，王忠玉推着轮椅，带着老伴在街上逛了很久。中午，他决定和老伴在外面吃顿饭。那顿饭他们吃得很慢，一辈子的恩情都在这一餐一饭里，细水长流地蔓延着，无酒，心却已经醉了。

幸福，不就是这样，不管贫穷还是富有，牵着你的手，不离不弃。

第四辑：彼年豆蔻，谁许谁地老天荒

白日光

丁立梅

那个时候，我是寂寞的吧，四五岁的年纪，身边没一个同龄的玩伴。

午后的村庄，天上飘着几朵慵懒的云。路边草丛中，野花朵黄一朵白一朵地开着。鸡和狗们，漫不经心地走在土路上。风轻轻吹过一片绿的田野。绿的田野上，遥遥地，移动着一些黑的点子白的点子，那是在地里劳作的大人们。我绕着村庄转一圈，实在没事可干，就又转到池塘边的瞎奶奶家了。

全村只瞎奶奶家门前有口池塘。我知道，那里面有鱼有虾，还长莲和菱。七八月莲开，一塘的红粉乱溅，隔得老远就能望得见。九十月菱角成熟，有人路过，用锄头一蓬一蓬地够上岸来，边摘边吃。而到了腊月脚下，塘边围满了人，人们脸上蒸腾着一团喜气，他们到塘子里取鱼取虾。白花花的鱼，在岸上泥地里跳，闪耀着碎银一样的光芒。

但我从来不敢跑近那池塘，村子里的其他孩子也都不敢。因为大人们说，塘子里有老鬼，专门吃小孩。瞎奶奶也这么说，她每次"见"到我，都要再三叮嘱我，不要到塘子里去玩水啊，那里面有老鬼，闻见小孩子的肉香，就要吃的。我谨记着，我自然是怕老鬼吃我的，我更想得到她的奖励。只要我答没去玩水，瞎奶奶准会奖励我一块薄荷糖。那个年代，一块简朴的薄荷糖，对一个小孩子来说，也是无上的向往和甜。

我小心地绕过那池塘。池塘边的泡桐树上，开了一树一树紫色的花，像倒挂着无数把紫色的小伞。花喜鹊站在上面蹦跳，抖落了一瓣一瓣的花，树下面，便落一层浅紫，细细碎碎的。我很想过去捡一串花来玩，但想到瞎奶奶的薄荷糖，便打消了这个念头。我边走边痴痴看，就到了瞎奶奶家门口了。说来也真是奇怪，瞎奶奶的眼睛虽看不见了，但每次我来，她准知道。那会儿，她抬起头，混浊的没有一丝光亮的眼睛，对着我的方向问，是志煜家的二丫头梅吧？

我答应一声，叫，瞎奶奶。她欢喜地应，哎。放下针线活，伸手招我过去，摸我的脸，问，梅，有没有去塘子里玩水？我答，没。瞎奶奶高兴了，夸我，梅真乖。记住，千万不要去塘子里玩水啊，塘子里有老鬼，专门吃小孩子的，瞎奶奶说。我答，唔，我记住了。瞎奶奶便到她怀里摸索，抖抖颤颤一阵后，方掏出一块方格子手帕，左一层右一层地揭开，我看到里面躺着的薄荷糖。来，给梅吃，梅不要去塘子里玩水啊，瞎奶奶不放心地关照。糖有些黏乎乎的，乳色的小蛾子似的，我一口含到嘴里，直把小小的心都浸甜了。我含糊着应，哦。

糖吃完，瞎奶奶让我帮她穿针线。这活儿我乐意干，我的眼睛亮着呢，只一下，就把线穿过针孔了。瞎奶奶接过针线去，"望"着我，慈祥地笑，瘦小的脸，像一枚皱褶的核桃。她突然落花般地叹息一声，若是我的锁儿还在，他也该成婚了，养的孩子，也该你这般大了。这些话我可听不懂，我定定地看着她，她脸上每一道皱纹里，仿佛都有粼粼的波在荡，竟是说不出的悲伤。

她这么对着我"望"一会儿，复低下头去，一针一线纳她的鞋底，坐在一圈白日光里。时光静极了，梧桐树的影子在矮墙上晃，连同那些紫色的花的影子。矮墙头上，晒着她做好的布鞋，一双双，黑面子，白底子，那么大。我看着瞎奶奶的小脚，有些疑惑地问，瞎奶奶，这是给谁做的鞋啊？瞎奶奶答，是给锁儿他爹做的啊。锁儿，那是谁呢？锁儿他爹又是谁？我怎么从没见过。我怔一怔，突然从池塘边的泡桐树上，传来喜鹊的叫声，喳喳，喳喳，高亢的一两声，打破一个天地的静。瞎奶奶停了针线活，侧耳听，脸上慢慢浮上笑来，说，喜鹊叫，客人到，家里要来客喽。我不信，喜鹊每天都在叫，我却从来没有见过她家来客人。瞎奶奶却说，谁说没有？梅就是我家的客人啊。

我把她说的话告诉祖母，祖母唉地叹一口气，瞎奶奶是个可怜的人哪。

她有过一个完整的家，男人壮实，儿子可爱，一家人在一起，只想把凡俗的日子安稳地过下来。然战乱与饥荒来袭，寻常的日子竟过不下去了，家里渐渐揭不开锅。男人跟她商量，要置副货郎担，去外讨生活，等换得铜板来，给她和儿子好日子过。好歹要保住我们李家的这个根啊！男人看一眼扯着她的衣角，饿得面黄肌瘦的儿子说。她点点头，开始没日没夜地给男人赶做布鞋。一共做了四双，她想着，春天一双，夏天一双，秋天一双，冬天一双，等四双鞋都磨破了，男人也该回了。为这，她把自己的嫁衣都给拆了，一块块布，纳到了男人的脚底下。

男人揣上她做的布鞋，上路了。走前，男人向她保证，少则半年，多则一年，他一定会回来。然而，春去春又回，男人却没有回。他们唯一的儿子锁儿，在又一年的七月天，掉进家门口的池塘里淹死了，死时，手里紧紧攥着一枝红莲。她懊恼得肝肠寸断，她怎么就不知道塘子里好看的红莲会吃人呢？她怎么就没留意到儿子会被红莲牵着，一步一步走下水里去？

彼时，她还年轻着，容貌也好，完全可以再嫁个壮实的庄户人，倚靠着那个人，求个今生安稳。也真的有几个壮实的庄户人看上她，许她好日子，要娶她过门。她却不，她说对不起男人，她把他李家的根弄没了，她要等他回。

一日一日，一年一年，她为男人做着布鞋，从青丝，到白头。漫长的等待，加上内心悔恨的煎熬，她不断地流泪，眼睛渐渐不行了，最后终导致全看不见了。

我念小学后，极少再去瞎奶奶家。偶尔路过，还见她坐在矮墙下，坐在一圈白日光里，永远的那样的姿态：低着头，一针一线地纳着鞋底。她的白发上，落着白日光的影子，白淹没在白里面，那么分明，又是模糊的。看过去，她竟像是裹在一团雾里，不很真切。池塘边的泡桐树上，花喜鹊还站在上面喳喳喳。远处的田野里，传来人们劳作的号子声，嗨哟，嗨嗨哟——太平盛世，热火朝天。她锁儿的爹，始终没回。

我小学毕业那年五月，一个中年人寻寻问问，一路摸到我们村庄。他向村人们打听，崔曼丽还活着吗？她的家在哪里？村人们一头雾水。但不一会儿，有人醒悟过来，说，怕是瞎奶奶吧。上了年纪的人恍然大悟，回忆，瞎奶奶好像是姓崔的。

一村人跟着去看热闹。中年人才提到李怀远，瞎奶奶就浑身颤抖不止，混浊的眼里，缓缓滚下两行泪，她哆嗦着嘴唇问，怀远在哪里？我对不起他，我把他李家的根弄丢了。中年人一把抱住了她，眼含热泪地叫，大妈，我可找到你了！

当年，她的男人李怀远，挑着货郎担，一路南下。很快赚得一些铜板，以为三两个月就能回的，却在半路上不幸染上风寒，一病不起。一对老夫妇救了他。老夫妇膝下只有一个姑娘，正当青春，对他照应十分细致，端饭端水伺侯月余，他的身体才得以慢慢好转。为了报恩，他留了下来，娶了那姑娘，开始了另一番生活。他对老家的女人一直心怀愧疚，她做的布鞋，有两双他没穿完，他珍宝一样收藏着，任何人动不得。逢年过节，他都要拿出来看看。当他病重，得知自己将不久于人世，他把儿子叫到了跟前，嘱咐儿子，无论如何，一定要找到她。

听的人唏嘘不已，瞎奶奶却只是笑着，她使劲地眨着一双空洞的眼，对着眼前的中年人"看"啊"看"。你真的是怀远的儿子？她问。得到中年人肯定的答复，她喜不自禁，颤抖着伸出手来，一遍一遍摸中年人的脸，笑说一声，他还有个根在，好！笑着笑着，眼睛就闭上了，整个人软塌塌倒下去，没了气息。

那年七月，瞎奶奶家门前的池塘里，一塘的红莲，如期盛开，开得红粉乱溅，一如往年。这时，我已知道，这世上根本没有老鬼，塘子里自然也没有。但我，还是一次也没走近过。等到我念初中的时候，瞎奶奶的茅草房被拆除掉，门口的池塘也被填了，朵朵红莲，被深埋到地底下。那里，整成了庄稼地，上面有时长玉米，有时长棉花，白日光罩着，无比的葱郁。

一生焉识

严歌苓

一

陆焉识是上海大户人家的大少爷，聪慧而倜傥。

他会四国语言，说着剑桥口音的英语，会写一手好字，会打马球、板球、弹子，会做花花公子，还会盲写。1925 年，陆焉识初识冯婉喻，她是恩娘（陆焉识继母）冯仪芳的侄女。

冯仪芳给陆焉识的父亲做填房，嫁入陆家 8 个月之后就守了寡。当恩娘要被婆婆退回娘家去时，是 14 岁的陆焉识挺身留住了她。冯仪芳强迫陆焉识娶冯婉喻，为了让恩娘允许他出国留学，陆焉识同意了这门亲事。但在他漂洋过海前，必须完成婚事。

随后，在美国的 5 年时光，他和意大利女郎望达热恋，他也同一代知识分子一样，在留驻美国与归国的抉择中徘徊不已。最终，他还是登上了归国的邮轮。船离港之后，他坐在二等舱的舱房里，滚出两行泪。5年的自由结束了，放浪形骸也到头了，他的热泪，哭他的自由。走下横渡太平洋的邮轮，身后是不再有用的自由，眼前遇见的是冯婉喻站在岸上那双期盼干了的眼睛。

陆焉识走到妻子与恩娘的中间，相携着走向停驻的黄包车，车座是两人的，恩娘瞥了婉喻一眼，笑容仍在脸上，欢乐却已无踪，她让夫妇俩登上一辆黄包车，自己乘坐另一辆。

婉喻看了焉识一眼，可惜焉识忽略了她的目光，在此后人生很长的时光里，他才懂得妻子目光的要领，她的美艳，就在那类目光里。她的生动和风情，都跟着那目光转瞬即逝，但可以非常耀眼。

归国后的焉识，在大学里谋得了教职，家中的纷争却未曾平息。只要同焉识有关，恩娘事事都要同婉喻争，夫妻俩却在暗中紧密团结，孤立恩娘。

一天晚上回家，焉识带回了两张梅兰芳来沪演出的戏票。他在厨房里找到婉喻，让她把两张票收起来。

"恩娘去吗？"婉喻问，焉识叫她不要告诉恩娘，他已经受够了一块衣料两件马甲的累。

婉喻刚要开口，楼梯上传来绣花拖鞋套在解放脚里趿拉出的脚步声，恩娘下楼了。焉识使了个眼色，不是他自己的眼色，而是从那类瞒着长辈跟女人生出情事的男人那里搬过来的。

婉喻先是错愕，然后便看了丈夫一眼，后来，焉识总是品味这眼神，他发现妻子其实很美，起码有她美得耀眼的瞬间。

二

战争改变了很多东西，包括繁华的旧上海和不可一世的陆焉识。

1936 年，动乱间的上海，陆焉识供职的大学正向后方迁移，恩娘却决定留在上海，不得已，冯婉喻只能留下陪伴恩娘，照看孩子，陆焉识一人深入内地。

1940 年，陆焉识任教的大学在战火中搬迁至重庆北边的煤矿区落了脚。他在那里认识了韩念痕，她当了他的外室。1942 年，陆焉识第一次为他不谙世事的张扬激越而成为"反革命"，被国民党特务关押在重庆两年。1944 年 11 月，日本军队的"一号作战"逼向重庆，重庆成了战争最前沿。战争成就了强女子韩念痕。乱局中，韩念痕打通关节，让陆焉识开释出狱。之后，韩念痕安静离开，嫁人。

1945 年年底，焉识回到上海。家中已经变样，他离开后，恩娘与婉喻将陆家别墅出借给一户日本家庭。停战后的第二个礼拜，日本人退了租，一家人终于搬回。政府官员却在此时指称别墅是日本人占领的房产，此时要由政府接管，要求陆家所有人在一天内搬离。接管者的蛮横，让他只能服软，向接管官员乞求，终于将搬离时间延长了一个礼拜。焉识安慰恩娘，一个礼拜后，会再求他们延长一个礼拜。

恩娘看着自己曾经看重的焉识却慢慢地说："焉识，真没想到，你读书读得这么没用。中国是个啥地方？做学问做三分，做人做七分。外国的人要紧的是发明这种机器，发明那种机器，中国人呢，要紧的就是你跟我搞，我跟你斗。你不懂这个学问，在中国就是个没用的人。"

两年后，当焉识的生活渐趋平稳后，他的笔头再度不安分。他撰文讽刺当年接管官员的嘴脸，把他们敲诈的过程描述了一遍。文章一出，影响很大。焉识的做法最后招致了接管官员的愤怒，他们再度找上门来，要没收房产，眼见大半生生活的别墅将被让出，恩娘在悲愤交加中怀着失望离开人世。

1950 年夏天，一位故交大卫·韦在报纸上撰文，指责焉识曾在国民党统治时期表达过对共产主义事业的不看好。凶巴巴的口气让焉识马上认出作者为何人，他向大卫·韦回了一封信，第三天，大卫·韦便将这封信在报上刊登出来，焉识被谈话，指责他是"现行反革命"。

次年暮春，在"肃清反革命运动"的浪潮中，焉识被捕入狱。

1955 年，他被判无期徒刑，转入浙江和江西接壤处的一所监狱，婉喻每三个月的月初按时来探望焉识，探监的日子，总是四季之交。"反右"运动兴起时，他告诉她，一批犯人很快就要转监，但是转到哪里不知道。

"那我到哪里去看你？"婉喻突然伸出两只手，紧紧抓住他的小臂。

"不会的，不要多想……就是这个监狱太小了，装不下那么多人。"他说。

几秒钟之后，冯婉喻又抬起头。

"我会找得到的。随便你到哪里。"她的眼睛是一道流光，柔媚异常，让他几乎可以推翻她一向安分的心性。

三

陆焉识在成为劳改犯之前，在韩念痕、冯仪芳和妻子冯婉喻很多次的劝阻下，幸免于难。但成为劳改犯以后，他的文人的迂腐、轻狂，使他的刑期一次次延长，最终被判为无期徒刑。

直到历经了物质的匮乏、政治的严苛、犯人间的相会围猎，尤其是开始萌生对冯婉喻那份迟到的温情的时候，陆焉识开始变了，蜕变成了一个疼爱妻子的老陆。

为了和冯婉喻见上一面，1963 年焉识心甘情愿成了逃犯。为了这次逃跑，他准备了两年，自学藏语。

他骑着从解放军眼皮底下抢走的青灰马一路奔逃，身后响起看守的枪声。骑至荒原上专为监狱供糖的糖厂后，他跃墙而入，落入糖浆池，待爬起身时，浑身已满是糖水，沉重的身躯让他无法前行。他只能窝身角落之中，待糖厂犯人换班时，他抓紧时间挪出步子，直到糖厂大院中，借着院里的棍子开始敲打自己关节处凝固的糖浆，把它们塞进嘴里。月亮上到山顶时，他离开糖厂，开始逃亡。

他要告诉婉喻，老浪子是冒着杀头的危险回来的，是被你冯婉喻多年前的眼神勾引回来的。他再不回来就太晚了，太老了，老得爱不动了。

一个月后，焉识走到兰州城，他通过长途电话，听到了女儿丹珏的声音。她用英语对他说："请你不要找我母亲了，假如你对我们还有丝毫的顾念，请你尽快去自首。"曾经的信念动摇了，但焉识想着无论如何，自首前他必须同婉喻见上一面。他乘上火车，几天几夜，到达上海。

他远远地看着婉喻，和她在同一站下车，走进食品商场，他看得入迷，眼泪哗哗流下，自己却毫无感觉。婉喻结完账后，目不斜视地走了，他不敢开口。

第二天，他在同样的时间，跟随着婉喻，她同女儿丹珏，带着孙女走进一家点心店。陆家三代女子在点心店里吃起饭来，焉识站在潮湿的寒冷中，跟他的家庭隔着一桌桌陌生人，隔着热腾腾的点心气味，隔着1964年1月5日的黑夜。

他自首了，回到了吃人的大漠。他意识到，他陆焉识对冯婉喻的爱应该是一纸离婚协议书。1965年，焉识给冯婉喻寄了离婚协议书。冯婉喻为了儿女的政治前途，跟深爱几十年的陆焉识划清了界限。

此时，距离陆焉识入狱14年，也是他自1958年进入大漠的第7个年头。

四

1979 年冬天，陆焉识回到上海，只是，此时冯婉喻的失忆症已经恶化。当她盼了三十年的丈夫陆焉识出现的时候，冯婉喻没有认出来。

1986 年，陆焉识和冯婉喻登记复婚，做回了法律上的夫妻。同年中秋之夜，冯婉喻由于肺炎病危。天快亮时，全家人赶到医院，婉喻平静地告别人间。

孙女们后来从焉识的回忆录中得知了这对老伉俪最后的情话——

妻子悄悄问："他回来了吗？"

丈夫于是明白了，她打听的是她一直在等的那个人，虽然她已经忘了他的名字叫陆焉识。

"回来了。"丈夫悄悄地回答她。

"还来得及吗？"妻子又问。

"来得及的。他已经在路上了。"

"哦。路很远的。"

彼年豆蔻，谁许谁地老天荒？

朱砂

在爱情的世界里，等待苍老了谁？不是别人，而是那个真正付出了爱的人。

全国人大常委会副委员长的女儿、元勋的夫人、大学教授，相信，如果人生可以重新选择，已近暮年的许鹿希一定不会留恋这些看似繁花似锦的东西，如果可以，她宁愿用所有这一切，换回一份庸常的幸福与和那个男人一生的平静相守。

然而，世上没有如果，从她选择嫁给邓稼先的那一刻起，她的人生便注定将拥有太多的牵挂与等待。

他们的父亲都是北大的教授，他们在一起长大，有过快乐的童年，从小两个人便跟随各自的父亲在北海泛舟，听燕园里的朗朗读书声，彼时，小小的她如自家后院角落里的一株蒲公英，清淡，隽美；而他虽然顽皮，却聪颖好学，超强的理解能力与逻辑思维能力让老师和同学们刮目相看。

在那个青春涌动的豆蔻年华里，一对小儿女许下了地老天荒的承诺。

想来，如果没有那场战争，也许他们的人生会像许多人那样，读书，相恋，结婚，生子，一路顺风顺水，终身守一份现世安稳的幸福，生活得简单而快乐。然而，无情的现实纷乱了人生的脚步，"七七事变"的突然到来使她的父亲不得不带着全家南逃，而他一家因为父亲重病，咯血不止，滞留下来。

他目睹了日本人的残忍，侵略者屠刀下山河破碎、哀鸿遍野的惨状成了那个少年心中一块疤，稍一染指，便鲜血淋漓。也正因如此，才促使他在拿到美国大学博士学位的第九天，便踏上了返回祖国的路，他深知，外国的一切再好也是人家的，母亲只有一个，她的荣辱永远与你相关。

他回来了，他们如愿以偿地走到了一起，婚后，两个人在各自岗位上为了新中国的明天发奋工作着，5 年，那是这场爱情中最安逸幸福的一段时光。

一切的改变，来自那个宏大的国家战略，他匆匆地与她告别，然后便人间蒸发般没了音信。那一年，她 30 岁，女儿只有 4 岁，儿子还在牙牙学语。

她不知道他去了哪儿，也不知道他去干什么了，但她懂他，她知道，能让这样一个重情重义的男人抛妻弃子隐姓埋名去做的，一定是了不起的大事，她不知道如何与他联系，她能做的，只有等待，遥遥无期。

她按部就班地工作、生活、孝敬双方父母，抚养一对儿女。那个女人，一个人的身上，担了两个人的责任却无怨无悔，只因，这一切，她是为他做的，而他所做的一切，是他想做的，她爱他，便不计较所有的爱恨得失。

白天的忙碌让人顾不得去想许多，然而到了晚上，当青白的月光穿窗而入，那些蛰伏着的牵挂与寂寞，瞬间如萋萋的荒草，在她的心里，一路疯长开来。

及至罗布泊的上空腾起一朵巨大的蘑菇云，她才知道，他去研究原子弹了。那个时候，抗美援朝的战争刚刚结束，美帝对共产主义的新中国虎视眈眈，苏联亦在中蒙边境屯兵百万，年轻的新中国腹背受敌，在这种情况下，国之利器的横空出世对于保障一个民族的和平是何等的重要?!

她理解他的沉默，原谅了他对自己的守口如瓶。

那个时候的她天真地以为，他的任务完成了，自己那颗因漫长的等待而被时光折磨得满目疮痍的心可以得到片刻的喘息了，然而，她却不知，原子弹之后，是氢弹，氢弹之后，是中子弹，等他将所有这些研究完成后，时间已经整整过去了28年。

他回来了，他走时，还是个风华正茂的青年，回来时，却已是鬓染霜华，并且，他回到她的身边，不是因为他可以休息了，而是，他患了癌症。

这种病，在当时已经不再是绝症，然而，因长期从事核研究工作，他骨髓里面已全是放射性物质，一做化疗，白血球和血小板便跌得很低，全身大出血。

直到此时，她才知道，每一次研究中出现事故，他都是冲在最前面。甚至，有一次，做空投实验，氢弹从飞机上丢下来，降落伞没打开，直接掉在了地上摔碎了，因为没有准确的定点，一百多个防化兵去找都没有找到，他去了，结果，氢弹被他找到了，他深知氢弹被摔裂后的风险，却一个人抢上前去把摔破的弹片拿到手里，仔细检验。不仅如此，每一次装雷管，他都坚持自己去做，他平时待他的下属如兄弟，没有一点官架子，只有这时，他才会以院长的权威向周围的人下命令：你们还年轻，你们不能去！

28 年前，从他接到命令的那一天起，他便做好了碎首黄尘、马革裹尸的准备，他知道这一天一定会到来，只是他没想到，这一天会来得这么快。

1985 年 7 月 31 日至 1986 年 7 月 29 日，是他们相处的最后的日子，结婚 33 年，他们却只在一起待了 6 年，而且，最后这一年于她，不是幸福，而是折磨。她是学医的，却只能眼睁睁地看着鲜血从他的鼻子、嘴里、耳朵里疯狂地涌出，看着他的身体被止疼针打成了蜂窝却依然被癌症晚期的疼痛折磨得死去活来。无数次地，看着他疼得在床上辗转，她却束手无策，深深的自责如千万只蚂蚁，啮咬着她的心。从他住进医院到他辞世，363 个日日夜夜里，心疼是那个女人唯一的表情。

1986 年 3 月 29 日，预感到自己的日子不多了，他对她说，"我有两件事必须做完，那一份建议书和那一本书"，他指的是关于我国核武器发展的建议和规范论，那之后的 4 个月里，他在病床上忍着剧痛完成了它们。

"我不爱武器，我爱和平，但为了和平，我们需要武器。

259

假如生命终结后可以再生，我仍选择中国，选择核事业。"

事实表明，他与她的所有付出都是值得的，那一年，苍茫大漠里腾空而起的蘑菇云，如一把利剑划破浩瀚长空，支撑起了这个东方巨人半个世纪的和平，让那个饱受欺凌与污辱的民族从此踏上了昂首挺胸的复兴之路。

多年以后，她已经忘记了如何歇斯底里的去痛苦，只是静静地守候着属于他们的一切。家里摆设，还是他在世时的模样，连他坐过的沙发上的毛巾都没有换过。

在她的感觉里，他仿佛从未离开，他只是像以前那样去了大漠戈壁，他那爽朗的笑声和他那矫健的身姿，早已深深地扎根在她心底最温柔的地方，出现在她依旧年轻的梦里。她静静地守着一份白昼里的梦，守着一份缘，不凄凉，也不惆怅。

1999年9月18日，北京召开两弹一星功臣表彰大会。当年那些参加两弹一星研究的年轻人，如今都已是耄耋之年。大家说笑着，喜气洋洋地来接受属于他们的荣誉，整个会堂始终洋溢着亢奋、激动人心的气氛。

然而，镜头转入，人们惊讶地看到，一个苍老的女人，在众人的欢笑声中，扑伏在前排的椅背上，无声地啜泣着……

是她，眼前的一切无情地将她沉睡的记忆唤醒，一些细节，在她的心里，纵横交错……

那些当初花儿一样的爱情，被无情的现实雨打风吹去，剩下的，唯有钝钝的疼。此刻，所有属于他的鲜花与掌声，带给她的，不是幸福与快乐，而是碎了一地的梦。

她不愿意相信却又不得不相信，一切的一切，昭示着，他已经走远，他带走了属于他的敬仰与荣誉，却将思念与孤独无情地留给了她。也许，他只是天地间的一个人，可于她而言，他是她的整个世界，那曾经是她全部的心思和等待啊！

然而，她懂他，她从来没有因为他的选择而责怪过他。她说，她不仅见过洋人，还见过洋鬼子；不仅见过飞机，还见过敌人的飞机在空中盘旋轰炸自己的家园；不仅挨过饿，还被敌人的炮火逼着躲进防空洞忍饥挨冻……

正是有了这些经历，她才理解他，理解他为造核弹而和自己分离 28 年之久，她知晓他的不舍与他的不忍，她亦明白，一个男人用生命去践行"精忠报国"的誓言必将是何等的慷慨与悲壮！

她永生都不会忘记，他弥留之际，执手相望间，那一声噙着泪的温柔蔓延过来。"苦了你了"，简简单单的一句话，蕴含了一个男人对一个女人一生诉说不尽的愧疚。

如今，他已走远，她还守着最初的誓言站在原地。冥冥中的他，唯一能做的，只有在那一世轮回的渡口，与她约好来生的相遇，在下一个生命轮回里，还是那个女人，一个真正的地老天荒。

三生情

汉丽

父亲辞世

2009 年 11 月 5 日下午 3 点多，84 岁高龄的经济学家张宏驰突发心脏病。在被送往医院途中，张宏驰还有短暂意识，他拉住儿子张成的手艰难地叮嘱："要是我熬不过去了，你和弟弟，一定要照顾好王姨……"

王姨是张成的继母王秀珠。张成和弟弟张敢都没有料到，这竟然是父亲的遗言。

张宏驰 1925 年出生于天津，是北京某大学的教授，享受国务院颁发的政府特殊津贴。

1996 年，张成的生母冯华去世。怕父亲晚年生活孤寂，张成和张敢都希望父亲续弦，却被父亲一口拒绝。5 年后，父亲忽然打电话来，让兄弟俩回家。张成和张敢匆匆赶回去一看，家里多了个陌生老太太！她衣着土气，一脸皱纹，满头白发，一问，老太太 70 多岁了，是从天津农村接来的，父亲准备和她结婚！

听说父亲第二天将和这个叫王秀珠的女人去领结婚证，张成兄弟怕父亲不高兴，所以没敢反对，但又一时无法接受这个继母。

现在父亲忽然去世，王秀珠将要参与遗产分配。父亲一生向学，硕果累累，生活又极其俭朴，学校分配给他的位于北京三环以内的两套住房，加上多年的津贴、著作版权费、收藏的字画等，总价千万之巨。张成和弟弟更加愤愤不平——一个 70 多岁的村妇，能嫁给他父亲已是一步登天。她在北京享了 8 年福已经是人生的造化，她有什么资格分父亲的遗产？

2010 年张成兄弟俩开始办理父亲的身后事。由于王秀珠也是高龄老人了，耳背、眼花、行动迟缓。张成虽有一百个不情愿，也不得不亲自奔波，去为她代办一切遗产继承的手续。

张成来到王秀珠的老家天津市郊。王秀珠终生无子，很多东西由其妹妹王佩娥的孩子赵亮代为保管。赵亮搬出了家里放材料的木箱。在箱底，张成看到一本发黄的家谱，打开一看，他万分震惊：王秀珠的母亲竟然是张宏驰父亲的表姐！也就是说，王秀珠和张宏驰是表亲关系！而三代以内旁系血亲的婚姻在法律上是无效的！

这时，他发现了更令他震惊的事——在王秀珠珍藏的物品中，竟然还有一份离婚证书：张宏驰，王秀珠，青海省共和县，1955 年结婚，1965 年离异。他们竟然曾经有过长达 10 年的婚姻！这到底是怎么一回事？

追寻真相

王秀珠的妹妹王佩娥，提起姐姐与张宏驰的往事，不禁老泪纵横。张宏驰和姐姐王秀珠是青梅竹马的表兄妹。在当时那个年代，表亲可以成婚。1944年，两人举行了传统结婚仪式，拜了天地。

同年，张宏驰考入辅仁大学社会经济系。为了支持他念书，王秀珠来到北京，在有钱人家中浆洗衣物、被褥，挣钱供张宏驰读书。

张宏驰在求学期间，喜欢上了漂亮的城里女孩儿。而且，读了书的他，知道了近亲结婚是违背科学和伦理的。

1947年，王秀珠和王佩娥去大学看望张宏驰。张宏驰根本不愿意同学们知道他结了婚，见姐妹俩找来，暴跳如雷："谁让你们来的！"王秀珠只好拉着王佩娥快步离开。王佩娥至今还记得，那天为了去见姐夫，她和姐姐穿的都是没有一点儿补丁的、最好的花衬衫。她们一来一回，徒步走了整整一天。她天真地问："为什么姐夫不高兴？"姐姐回答说："读书的时候是不准结婚的，他怕同学知道。"王佩娥信以为真。直到几十年后她才知道，当时的学堂并没有这样一条规定。

1948年，张宏驰大学毕业。1955年，想到当初结婚只拜了天地，王秀珠的父母为了巩固两人的婚姻，逼着两人到民政部门登记结婚。

20 世纪 60 年代初，中国开始大面积闹饥荒，北京也不例外。为了把粮食省下来给张宏驰吃，又不会被人发现偷去，王秀珠缝了个小布袋拴在腰间，把自己的口粮省下一半放在布袋里，晚上睡觉都攥在手心里，等着丈夫每周回来，让他吃一顿饱饭。

王秀珠瘦得皮包骨头，却守着她的布袋，一直把食物留存下来。她无数次饿晕在大堆要浆洗的被服前，清醒后又拴紧她的布袋继续干活……听着王佩娥的讲述张成心里波涛汹涌。如果一个人能在自己的生存都受到威胁的情况下，把活下去的希望留给另一半，那样的爱情是多么不容置疑！

1961 年，王秀珠告诉妹妹，自己没有文化，怕将来被丈夫看不起，她也在自学，还想在北京城找一份工作。几经申请，街道办事处把王秀珠安排到一家工厂工作。为了更好地照顾丈夫和公婆，王秀珠毅然将公婆接到了北京。

而张宏驰却在这时向上级申请到青海工作，夫妻两人分居两地。1962 年的一天，王秀珠回到娘家，一进门就痛哭不止。

她告诉妹妹，张宏驰不但不回家，并且怂恿父母与她分开住。直到那时，她才意识到，这段婚姻已经不能再靠她卑微的讨好和无私的付出去维系了。

1965 年夏，王秀珠和王佩娥一起到青海去看张宏驰，发现他穿着时髦的的确良衬衫，头发梳得油光可鉴。张宏驰仍然很不高兴，提出两人之间已没有感情，并且近亲结婚是违法的。王秀珠想了想，对王佩娥说："他要怎么样就怎么样吧，我不能拖累他。"就这样，两人平静地在青海办理了离婚手续。

王佩娥清楚地记得，姐姐回到娘家后，三天粒米未进，哭得天昏地暗。整个镇子的人都知道她被读大学的丈夫抛弃了。姐姐在家待了两个月，出去还要替丈夫解释："不是他品性不好，是我们近亲结婚，这是违法的……"

不久，王秀珠回到北京上班。因为年轻时洗被服浸了太多凉水，她患了严重的风湿性关节炎，关节粗大，双腿不能弯曲。1967年，张宏驰与张成的妈妈冯华结婚。后来，张宏驰被调往北京任教。听闻前夫结婚的消息，王秀珠终于在亲友的撮合下，与一个离异退休职工结了婚。

赵亮拿来姨妈和姨夫的照片，张成一看，惊呆了！照片上，王秀珠的丈夫，是深深刻在他童年记忆中的那位陈叔！

随着真相被一层一层揭开，张成不禁泪水滂沱……

情深义重

照片上的男人，正是被爸爸称为"乡下亲戚"的老陈，老陈常常给张成家送粮送面。那时，张成和张敢还小，但一见到陈叔，他们就知道，"世上最好吃的东西来了"。1977年父亲赴英留学后，家中一时拮据，陈叔还曾送钱来。那些支离破碎的记忆像彩色的真实生活中忽然闪过的黑白镜头，温暖而令人心碎。张成无论如何都想不到，幼年时记忆中那位陈叔，竟然是王秀珠的丈夫！他立刻打电话告诉弟弟："你还记不记得，小时候家里经常出现一个陈叔叔。他是王姨曾经的丈夫啊……"张敢在电话中得知了一切，沉默了许久，泣不成声……

原来，"文革"期间王秀珠听说张宏驰成了走资派，急得六神无主，她对妹妹说："张宏驰从小就没有吃过一丁点儿苦，我怕他熬不住啊！他没了工资，两个孩子吃什么？"为了不让冯华尴尬，她那同样善良的丈夫老陈替她去看望张宏驰一家，每个星期都给张家送吃的。张宏驰赴英留学期间，王秀珠夫妇毅然表态：两个孩子，他们寄钱来养。当时王秀珠的工资是每个月 18 元。他们每个月寄给冯华 6 元，还有一些粮票、油票。

20 世纪 70 年代末的一天，有学生送给张宏驰一罐麦乳精，他舍不得喝，拿给王秀珠。看到她家的枕头上还打着补丁，张宏驰大约觉得刺眼，伸手拽过来给翻了个面，没想到背面的补丁更多。张宏驰叹了一声："年轻的时候不懂事……我不知道还有没有偿还的机会。"

王秀珠说："等你有了出头之日，就送我和老陈一对新枕头。"

1990 年，老陈因病去世。此时，张宏驰和王秀珠都已年过花甲，再多恩怨都已被岁月打磨平整。那之后，王秀珠回到天津老家安心颐养天年，与妹妹一家住在一起。

2001 年年初，赵亮忽然接到一个电话，是找王秀珠的。赵亮非常吃惊，谁会打电话给一个耳背的老人？70 多岁的王秀珠颤巍巍地走进堂屋。电话的那一头，是 76 岁的张宏驰。

王秀珠很快听出是他，她把电话捧在耳朵旁边大笑着说："你大声点儿，我耳朵听不见啦！"眼泪却一泻而下。两人又哭又笑，很多话不断地重复着，赵亮站在边上，忍不住流下泪来。

张宏驰对王秀珠说，自己从一个老家朋友处打听到她的电话。他的老伴在几年前也去世了，两个孩子都已成家立业，他却感到了生活的孤苦。他说："你到北京来吧，我们都是没几年光景的人了，我们一起过吧。谁知道人还有没有下辈子呢？"王秀珠毫不犹豫地说："好哇。"话一出口，哭得一塌糊涂。

这个平凡的女人贯穿了父亲的整个生命历程。如果连她都没有资格继承遗产，这世上就再没有人有资格了！

2010年6月10日下午，张成回到父亲家中看望继母。王秀珠还坐在阳台上，静静地看着外面的世界，眯着眼睛，仿佛快要睡着了。

张成泪如泉涌，蹲下身，将脸轻轻放到王秀珠骨节已变形的大手上，唤了一声："妈妈……"王秀珠愣了一下，伸手摩挲他的头发。张成深情地说："我去过您的老家，了解了您和我父亲的过去。您是一位伟大的母亲……"

一个人的圆满

贾孟影

时常想着，如果相爱的人被迫分开了，爱情还会落地生根吗？如果因为命运捉弄而不能终成眷属，是否还会有一方执着地行走在感情的阡陌上，任凭岁月流逝，依旧坚守这份残缺的爱情？

杨守玉用 70 年的等待告诉我们，一个人的爱情也能够圆满。

乱针绣的创始人杨守玉，终生未嫁，爱情是她生命的主题，守护则是她对爱情的态度。

这个令杨守玉一生无法释怀的男子，是她的表哥刘海粟。

杨守玉的母亲是刘海粟的姑母，早年杨守玉丧父，刘海粟丧母，母女二人便在刘家寄居，母亲帮刘家主持家政。那时，杨守玉还叫杨瘦玉。

由于年纪相仿，刘海粟只比杨守玉年长几个月，两个人做什么都喜欢在一起，一起嬉戏，一起学画。年幼时，家庭所造成的爱的缺失，使二人相互扶持，彼此依赖。他们居住在江南水乡的深深庭院，置身在"柳叶鸣蜩绿暗，荷花落日红酣"的悠然意境中，杨守玉爱极了江南恬淡闲定的黄昏，经常闹中取静一个人坐在连廊欣赏落日斜阳，还有园里古老的藤萝，盘曲嶙峋的老树。每当这时，刘海粟便会出现在她身边，和她一起静享此刻的静谧。

在耳鬓厮磨中，二人互生情愫，如此的情投意合让两家人看在眼里，都认定了他们会走到一起。

刘海粟14岁那年，父亲和他提及定亲的事情，他知道父亲明晓他的心思，想到就要和表妹名正言顺地在一起，刘海粟没有详细过问，便欣然应允。

杨守玉从表姐那里听到了一点儿风声，也是满心欢喜。她一直渴慕着能和表哥一起绘画，一起生活，相偕到白首。

刘家上上下下忙着采办聘礼，刘海粟还在为就要和表妹结为连理而欢喜。直到快要下聘书时，他才知道，他要迎娶的是丹阳林家钱庄的千金林佳，而不是他的玉表妹。

满心的喜悦倏然间黯淡下来，如同滑落天际的流星。刘海粟不愿接受这个事实，跑去向父亲求证。父亲轻描淡写的一句八字不合，阻断了刘海粟奔向杨守玉的路，少年的心冷如冰。

父亲为了让刘海粟断了对杨守玉的念想，令他尽快和林家小姐订婚。尽管刘海粟极不情愿，但奈何父亲以死相逼。订婚以后，他不知道如何面对曾经许下盟誓的表妹，便跑去上海学画，这一去就是三年。

17岁那年春天，父亲的一封家书将刘海粟召回家，令他和林佳完婚。父命难违，刘海粟依照父亲的安排迎娶了林佳。结婚那天晚上，任谁劝说，刘海粟都不肯进洞房，独自在书房待了一夜。

而杨守玉在绣楼度过了整晚，哭得双眼红肿如桃。

新郎新婚当晚不肯入洞房的事情，在这座江南小镇传得沸沸扬扬。林小姐受此屈辱，带着丫头回娘家了。

事情闹到这个地步，杨守玉知道表哥是因为放不下她，才会这样做。为了不再影响刘海粟日后的生活，杨守玉带母亲离开常州，到丹阳的一所学校任教，教女生们刺绣。命中注定不能在一起相守到老，就要舍得离开。

人走了，心却永远留了下来。她从此改名为守玉，她是以此立志要为他守身如玉，一生一世。

而她的守候，也真的持续了半个多世纪，直到生命终结的那一天。

就在杨守玉到丹阳任教不久，刘海粟也来到了丹阳。他此行是受岳父的邀约，来丹阳读书。而他的目的，自然是借读书的名义偷偷约会表妹。看到刘海粟欣然应允来丹阳，林小姐还以为他已回心转意。

谁知，到丹阳的第一天，刘海粟便迫不及待地溜出家门去学校找他心心念念的表妹了。

杨守玉得知刘海粟到丹阳后，不想扰乱他的家庭，便躲到了上海，刘海粟又追到了上海。杨守玉在哪儿，刘海粟的心就指向哪儿。而后，杨守玉又回到了丹阳，继续在原来的那所学校任教。

两个人，你追我躲。她想要刘海粟彻底斩断对她的爱的筋脉，回归到自己的家庭生活。

苦寻无果后，刘海粟留在上海，和几个朋友一起创办了上海图画美术学校。后来，很长的时间里，刘海粟和杨守玉断了联系。1915 年，刘海粟与一位 17 岁的少女、祖籍宁波的女模特张韵士结为连理，婚后育有一子。这期间，杨守玉从未和他见过面。

那个时候的她，天真地以为，自己的转身是对他的幸福的成全，却不曾想到，如此，也便错失了自己情感的归宿。

在以后的几十年里，刘海粟离婚，再婚，又离婚，再婚。从温婉的张韵士，到美丽的成家和，再到热烈的夏伊乔，一个又一个女人，在他生命里兜兜转转。然而，半个多世纪的光阴里，不曾改变的，是他对她的牵挂。

很多次，他找寻机会和她见面。1952 年，华东艺术专科学校成立，刘海粟任校长。学校开设绘绣专业，他自然想到了邀请杨守玉来主持此事。刘海粟请华东文化部部长彭柏山出面邀请杨守玉来上海从事刺绣研究工作。犹豫再三，她还是谢绝了这一邀请。她不想因为自己令他平静的生活再生波澜。结局已成定数，再去纠缠在一起，又有何意义？

杨守玉把所有的热情倾注到了她所从事的刺绣事业，有生之年，再也没有涉足过感情。从她遇到他的那一天起，他就是她生命中的不可替代。年少时的那段相知相许的日子，足以温暖她余下的人生。时光没有教人清醒，时光令人更加沉醉于昔日的那段情。

弹指一挥间，几十年过去了。1980 年 10 月，刘海粟携家人回到了阔别多年的故乡——常州，鲜花、人群簇拥着他。而此时，他最想见的人便是他牵挂了六十多年的玉表妹。在接待人员的百般劝说下，杨守玉来到了刘海粟下榻的宾馆。

她抬手敲门，开门的是他，似乎一直是在门口守着。她没有急着进去，一个在门里凝视，一个在门外站定，他们微笑着，默契而且合拍。半个多世纪的相思、牵挂，化作了相逢时眼角眉梢的盈盈笑意。

在工作人员的提醒下，他们才缓过神，走进房间。

这次会面后的两个月，杨守玉就去世了，没有留下只言片语。

六十多年的守候，一个人的坚持，她情感的世界里只有他一个人，也只容得下他一个人。她背负着这段感情，踟蹰前行，无怨无悔。记得谁说过，女人的善始善终，从来都是一个人的圆满。杨守玉虽然未能收获一份圆满的爱情，但是她坚守了她的爱，她的此情可待……

愿得一人心，白首不离

成小晟

1963 年冬，22 岁的刘家昌第一次看到甄珍，就再也难以忘怀。当时，他只是一个一贫如洗的大二学生，个子瘦小，戴着高度眼镜，靠为酒吧写一些歌赚取微薄的生活费。而她，童星出身，已是多家电影公司力捧的红人。可就那一眼，即是万年。他打听到她的名字，不知天高地厚地说："甄珍，是我的人。"

没人相信他的预言，只有他坚信自己。回校的公车上，思潮翻滚的他随手写下了一首歌词，为她。"轻声一叹，叹不尽伤感。默默地盼，盼望那迟来的缘。"可现实是，他们之间越离越远。两个月后，16 岁的甄珍成为国联影业公司当年招考的唯一演员。刘家昌揣着歌去找她，她的经纪人当场把歌单撕碎，并说："甄珍，不要理这个王八蛋！"甄珍没理会，突然问他："你叫什么名字？"他看着她，一字一顿地说："刘家昌，这个名字，你一定要永远记得！"

她确实记住了他，只是无法答应他的求爱。为了浇熄他的一腔爱恋，她把自己最好的朋友江青介绍给他，说："你和江青恋爱，不然，我不会再见你。"面对拒绝，虽然心如刀割，但他把她的话当成了圣旨，更不能容忍见不到她，于是爽快答应。

1966 年夏，刘家昌与江青闪婚，这时，开始为电影写歌的他也声名鹊起。只是，那段为甄珍而答应的婚姻只维持了四年。

离婚当晚，他找到她，说："总有一天，我要跟你结婚，是那种结了，就休想和我离的婚。"她笑而不语，22 岁的她事业如日中天，作为台湾最当红的玉女明星，有多少显赫的男子在追她，她又怎会放他在心上？

可他不信邪！为了能配上她，从 1970 年到 1974 年，他闭门不出，创作出 1500 多首歌，执导了 25 部电影，成为琼瑶电影的御用作曲家，捧红了邓丽君。他以为，只要自己努力，就能得到她。殊不知，在这四年时间里，另一个男人谢贤已俘获了她的心。

听到她要结婚，他崩溃了。33 岁的他，众目睽睽之下，竟然像个孩子一样放声大哭。他说："我不能呼吸！我要快死了！"度过生不如死的几天后，他打听到她在香港的家，冲了过去。盯了一天一夜，他终于看到她一个人出来，拦住她说："没有你我活不下去。"她愣了半天，才认出这疯子一样的男人。可感动归感动，那时的她又怎么能放弃谢贤的深情和浪漫。

他爱得痴迷，可她正沉溺于热恋。得知刘家昌为自己舍弃了所有，甄珍只有劝慰："你先回台湾，我给你写信。"这一次，他又听了她的话。信从美国来了，只有寥寥数语，无非是劝他放弃。无奈，他又一路追到美国，在她住的酒店附近住下来，每天守在窗边等候。看她和谢贤在一起，他就心酸流泪，若她一人出来，他就跑上去拦住她说："我要你回来！"

她没有答应，又和谢贤去了日本，而他又一路尾随过去。看她下海游泳，他也跟去，不会游泳，就套两只救生圈，在汹涌起伏的大海里追逐她的身影，他连自己的生命都全然不顾。

1976年，得知甄珍一个人去英国旅行，本是路痴的刘家昌自告奋勇去做她的保镖。她不同意，他就厚着脸皮跟着。她告诉他，谢贤第二天要来，他慌了，央求道："今晚，和我谈谈好吗？"那晚，在酒店前的草坪上，她说着和谢贤的爱情，满脸幸福，而他只是不停地重复一句话："我要你回来。"看着眼前这个一脸憔悴，执拗而又幼稚的男人，她突然心动了。

1977年2月，甄珍没征兆地出现在刘家昌的家里。她说："我突然想到了你……"他愣在原地，眼泪哗哗下落。等待了14年，他终于迎来了她的回归。他不能再放她离开，顶住所有的抨击和谩骂，他像流氓一样"拘留"了还在婚姻中的她。

对于刘家昌来说，名分和婚姻都不重要，他只要她守候在自己身边。而对于骄傲的谢贤来说，哪里能容忍这样的羞辱。一年后，谢贤和甄珍离婚了。

终于，他们结婚了。事业正处于巅峰的刘家昌，因为甄珍的一句"我不想演戏了"，就毅然放下一切，带她移居美国。他说："我已经在甄珍不搭理我的那些年里，做了一辈子的事，现在，我要给她奴役。"而实际上，他完全是个生活白痴，出门忘路，丢三落四，没手机，不会上网，甚至连日子都记不住。既然选择了他，做惯了大小姐的甄珍不得不为他改变，她竭尽全力把自己变成一个大厨，照顾着他的日常起居。天长日久，他精神了许多，而她却明显发福了。

结婚多年，他孩子一般，放心又快意地任由她安排自己，可当她患上胃病后，他每天都比她晚睡早起，打听最好的医院，按时提醒她吃药，并备好开水和糖果。她吃素，他戒荤，她戒烟，他也戒。2010 年 3 月，甄珍胃部手术成功，他又如孩子一样大哭。4 月，在他的"封麦"演唱会，双鬓斑白的他羞涩地唱起 47 年前第一次邂逅时为她写的歌，他动情地说："从今以后，我会紧紧呵护她，走在前面为她抵挡风雨。"

没有人会怀疑他的誓言，即便在 2013 年 12 月，当媒体爆料出他们婚变的各种传闻后。他们低调着，并不做出恩爱的回应来。经历这么多年的风风雨雨，也许对他们来说，从 50 年前的那一眼，他就以全部身心为"愿得一人心"做出努力，而她选择他时，也回应了那句"白首不相离"的决心！

亲爱的，我只好先走了

范春歌

这个冬天特别冷。

在雪花夹着冬雨的一个晌午，我很费力地登上了一栋灰色的职工老宿舍楼的 8 楼，来到纱厂女工王四花的家。

王四花今年 52 岁，她刚去世的丈夫曾文比她大两岁，2009 年的 9 月 30 日因患肺癌去世。

今天来见王四花，我忽然觉得在这种情境中直奔采访主题，不太适宜，便和她先聊聊家常，没想到整个下午，我都是在听她的讲述中度过的，她和曾文的故事足以叩动人心。

一

"我叫王四花，是因为家里兄妹四人，就我一个女孩子，父母和兄弟从小就将我当成掌上明珠，家里大小事情都不舍得让我插手。

"你说我长得漂亮？50 来岁了还谈什么漂亮不漂亮，不过，我年轻的时候在国棉厂，追我的小伙子不晓得有多少。

"后来，别人给我介绍了在武汉糖果厂当工人的曾文。他个子很高，一米八，我喜欢高高大大的男人。他人善良本分，说话特别幽默，常常逗得我开怀大笑，要知道我是个特别内向的人，平日话很少的。

"曾文本来在厂里坐办公室，为了有时间跟着收音机自学日语，他申请调到了锅炉房，那里虽然活重点，但空闲时间多。你说这个人多有个性。他喜欢唱歌、弹琴，性格特别开朗。

"其实，他家境并不好，他的父亲在船上当水手，整天不落屋，母亲在他11岁时候就去世了，他是老大，下面还有个弟弟和妹妹。后来我到他家去，家里没个母亲收拾，被子的棉絮都一团团翻到外面。

"曾文蛮不好意思，我说这有什么难为情的，挽起袖子就做起事来，其实我的手还是蛮巧的，打毛衣花样多极了，什么时候我给你织个毛衣，保险比店里买的好看。

"我和曾文谈恋爱的事一直瞒着家里，家里见给我介绍不少小伙子都让我推了，就怀疑我已经有了男朋友，后来我就把实情告诉了他们，这下家里不愿意了，就这么个宝贝姑娘怎么能嫁到这样一个家里呢，那不苦死了。

"后来我把他带到家里来，他说带什么礼物好，我瞪他一眼笑道，你有钱买礼物？那点工资买书都不够。礼物是我买的，但我对父母说这是曾文孝敬你们的。母亲做饭的时候，他跑到厨房帮忙，其实他干家务很不在行。吃饭的时候，他大口大口地吃，还大大方方地伸着筷子夹菜，我母亲对他印象不错，说这个小伙子还蛮泼辣，不扭扭捏捏的。我笑死了，其实曾文是没有吃过这么好的饭菜，那天放开了吃。后来他对我说，吃得撑死了。

"当然，还是曾文对老人又尊重又孝敬让我家里终于接受了他。

"现在这一房家具还是结婚时候置下的，也都是他设计他亲手做的，在当时还蛮时尚的。我一看到这些就想他。

"这个房子是他父亲单位分的老房子，我和曾文结婚就住在这里，和他父亲、弟妹一起生活。虽然房不大，但曾文总是想法弄点花样，让屋里显得有点艺术氛围，你看，门窗他也换了个画有郁金香的彩玻璃。

"和他结婚这么多年，曾文从来没有大嗓门儿说过我一句，事事让着我，我也从来不让曾文操持家务，连双袜子都舍不得让他洗，他小时候带着弟妹受的苦太多了。我也不知道怎么那么喜欢他，蛮喜欢。

"有了手机后，他还经常给我发短信，有时写短信说，我给你买了好吃的，你回家就知道了，暂不告诉你。一起干活的同事吃吃地笑，都要当爷爷奶奶的人了，还这么肉麻地发短信。我下夜班回家一看，他买了我最喜欢吃的甜饼，坐在旁边看着我一口口吃下去，他一个也不吃，说就是专门留给我的。

"曾文不抽烟不喝酒，2008年下半年忽然说骨头疼，我带他到处看病，先说是骨关节出了问题，治了段时间不见好，越来越厉害了，再找了家医院，医生让做个 CT，拿结果的时候，我见医生凑在一起看片子神情不对，他们说肺上长了个很大的东西，可能是癌症。我一听顿时天昏地转！我叮嘱医生千万不能告诉曾文，等我上来，见曾文脸色不好，他对我说医生讲了没有什么问题，是老毛病，我说医生也是这么对我说的，你放心。

"晚上，我继续向他撒谎时，曾文忽然流泪了，这是我第一次见他哭。他说花花，他从来都没有这么喊过我，都是叫四花。他说我恐怕活不长了，你出去的时候，我冒充家属看见了那个单子。我忽然愤怒起来，医生凭什么！我真想找那个医生去拼命。

"几乎是一夜间，曾文突然变成个小孩子，特别地胆小，他一旦看不见我就好像非常害怕，住院之后，整天拉着我的手不放，有时我送来看他的客人到电梯口，没有一会儿，护士就追过来喊，曾文叫你。

"眼看治不好，医院让出院，我陪曾文回家的路上，他一米八的个子一直虚弱地靠着我，快进宿舍院子的时候，他坚决地不让我扶他，说不愿让别人看见平日生龙活虎的他变成这个样子，坚持自己一步步地走到 8 楼。

"曾文后来渐渐坐都坐不起来了，有天他小声对我说，亲爱的，对不起，我不能陪你一生，看来只能先走一步了。我号啕大哭，要走一起走，没有你生活还有什么意思。曾文说，还有儿子呢。

"曾文还讲，我要是走了，不要在屋里周围摆花圈，不要惊动别人办丧事，这样院里的人就不晓得我死了，就不会因为没有男人，你孤苦零丁的，人家欺负你。

"我抱着他说，你不会走的，我们卖房子，中国治不好我们到外国去治，也要让你活下来。

"可是，我的曾文还是走了。"

整整一个下午，一直平静地向我叙述的王四花，这时，眼泪开闸般地哗哗地流下来。

"在曾文查出癌症的前半年。有一天曾文从外面回来高兴地告诉我，附近有家相馆做一个名叫夕阳红的活动，给中老年人拍婚纱照，只要160元钱就能拍一组，曾文说我们结婚没有赶上好时候，因为穷连酒席都没摆，太亏你了，这次无论如何也要给你补上婚纱照。

"我们两个赶到那家相馆，人家蛮正规，还要给我们化妆。曾文一直待在化妆间不走，他说我还从来没有见过你化妆的样子，痴痴地坐在对面看，看得我都不好意思。

"拍完婚纱照，曾文坚决不让我卸妆，拉着我的手说，咱们就这样走回家，还要去超市转一圈。我说你疯了，这个样子出去，路上的人还不像看把戏似的围观。我没有听他的话。

"要是知道他这么快就走了，不管别人怎么笑话我，我也会让曾文骄傲地牵着我的手一路走回来。"

冬日的寒风从窗缝钻进来，窗帘轻轻地飘呀飘。

这个冬天，我发现爱情并不是个传说。

纵一刻，也千秋

施立松

"炼霞吾妻"，看到这 4 个字，她全身的血液猛然凝固，脑子里一片空白，早春阳光里的丝丝暖意，仿佛突然被一股寒流击中，消失无踪。

周炼霞颤抖着从旧报纸堆里，找到那刚被胡乱撕开的航空信封。一串花花绿绿的邮票，圆的、方的、三角的邮戳，端庄而略带率性的繁体楷书，信封的右上角，她终于找到两只小小的、用钢笔画的蝴蝶。她轻抚着这飞过千山万水，飞过几十载寒暑的蝴蝶，低声喊道："绿芙……"一时间万千感慨齐涌心头，泪水从她患疾多年的眼角，一串串滴落下来。她拿起茶几上的老花镜，坐到阳台的旧藤椅上，窗外梧桐枝丫的暗影，一遍遍碾过她的脸，像无声岁月留下的痕迹。信写得很长，而她只读到 4 个字："他还活着。"

他还活着，一如她一直坚信的那样。

他，是她失散 35 年、杳无音信的丈夫徐绿芙。

那是旧上海最为繁华的年代，在沪上知名书画家的一个小型沙龙上，周炼霞一袭花样素净的旗袍，修身玉立，俏丽清雅，一抹淡淡的哀愁使她在一群时髦张扬的女画家中，更显风情。徐绿芙被她深深吸引住了，他的心如鲜嫩的核桃被敲打开来，一股清流汩汩而出。

徐绿芙风华正茂，倜傥风流，是上海滩小有名气的摄影师。周炼霞多才多艺，书画诗词样样拿手，和吴青霞、陆小曼一起被称为"上海三大美女"。她在上海锡珍女校担任国画教师，并为王星记扇庄画扇面出售。那时，她刚离婚，被上一段婚姻伤得千疮百孔。

徐绿芙开始疯狂地追求周炼霞，他的每一个毛孔似乎都迸发着激情。他给她写求爱信，一天 3 封，信封的右上角，他都会画上两只翩飞的蝴蝶。信里他说："在孤独的路上，我看见你最美的时刻。"他爱她，不管不顾，他不在乎她年长他 5 岁，更不在乎她曾有过婚史。

心与心的沟通，需要一道真诚的桥梁，而爱情的萌生，只需一条通往心灵的幽径。爱是伤人利器，也是治伤良药，周炼霞曾经千疮百孔的心，被他炽热的爱治愈了。他们像两只翩跹的蝴蝶，徜徉在爱情的花丛里。不久，他们在教堂举行了简单的新式婚礼。

婚后，他牵着她，走过上海的角角落落；他以她为模特，拍摄了无数的照片：黄浦江边、钟鼓楼前、红梅树下、街头巷尾，到处都留下她的倩影。当年的《民众生活》杂志，刊登过一帧他为她拍的照片：一袭精致旗袍，轻盈婉丽的身形半隐于纱帘后，面容淡定，秀雅脱俗，略微上挑的嘴角浮动着万般妩媚，含蓄的娇美夺魂摄魄。他们将他为她拍摄的照片和她的画作结集出版，取名《影画集》，作为结婚一周年的纪念物。

美好的爱情，像一壶醇香的佳酿，总能给人灵感和激情。周炼霞的创作激情勃发，她的绘画作品在加拿大第一届国际展览会荣膺金奖；她的小说《宋先生的罗曼史》、《佳人》和《遗珠》，刊于《万象》，同样是痴男怨女、有情无意的故事，她却写得卓而不俗，像是一枝清荷，温婉雅致；她还带头组建中国女子书画社。同时，徐绿芙也步入政坛，节节高升。

上海沦陷后，徐绿芙去了重庆。原本以为只是小别，时局却动荡不已，留守"孤岛"的周炼霞，在枯等中难免寂寞。爱美是女人的天性，她把时间消遣在打扮上，"每一天，美一天"。本身就是美人胚子，再加上精心修饰，周炼霞虽人到中年，犹倾城。她又生性豁达洒脱，在交际场上应对自如，受到不少男人追捧。丈夫不在身边，乱世佳人，风言风语自然少不了。有一段时间，上海多家小报传播着她的香艳故事，绘声绘色，并戏称她为"炼师娘"。对那些不实之词，她一笑了之，不以为然。

抗战胜利后，徐绿芙被派往台湾接管邮局。这一去，竟是数十载春去秋来，一湾浅浅的海峡，成了他们没有鹊桥可渡的银河。

新中国成立后，周炼霞在上海画院担任高级画师。海峡那一边，是不能碰触的禁地，更是无法企及的天涯。偶尔，会有人问起她的丈夫，她总是轻描淡写地说"早死了"。背过身去，遥望远方，默默出神，悄悄抹泪。身边有为她的美貌倾倒的，也有为她的才华折服的；有真心实意想呵护她一生的，也有位高权重要给她优渥生活的……她淡淡一笑，轻轻摇头，一概拒绝。她在等他。尽管丈夫就像冬日天边的一颗晨星，遥远，冰冷，但她无法忘记他。他更像她生命里的月亮，在静夜里，洒着柔美的清辉。她坚信，有一天，他会突然站在她面前。

思念折叠在心里，相思书写在纸上。他们是双宿双飞的蝴蝶，她断没有独自飞去的道理。她喜画鸳鸯双浴、蝴蝶双飞，她在自己的画作《唐人诗意图》中题道："独对千金怀一刻，纵一刻，也千秋。"

"纵一刻，也千秋"，是她爱情的誓言与坚守。梦里，依然是在火车站道别时的情景，远远的，他走过来，正要牵住她的手，却被人流冲散……醒来，只留无限怅惘："而今只是成相忆，灯背人孤，人背灯孤，千种思量一梦无。"她还填过一阕《西江月》："几度声低语软，道是寒轻夜犹浅；早些归去早些眠，梦里和君相见。叮咛后约毋忘，星华滟滟生光；但使两心相照，无灯无月何妨。"

每天，她都早早睡去，期盼着丈夫能入梦相会。自从他成为断线的风筝后，她一直住在上海，极少去外地，她害怕有一天他回来了，找不到回家的门。思念永远不会打烊，一直到老，她都等在路口，迎风而立，伸出双手，等他来牵。

等待中，时光是层层绽放的花朵，然而等来的不是芬芳的蜜汁，而是狂风骤雨般的"文革"。她没能逃过遭批挨斗的命运。她不写任何人的大字报，也从不揭发别人，只在挨斗时喃喃自语："我有罪，我有罪……"

在那个疯狂的年代，跳楼的人比凋谢的花还多，她却丝毫没有轻生的念头。"无灯无月何妨"成为罪证，被指斥为"要黑暗，不要光明"，被红卫兵殴打，一只眼睛受伤致盲，她不但没有选择死亡，还请人刻了两枚印章，一枚用《楚辞》中"目眇眇兮愁予"，一枚是成语"一目了然"。她内心里有强大的力量，就是等他。等他，让她的人生纯粹又超然。

从上海书画院退休后，她独自居住在巷弄深处。眼疾越来越重，但不妨碍她把生活安排得井井有条，也不妨碍她的爱美之心。斑白的头发，在脑后绾成一个小髻，青色布衫，配一件勾花毛衣，纯朴中，尽是优雅和从容。岁月无声流逝，又遭遇百般磨难，生活中，他的印迹已很少很淡，但长年累月，等他已成一种习惯。写诗作画，种花养鱼，所有与他无关的事，却似乎都与他有关。

终于有一天，他来信了。

云开月现，她的生命在耄耋之年，重又有了光彩。他从美国回来接她去探亲治病。在美国，她治好了缠身十多年的眼疾。在异国他乡，他们长相厮守，把暮年过成春光明媚的花样年华。

独爱你曾经沧海桑田

施立松

那时，26 岁的青林的第二次婚姻也走到尽头，黯然神伤。她是典型的成都女子，娇小玲珑，犹如一朵赏心悦目的玉兰花。当年，她从同济大学化学系毕业后，因酷爱文学，在文学圈里小有名气。但现实中的爱情婚姻与文学作品中相去甚远，两任丈夫都背叛了她，她的心千疮百孔，再不相信感情与婚姻。

作为《工人日报》副刊编辑，青林经常要向人约稿，这次，她约的是她崇拜的偶像，鼎鼎大名的诗人兼教授卞之琳，她有些激动，特意修饰了一番。许多年后，她依然记得那天，他一身银灰色的中山装，戴着镀金边的眼镜，温文尔雅，脸色却苍白憔悴，神情凝重，如他的诗一般沉郁。卞之琳看到她时，眼里忽然一亮，闪过几许惊讶，但很快就黯淡下去，若有所思地低头沉吟，久久不语。她怕打搅他，起身告辞，只听他浓厚的苏北口音轻轻说：辛苦你了，路这么远！

青林，这是她发表小说用的笔名，她原名叫青述麟。当时她还不知道，年近不惑的卞之琳正饱受失恋煎熬，暗恋 16 年的爱人结婚了，新郎不是他，他对朋友说：少年失恋，容易补全，中年失恋才真悲伤。

16 年前，在北京大学沈从文的家中，卞之琳邂逅了苏州名门张家四小姐张充和，一见钟情。那时，张充和刚刚考入北京大学，漂亮端庄、热情大方，会唱昆曲，爱好文艺，还写得一手好字。从此后，张充和的身影，就萦绕在卞之琳的心中，挥之不去。但诗人内心柔软如水，纯洁如玉，虽热情似火，却像含羞草，始终不敢向张充和表白，只深陷在单恋的温柔泥潭里，患得患失，时忧时喜，不能自拔。他曾因在年轻人中不写情诗而受到闻一多当面夸奖，为此他只能将满腔汹涌奔突的爱情变成一行行晦涩难懂的诗句，伊人不懂，世人不懂。而其实，卞之琳的生命地图上，留下过的深深浅浅雪泥鸿爪，都与张充和有关。有心的人不难体会到：办完母亲丧事后即往苏州探望张充和，编辑诗集《装饰集》题献给张充和，寒假前往重庆探访张充和。新中国成立前夕，张充和嫁给了美籍学者傅汉思，去了大洋彼岸。十多年的刻骨爱恋，像一颗朝露，美丽剔透，却只化为一缕烟岚，但洗不去他对张充和的爱，他从此不谈感情，甚至决定终身不娶。

卞之琳看青林第一眼，心头一颤，她的瓜子脸、杏仁眼，清秀雅致，一袭天青色的旗袍外披一条玉白小坎肩，身段阿娜多姿，颇有几分像张充和。他的心顿时激荡起来，但他很快又明白，张充和走了，再也不会回来，他的心一点点沉下去，悲伤漫上来，淹没了他。面前坐着初次见面的青林，他知道即使出于礼貌，也要说点什么，但悲伤使他说不出话来，到青林告辞出门时，才不无愧疚地道一声辛苦了。

青林定期上他家取稿。慢慢地，他们的谈话内容多起来，笑容也自然起来。成都女子特别温柔体贴，后来，每次去，青林都主动帮他拾掇房间，卞之琳也跟她谈十四行诗和英国文学。他们单独相处的时间从开始的十分钟不知不觉变成一小时。渐渐地，青林知道他和张充和的情事，她喜欢他的痴心专情，读懂了他刻骨铭心的爱，卞之琳也体会到她的痛苦，怜惜她的遇人不淑。两颗心靠得很近了，心中情伤的坚冰也开始融化了。但他们仍然小心翼翼，避谈感情，各自把自己包裹得紧紧的。七年一晃而过。这一天，是青林上门取稿的时间了，她却没有来，第二周她仍然没有来。卞之琳坐不住了，打电话一问，她生病住院了。他匆匆赶到医院，看到青林憔悴虚弱的面容，刹那，卞之琳的眼泪夺眶而出。接青林出院时，卞之琳在给她的手稿里放了一张纸条：独爱你曾经沧海桑田。那年国庆节，他们结婚了，卞之琳已经 46 岁，满头华发。文学研究所的同事们纷纷前往祝贺，杨绛还带去相机为新婚的他们拍照留念。照片里卞之琳笑容灿烂，满脸洋溢着幸福，不管曾经对张充和的爱恋多么炽热，此刻，青林已成为他唯一的风景。

婚后，他们住进了北京干面胡同东罗圈 11 号社科院单位公房，房子面积不大，但青林布置得温馨。不久，青林辞去了报社编辑职务，去了一所中学当老师，她用更多的时间照顾卞之琳。幸福而平实的生活更容易出成果，卞之琳很快出版了《哈姆雷特》译本，因高水准翻译赢得了业界的盛誉，短短两年就重印了两次。不久，他们有了女儿，卞之琳给女儿取了一个和青林一样美丽动听的名字——青乔。年近五十得女，他视若掌上明珠。他亲自下厨房做女儿爱吃的红烧肉，深夜冒大雪给女儿买《红灯记》木偶。为女儿的健康，他还戒掉了几十年的烟瘾。他们虽然没有年轻人的浪漫情调，但是日子过得平和踏实。青林几乎放弃了文学创作，她心甘情愿地做起了卞之琳的家庭"煮妇"。每天中午，青林提着一兜菜匆匆回来"择洗烧"，然后看着卞之琳和女儿津津有味地吃完，满心里都是幸福的味道。

"文革"时期，卞之琳属于"陪斩"之列，不准搞学术研究、靠边站、挂黑牌、扫厕所，后来又被"发配"到河南息县五七干校，但他从不绝望，他知道家中有妻女翘首盼他归。从干校回来后，卞之琳开始养花，他在家里的阳台上种了一棵丁香，每年四月的一天，他都亲自摘一束丁香花，插在青林的鬓上，祝贺她的生日。这棵丁香树后来从阳台移到楼下院子里，每年春天，就会开满紫色的小花，淡淡的清香飘满整个院落，像他们的生活，平凡平淡，细细回味又清纯温馨。

20 世纪 80 年代，青林身体不好，经常头痛，吃药的效果也不好。卞之琳每晚都给她按摩头部，直到她入睡。诗人按摩水平虽不专业，但是很认真尽心，每天晚上坚持按摩半小时，从未中断，将近一年，青林的头痛病好转，诗人的按摩生涯才告一段落。

张充和回国了，她应邀到北京参加纪念汤显祖活动，她又上台演一出《游园惊梦》，尽管她已垂垂老矣，可扮上妆容，台上一立，仍是袅袅娜娜，水袖轻轻一甩，便赢了满堂彩。卞之琳坐在台下仰头看她，看着她唱《皂罗袍》："原来姹紫嫣红开遍，似这般都付与断井颓垣，良辰美景奈何天，赏心乐事谁家……"她清冷冷的声音一字一句敲入他心里，他好像嗅到了风里丁香花的味道。他突然想起要回去给青林做按摩了，她未唱完，他已匆匆离席，赶回家中。

1995年夏，青林因病去世。卞之琳无比痛苦与悲伤，他怎么也接受不了青林离他而去的事实，整天"一屋灯光，捧着个茶杯"，一个人自说自话：你怎么先我而去了呢？连续一年多，他都闭门谢客。五年后，他随她而去。他与她都远了，乃有了鱼化石。

66年藏了一份爱情

蔡成

他是个黑人老头，她是个白人老太。他和她，坐在花坛边。澳大利亚春末的明媚阳光，将他们身后悉尼 Blacktown（黑人聚居区）的老人院两层小楼的影子拉得很长。离他们十步开外，我就清楚地看到，他在说着什么，嘴巴不停地动，她的眼角，还有嘴角，挤满了笑。

我微微倾身，说："我叫 Leo，新来的义工。我能分享你们的快乐吗？"老太没有反对，老头看着我，轻轻点头，"我在讲述我对她 66 年的爱，你愿意听吗？"

我没有回答，只是安安静静搬来一把椅子，正对着他和她，坐好。

"我是苏丹人，1940 年坐船到澳大利亚，最初的落脚地是塔斯马尼亚岛。很巧，我住的出租房旁边就是汉娜的家……"兴致勃勃讲故事的老头忽然踩了刹车，他挠挠后脑勺，面呈歉意，"我忘了介绍我们的名字了。我叫约书亚，她叫汉娜。"

"从到塔斯马尼亚的第一天起，我就认识汉娜了。可是，她不认识我。那时，我只有 13 岁，和我的爸爸、叔叔住在一起。汉娜比我大一岁。那时汉娜正在学骑自行车，她骑不好，老摔在草地上，可她从没哭过，每一次，我都听到她咯咯地笑，然后爬起来，扶起自行车继续骑。

"汉娜从没发现过我。我总是躲在树后，伸出脑袋，悄悄看。我知道，我是黑人。而汉娜，白白净净，眼睛又大又圆。她的头发金黄金黄，好长，风一吹，长头发在风里荡来荡去，你能想到的，那有多么美！

"她是天使，而我是黑人，我怕我从树后面走出来，会吓坏汉娜。只用了 6 天，汉娜学会骑车了。她飞快地踩着自行车，像一阵风卷过去。我仍旧躲在树后，痴痴地望。一个人时，偷偷地，我对着树洞一遍又一遍说：'汉娜，我爱你。'

"汉娜 16 岁那年，他们全家搬去墨尔本。我对坚持留在塔斯马尼亚岛谋生的爸爸和叔叔说，我已经长大了，应当自己出去闯天下。不顾他们的坚决反对，我只身来到墨尔本。我不知道汉娜住在哪儿，可我对自己说，我一定能够找到她。

"后来，我进了一家鞋店做工，那时，我已满 16 岁。我暗想，汉娜那么美，她肯定和其他漂亮女孩一样喜欢打扮，那么她总有一天会来的。有天早上，我刚上班，一个熟悉的身影闯进了鞋店。天啊，我快要晕过去了，那正是我日思夜想的汉娜！可是我很快又急得要哭出声来，因为，汉娜的手紧紧地挽着一个高大的小伙子。哦，汉娜，她恋爱了！

"汉娜再没来过鞋店，可我终于找到她的家了。每天下班后，我从鞋店出发，走过三条街，穿过一个小花园，去汉娜家的对面望望。我每次都数步子，一步，一步，一共有 797 步。当然，也不是固定的，有时是 789 步，最多时走 811 步，我就看到汉娜的家了。偶尔，我能见到汉娜站在家门口张望，她在等男朋友。有时，不见她人，但可以听到她在屋子里笑。更多时候，我看不到汉娜的身影，也听不到她的声音。我就在她家门口站一会儿，再转身往回走，走回鞋店，上小阁楼吃饭睡觉。

"后来，汉娜结婚了，换了新家。我不清楚从鞋店走路去汉娜的新家有多少步，但我清楚，开车去那儿需要 12 分钟。不是每天，但是经常，我会开车去看汉娜。我将车远远停下，透过车窗，目光越过低矮的木围栏，看到汉娜和她的丈夫在花园里浇水、谈笑。很快，一个小女孩加入了汉娜和她丈夫的欢乐队伍，那是他们的孩子。我敢说，她是我见过的最可爱的小天使。我很奇怪，我心底早已没有了被锋利的刀子一下一下割裂的感觉，酸楚也渐渐消失得无影无踪，只剩下欣慰和情不自禁的欢喜。每每看到汉娜一家三口，甜甜蜜蜜地在一起游戏欢笑，我都由衷地感到愉悦。

"知道汉娜的丈夫和孩子去了天堂，很偶然，也很突然。因为父亲病重，我回塔斯马尼亚住了两个星期。回到墨尔本，我赶去参加一个朋友母亲的葬礼。在墓地，却意外地看到了汉娜。可怜的汉娜，一脸悲戚。我的心，顷刻间碎成了玻璃屑。

约书亚抬起右手擦拭眼睛，才继续故事的后半部分汉娜的丈夫开车载着全家出去度周末，出了车祸。汉娜受了伤，而她的丈夫和孩子因失血过多去世了……

"我辞了鞋店的工作，拿出所有的积蓄，和朋友合开了一家蔬果店，从那儿走路去汉娜家只要一分钟。我们的蔬果店生意持续了 26 年。这 26 年里，我没有结婚，汉娜也没有再婚。不知道是汉娜自己不愿再当一回新娘，还是没人愿意娶她。而我，自始至终，从没向汉娜求过爱，理由只有一个她是天使，而我什么都不是。26 年里，我以义工的身份，每周两次出现在汉娜面前，开开心心陪她说话，替她照料花园里的花草，采购生活用品。

"26 年过去了，我将自己的股份全部卖给了蔬果店的合伙人。因为，汉娜要搬到悉尼来，我也就悄悄地追随着她来到悉尼。在悉尼的温雅，我开始了一生中最快乐的时光。每天，我都能见到汉娜。因为我们租住的房间门对门，一开门，就见面了。汉娜信仰主，她每个周末都去教会。我最初只是跟着她去，后来我也信了耶稣，而且很快成了教会最热诚的福音干事

"我们来到 Blacktown 是 6 年前的事。来这里，是我的主意。因为这儿有太多我认识的、要好的黑人兄弟姐妹，我想向他们传福音。"讲到这里，约书亚忽然转身偷偷乐起来，他盯着我的眼睛，一副喜不自禁的样子，"你能猜到吗，我对汉娜说，我们到 Blacktown 传福音去吧。她居然连一秒钟都没犹豫，就和我一起来了。直到两年前，我们老了，住进这家老人院。你相信吗，她一直不知道我是她当年在塔斯马尼亚的邻

居，曾悄悄躲在树后看她学骑自行车，也不知道我是她住在墨尔本时，一直坚持帮助她的义工和邻居：更不知道我是在追随她来到温雅，并想方设法租住在她门对门的房子的人。她唯一清楚的是，我和她一样，都是信了主的肢体。"

我张口结舌。

约书亚觉察到了我的疑惑，他再一次得意地乐了。他用嘴角示意我去看汉娜的眼睛。汉娜的鼻梁上架着一副茶色老花镜。坦白说，我看不出异样，我只留意到汉娜满脸的笑容，在暖暖的阳光下，显得格外温馨。

"在那次车祸中，她虽然没有丧失生命，但却从此失去了光明。她美丽的大眼睛还在，但眼前只有混沌和黑暗。她的光明，亮在心里。"约书亚说。

我恍然大悟："她失明了，但是可以聆听。她一定是因为听了你给她讲述几十年的爱慕，而倍感甜美，因此满脸尽是春色。"

没料到，约书亚居然摇头："不，还是因为那次车祸，汉娜的听力严重受损。前些年，她还能凭助听器勉强听到一些声音，近几年，则完全与声音绝缘了。"

我满心疑惑又全部跑到脸上来了，我结结巴巴地问："可是，我明明看到，她一边听你讲故事，一边面露微笑。"

"她用手来聆听。"约书亚说。此时，我才注意到，两位老人的手，轻轻地，又是紧紧地，握在一起。一双手，黑白分明的手，安静地搁在老头的左膝上。

打量着他和她握在一起的手——真的，这和谐甜美、温馨平静的一幕很让我着迷。我都看得痴了。我想我不会猜错，凭着紧握的手，失明失聪的汉娜知道，有一颗心，和她靠得很近，凭着紧握的手，无儿无女的约书亚知道，有一颗心，在认真聆听他讲述自己深藏在心底 66 年的爱。

最凄美的情书

宁子

父亲的葬礼上，她的出现颇为意外，只为所有的亲戚朋友中，竟然无人识得她的身份。

七十岁许的妇人，着手织的黑色毛衣，衣襟上别一朵小小的白花。发已花白，梳理得整整齐齐，微胖，容貌依稀可辨年轻时姣好。

她是独自一人前来，在葬礼快要结束的时候。入场时，她微微犹豫了一下，然后缓缓走到沉睡在花丛中的父亲身边，注视他，良久。

目光温和柔软，并无太多的悲伤。

妇人靠近父亲，唇微微蠕动说了些什么。之后竟露出浅浅的笑容，朝着魂魄已去往天堂的父亲挥挥手。

还是过去轻轻搀扶住她，虽然并不相识，但能来送父亲这一程，作为女儿我当感激。

是在对视的一刹那有了似曾相识的感觉，那圆润的脸型，那并未在光阴中老去的秀丽眉目，那温和的眼神……

只是，我在哪儿见过她呢？

妇人微微颔首拍拍我的手背，问父亲走时可好。

是父亲天年，并未被疾病折磨太久，前日睡去就未曾醒来。我简单叙述了父亲临终前的情形，说父亲临终前离开时似乎还是微笑的。

那就好，她亦似微笑，眼中忽然涌出泪水，喃喃道，去吧去吧，重逢有期。然后，妇人松开我，并不像其他的祭奠者，依次安慰悲痛的家属，只是又转头去深深看父亲片刻后缓缓离去。

我送她到外边，她回头说：别太难过，那是每个人的归途，也是新的开始。

我点头，她的话，我懂。只觉得这妇人无论气质和谈吐，都是如此的简洁不俗。

但是她是谁？我始终疑惑，也想知晓她的身份，以便日后礼尚往来，于是我试探地问她是如何得知父亲去世的消息。

她顿了一下，说她是看到报纸上讣告。

我心里一动，原来是讣告！父亲早早就同我们说，等他百年时一定记得在晚报上发一则讣告。

最初父亲说这个话题时身体尚好。记得当时还同他开玩笑，说他这一辈子家人朋友包括同事，都在这个城市，有什么风吹草动一人知便人人知，何用在报纸上发消息呢？

父亲这样回答：总要在形式上和这个世界告别一下吧。

如此当了几次玩笑，后来终于发现父亲是非常认真的，甚至这么多年，他每日看报纸从来不曾遗漏过那个小小角落里发布过的某人离世的消息。而他也一定要这样一个小小的形式这要求又何尝过分呢？故此父亲去世当日哥哥便去报社发了一则讣告。

但来吊唁的人全是口口相传得到的消息，多数人看报纸时都不会留意那则小小的讣告，她却看到了，下意识的我想：或许父亲一再强调的讣告是为她而发的。

也就是在那一瞬间，我记起了父亲的老相册中的一张老照片。年岁太久了，那照片已泛黄，但照片中的人依旧面目清晰，是个梳短发，面容姣好、笑容甜美的年轻女子。

记得当初看照片我还是个孩子，指着她问母亲："这是谁啊？"

母亲微微犹豫片刻说："是妈妈以前的同事。"

又问："怎么没见过她？"

母亲这样说："她去了很远的地方。"

继续问："多远？"——小孩子终归好奇。

母亲就微微叹口气说："很远反正是回不来的那种远。"

于是不问了，之后很多年也不曾见过她，只浅浅地留了这样一个印象。之后关于她的话题从未提起，后来闲时翻看相册再看到这照片时闪念间觉得母亲说的那个地方也许就是天堂吧。

但是我想错了。她尚在人世，且就在这个城市，否则她不会看到那只在本市发行的晚报。

可是母亲一年前去世，这个她口中的同事并未来送她这一程啊？而现在她却来送父亲，一个人，以这样的深情。

一个女人的目光，只有蓄满深情才会那样温和柔软，我也爱过，分辨得出。

我太想知道答案，但此时不适合纠结于这个疑惑，在离开前，我恳请她留下了联系方式。

她没有拒绝说："他已经不在了，你见我也不算违背约定。"

约定？他和父亲之间，该是怎样？

三日后我收拾过悲伤的心情，在离家不过三公里的一个小区，再次见到她——不仅不远，其实只隔着穿城而过的那条河。

情由如我所想，她的叙述也简单明了。

她并非母亲的同事，而是和父亲深爱过的女子，只因彼此家庭的缘故，终究没能走到一起。父亲在祖母的逼迫下娶了母亲，父亲结婚两年后她也嫁了。出嫁前她和父亲见了此生最后一面，约定以后不再见面，但是百年后不管谁先离开，另一个人都要去送对方一程，见最后一面，为来生相见相认相亲。她说，到时就发一则讣告吧，就当是最后的情书。

听至此，我再也忍不住泪湿衣衫——他同父亲分开时也不过20岁的年纪，从此半个世纪、三公里的距离，咫尺天涯再无彼此的音信，约定的最后的情书，却是讣告。

那么如果真有来世，母亲，就请许父亲下一世同她走吧，不为别的，只为他们今生恪守的承诺，为他们今生最后一次相见时深情的目光，为她说的重逢有期。

为，这世上最凄美的一封情书。

陪你再走 30 秒

烟雨

有这样一个故事。

在一个普普通通的夏天，一场普普通通的攀岩比赛正在美国一个普普通通的地方举行。加州攀岩俱乐部的罗夫曼和妻子莫莉亚丝在同时攀岩，夫妻俩你追我赶，罗夫曼的攀岩速度还是比妻子要快一些。不一会儿，妻子就望尘莫及了。要知道，这是一场没有任何防护设施的攀岩比赛。就在罗夫曼即将到达岩顶的时间，就在无数观众欢呼雀跃的时候，罗夫曼发出了一声惊叫，原来他失足了，他整个身体在空中飘舞。下方的妻子也听到了丈夫的惊叫，就在看到丈夫的身体坠落的时候，莫莉亚丝突然毅然决然脱离了岩壁，用自己的双手准确无误地接住了丈夫。

在场的所有人都目瞪口呆，他们看到罗夫曼和莫莉亚丝双双依偎着，一起急速地坠落到万丈深谷之中。

这个瞬间，这个凄美的时刻，被在场的一名摄影师捕捉到了。很快，莫莉亚丝的接搂动作被定格成一幅风靡世界的经典图画。

据一位在场的人说，从高空跌到低谷，仅仅用了三十秒。这是他们人生中最后相伴的一瞬间。

也许，他们在日常生活中也有过种种不愉快。也许，他们在攀岩前一直都是恩恩爱爱。不管怎样，人世间普普通通的爱情在此刻得以升华。

如今，我们听多了花前月下的故事，别说"爱你一万年"了；也厌烦了凄凄惨惨的离别，别说"夫妻本是同林鸟，大难临头各自飞"了。请静下来，思考一下这个场面吧！

原来，真正的爱情深情无限，爱意绵绵。即使在生命放飞的最后一刻。

失去爱人的滋味

〔美〕 彼得·B. 巴赫

布宜诺斯艾利斯的街灯要比纽约的街灯暗得多，这是我们在阿根廷的半年里最深刻的体会。我们租用的车子老旧，车身落满了这座城市的灰尘，前挡风玻璃更加遮蔽了射进来的光。当我们驾车离开当地医院，在第一个路口等红灯时，我打破了我对露丝许下的两个最重要的结婚誓言：第一，我以一个医生的口吻和她说了话；第二，我欺骗了她。

我从牛皮纸信封里取出 X 光片，只借助车上微弱的灯光，我便知道露丝体内发生了什么。但我一边发动车子，一边说："嗯，我什么也看不出来，我们还是回家去咨询专科医生吧。"我当然是在伪装，我是肺癌专家，虽然对妇科领域不是很在行，但只一眼我就看出，露丝的癌细胞已经扩散。

露丝的 X 光片很快被传到纽约纪念斯隆－凯特林癌症中心，由那里的医生进行分析。我在这家癌症中心当医生已超过 10 年，2008 年，露丝也是在这里首次查出乳腺癌。回到我们在布宜诺斯艾利斯的住所不久，电话就响了，是露丝在癌症中心的主治医生打来的。

露丝和我并排坐在沙发上，各自拿着听筒。她的医生用了很多我无比熟悉的词，比如"转移"、"紧急放射"，下一步要注重"生活质量"而不是治疗等。

对方没有采用掩盖事实的委婉说法，也没有小心翼翼地刺探，他坦言道："目前你的病情还是可控的，我们还可以采取很多措施，说不定你还能维持很多年，但治愈是不可能的了。我们现在的目的是延缓癌细胞扩散，尽可能给予你更有质量的生活。"这些话的潜台词就是，从 X 光片上看，露丝的日子不多了。

虽然我明白，当病人没有准备好时，告知他们真相也许会产生副作用，但我仍然赞同露丝医生的做法。

我们并排坐在沙发上，那一刻她看上去是那么健康，就像17 年前我在巴尔的摩交响乐团第一次遇见她时一样，她还是那样美丽。可当我仔细端详我亲爱的妻子时，我又仿佛看到了这些年来，我曾在纪念斯隆－凯特林癌症中心 10 层（乳腺癌患者病房）看到过的病人们。她们有的变得消瘦憔悴，有的因肝脏衰竭浑身发黄，有的病人全身水肿、波及四肢，有的病人因肾脏衰竭以及癌细胞转移到脑部而变得神志不清。那些病人有的和露丝年纪相仿，更多的病人比她大。露丝今年才 46 岁。

我意识到现在我们夫妻之间有了一个不能讨论的秘密。我能看到露丝的未来，看到她的生命将在哪里终结、她将变成什么样子、将如何受苦，可我只能无助地站在一旁，而露丝对这一切都毫无所知。

我们赶回纽约，露丝做完手术后，北半球漫长的夏天开始了。露丝感到疼痛，向我抱怨说："就像一个拳头在搅动我的肠子，一头骡子在我的脊柱上跳。"我笑着问她："你怎么知道骡子在你背上跳是什么感觉？"露丝也笑了。手术一个月后，她有所好转。扫描显示，椎体上的癌细胞已经消失，治疗奏效了。

可癌症并未被治愈，只是癌细胞从某个威胁她的部位被暂时铲除。

露丝开始上网搜索那些奇迹般恢复的女病人的故事，她经常提起一名据说乳腺癌转移后还存活了 14 年的女性。

我们的生活渐渐恢复正常，只不过对一些小事变得格外珍惜，比如一块儿去海边看日落，把脚趾浸在水里，感受海水的抚摸。这是许多人患病后的生活细节，如今也成为我们的了。有些日子，露丝心情不错，可有些日子，她心情会很糟，但不管怎样，只要我们还能彼此相守，我就很满足了。当露丝从手术和放疗中恢复过来后，她又回到银行上班。

初秋时分，露丝的医生告诉我们，她的"肿瘤标志物"连续两次上升。当血液中的这些物质上升时，意味着癌细胞可能在增长，也意味着治疗已经控制不住癌细胞了。

接下来的治疗还是吃药，但这次露丝从一天吃几粒，变成了一天吃几把。

离开医生的办公室，我和露丝走进电梯。电梯里已有几个人，其中一名穿白大褂的医生是和我共事 10 年的同事，我们打了个招呼。其余的是两三个病人和他们的家人。我不禁猜测他们正处在癌症的哪个阶段，是处于刚得知自己病情的震惊期，还是已经在数着最后的日子，抑或正处在积极的治疗期？我们到达一层大厅，露丝第一个冲出电梯，头也不回地走了，仿佛这样就能离癌症远一点。

当露丝首次被诊断出患有乳腺癌时，朋友们经常说："幸好彼得就是医生，还是这方面的专家，真是太好了。"但也有人不同意，他们认为我懂的越多就会越痛苦。站在我每日上班的医院大厅里，看着露丝从我面前逃离，那一刻，我终于找到了答案：我的专业知识不容我自欺欺人，假装前面还有无数希望，我一刻也不想再过了。

我们再次来到医生的办公室，他的电脑屏幕上是露丝的CT 片，癌变已那么明显。在我的职业生涯中，我曾看过数以千计类似的片子。可如今坐在我旁边的是我心爱的女人，她曾经是我光彩照人的新娘，而我们面前的屏幕上显示的却是垂死的癌症病人体内的情况。

露丝的医生在圣诞节后给她体内植入了分流器，她几乎去了鬼门关。

每天早上，医生们会来查房，并宣布接下来的治疗，尽管每天的内容都一样：监测血小板数量，看是否能保持平稳。其间露丝会问好多问题，我则安静地坐在一旁听着，不是出于礼貌或尊重，而是因为我知道接下来会发生的一切。我知道医生们在走出病房后会在走廊里讨论，会相互道出实情：对这位病人来说，治疗方案已经穷尽，什么都不管用了，她已进入晚期。经过数日相同的例行检查后，我们带着分流器回了家，正好赶上过新年。

一天，我和露丝坐在一家咖啡馆里，光线正照在她的身上，我发现了一个可怕的事实：露丝的眼睛变黄了。我一边不动声色地继续和露丝聊天，一边偷偷给这领域的一个专家好友发了条短信，短信只有一个术语："巩膜黄染？"很快有了对方的回复，也是一个词："见鬼！"

后来露丝自己也发现了，问我是怎么回事，我说我也不清楚，得问医生。这当然又是一个谎言。

几天后，露丝变得神志不清，行动摇摇晃晃，她想去医院问问主治医生何时开始新一期化疗。我口中答应第二天带她去医院，转身就像个出轨的丈夫，走到另一间房的角落，拿出手机，偷偷给露丝的医生打电话。

"我不能再让她接受化疗了，她太虚弱，那将置她于死地。"医生说。

"是的，我知道。"我回应道。

"谢天谢地，你知道。"

于是，第二天，当露丝坐在医生面前时，他按照前一天我们在电话中商量好的办法，告诉露丝，最好等两天再进行化疗。而我这个"阴谋"的参与者则坐在露丝身边，一言不发。

两天后，露丝在我的怀里安然离世，她最后一句话是：

"我爱你。"

一晃几个月过去了，露丝去世之初的混沌我已记不太清。露丝得病后，我便停止了一切接诊，露丝去世已有数月，我也没有让医院给我排班。也许有一天我会重新给病人看病，但我并不急于回到那样的病房里。

悲伤来临的时间和程度都是无法预测的，并不只有结婚纪念日，或者重回某家曾一起去过的餐厅，才能勾起丧偶之痛。当你走在杂货店的过道，看见长叶生菜时，你会想起爱人曾学着用油炸蒜味面包丁做恺撒沙拉，因为那是你愿意吃的唯一一道沙拉；又或是当你在机场候机厅里看到某一集电视剧重播时，想起多年前的一个冬日午后，你们曾一起看过它。失去爱人的滋味，不是哭泣，不是崩溃，不是低吟悲伤，而是四肢疼痛一般的幻觉。你会疼，会悸动，没有任何真实的来源，但你却永远不想让它消失。

"枕边书"系列

   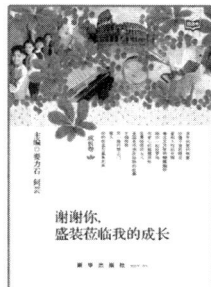

定价：32.00元　　　　定价：35.00元　　　　定价：35.00元　　　　定价：32.00元

主编简介

要力石，中国作协会员，编审，新华出版社总编辑。新闻出版总署颁发的新中国成立60年来"百名有突出贡献的新闻出版专业技术人员"荣誉获得者。著有《单独行走》《红楼梦阅读全攻略》等长篇历史小说、散文集和媒介研究著作11部。散文作品广受好评转载，有的入选中学教辅读本。

何芸（笔名小河，何小河），中国作协会员，新华通讯社《品读》杂志主编。著有童话集《幻想树》，散文集《爱星满天》等多部，及儿歌集、报告文学集等文学作品380余万字。部分作品被译成日、英、德等文字；获冰心儿童文学奖、宋庆龄儿童文学基金奖等多种奖项。

特别说明：本书在编辑过程中，未能联系上个别作者，请见书后予以谅解并及时与本社总编室联系（01063077116），奉上样书。